我的幽灵塔

宫崎骏

话说六十年前，我在街边的租书小店，邂逅了江户川乱步的《幽灵塔》。

好像是三天两夜二十块？记不清了。

至今我还清楚地记得，那本书套着蜡纸书皮。

扑通扑通扑通扑通扑通

超好看 好可怕 好美

但碰到中意的段落，要反反复复复看好几遍。

"还不睡觉！"

时值幕末，海运巨贾渡海屋市郎兵卫酷爱摆弄钟表，最后建了一座大钟塔。时钟的机械部分是从英国订购的。

当——当——

钟塔令人毛骨悚然，村里人十分惧怕地称之为"幽灵塔"。

市郎兵卫成天独自待在塔里，似乎在忙些什么。

一天……

佣人见主人迟迟不下塔，战战兢兢爬上去一看……

塔顶的机械室里，没有市郎兵卫的身影。

人们怎么找都找不到市郎兵卫。"哎呀，这可如何是好"夜深人静时，地底却传来令人毛骨悚然的声音……抖抖抖

"救命啊……"

渐渐地，连那声音都听不到了。

乱步式口吻

后来，幽灵塔之谜牵出了更多的谜，勇敢的青年与美丽女子展开了一段怪奇浪漫之旅。

题外话

幽灵塔的浪漫让我遐想联翩，也让我喜欢上了齿轮。

可是，我很清楚自己搞不定时钟这么精密复杂的东西，于是把视线投向了更简单的东西。

比如风车。水车我也喜欢。

骨碌碌

哦啊…对

哼，你搞不定的

下一次展示就以江户川乱步的《幽灵塔》为主题吧。

我要在展厅里建一座超级高的塔！一定很壮观！

还要在地下建一座大迷宫。

谁都出不来，会很伤脑筋哟。

人能走进去的那种，很吓人的哦！

轰隆隆隆

咕咚咚

吃吃吃

终于！

毫无预兆

于是时隔六十年，我又重读了《幽灵塔》。
欸？咦!?是这样的吗……
这就是乱步的幽灵塔吗？
唔
差不多吧。因为风格接近长崎出岛的洋房，外墙抹了白色灰泥，总共三层。
文明开化运动时期新建的小学也有这种感觉的呢。
差不多吧。
不是很吓人嘛……
脑袋好大呀。
因为里面有很多机关，没有这个大小装不下。
啊啊！动了！
嘎吱
嘎吱嘎吱
这就是地下迷宫的入口。
隐秘的出入口
绿色圆盘
时钟每敲一次，圆盘就会打开三厘米。开到最大时，保持一分钟后关闭。上午下午各有一次打开36厘米的机会，人可以通过。
关闭
一点
六点
十二点
这样就能过了。赶紧！马上就关了。
操作室
钟
钟塔的机械室
石门 通往塔内通道的入口，与绿色圆盘联动
要穿过绿色圆盘，进入机械室，必须先穿过石门，很是麻烦。
想去通道，就得先爬上去。沿着楼梯往下走，就会掉下去。
绿色圆盘
钟的坠子
动力
试着做了下乱步的幽灵塔的概览图。
几乎都是我的想象。
为什么要建这样的东西啊？
大概是时钟狂的理想吧……

怎么样，这就是我多年以来梦寐以求的幽灵塔。

塔变样了。

这个看起来不像小学了。

瞧瞧那钟塔，一定很有意思。

从院子里望去

好大的院子！

好破

跟书里写的完全不一样。

要拍成电影的话，我觉得这样会比较好吧。

要拍电影吗？

还有显示月亮圆缺的月相表呢。

并没有拍电影的计划

幽灵塔各层截面图

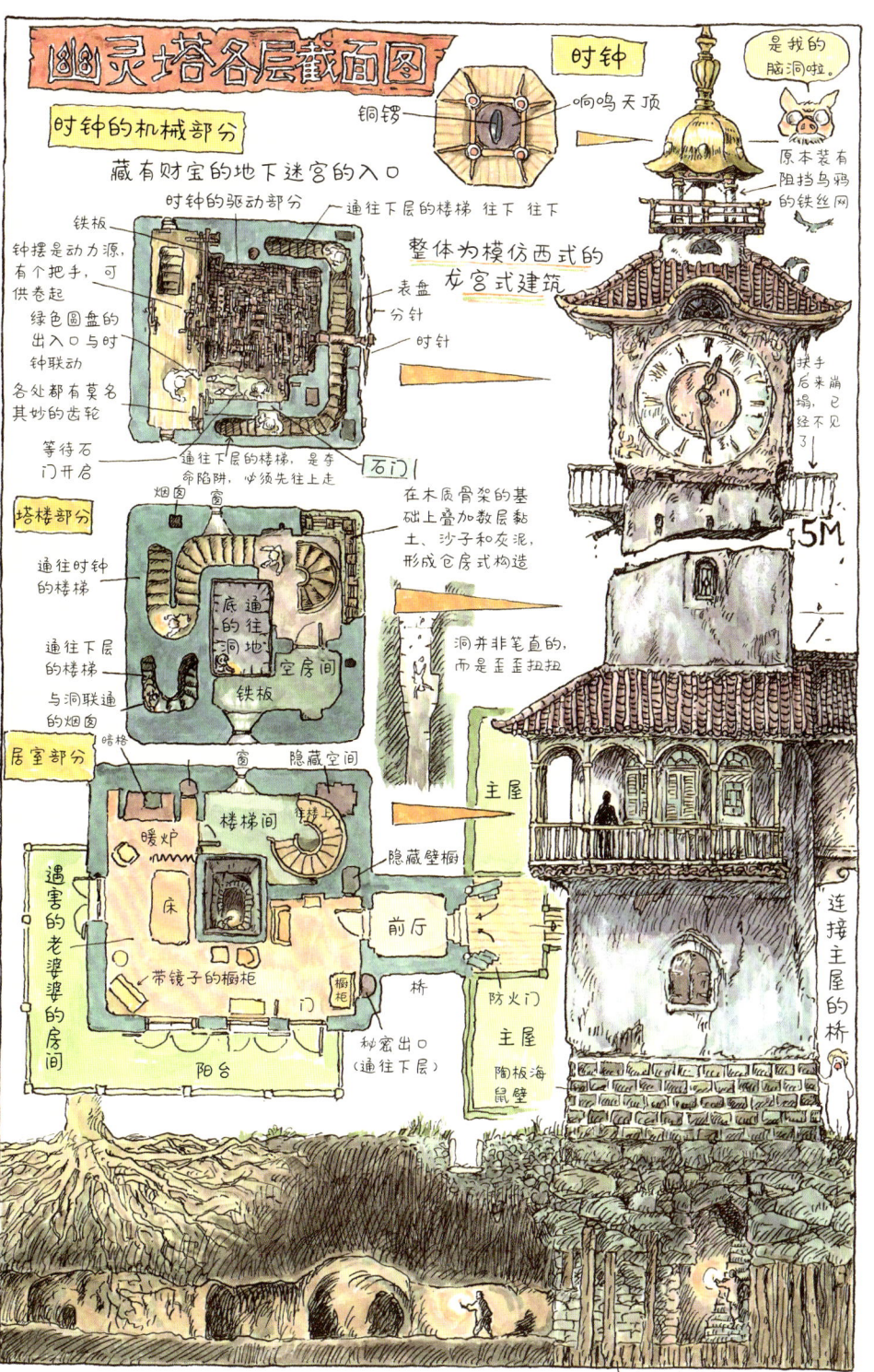

时钟

- 铜锣
- 响鸣天顶
- 是我的脑洞啦。
- 原本装有阻挡乌鸦的铁丝网

时钟的机械部分

- 藏有财宝的地下迷宫的入口
- 时钟的驱动部分
- 通往下层的楼梯 往下 往下
- 铁板
- 钟摆是动力源,有个把手,可供卷起
- 绿色圆盘的出入口与时钟联动
- 各处都有莫名其妙的齿轮
- 表盘
- 分针
- 时针
- 整体为模仿西式的龙宫式建筑
- 扶手后来塌了已不见丝了
- 等待石门开启
- 通往下层的楼梯,是亡命陷阱,必须先往上走
- 石门

塔楼部分

- 烟囱 窗
- 通往时钟的楼梯
- 通往下层的楼梯
- 与洞联通的烟囱
- 底通往地的
- 通往地的
- 空房间
- 铁板
- 在木质骨架的基础上叠加数层黏土、沙子和灰泥,形成仓房式构造
- 洞井非笔直的,而是歪歪扭扭

居室部分

- 暗格
- 窗 隐藏空间
- 楼梯间
- 暖炉
- 床
- 带镜子的橱柜
- 橱柜
- 阳台
- 遇害的老婆婆的房间
- 隐藏壁橱
- 前厅
- 桥
- 防火门
- 秘密出口(通往下层)
- 主屋
- 主屋 陶板海鼠壁
- 连接主屋的桥

5M

打入地下的松木桩

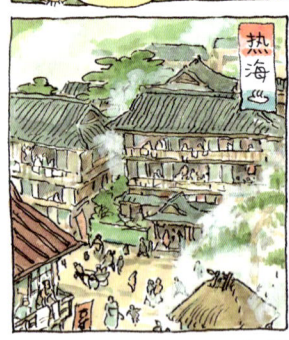

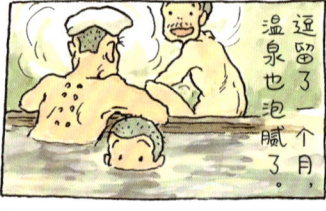

江户川乱步 (1894~1965)

日本本格派推理小说第一人

怪盗二十面相、名侦探明智小五郎都诞生于他笔下。

昭和十二年（1937）连载时配的插图可夸张了，乱步老师好像也没提意见。

"不会乱步老师不会生气吗？"

"不会，那位老师肯定不会介意的。"

少年乱步与幽灵塔邂逅

明治四十年前后，少年乱步陪祖母前往热海。当时他们坐的是"人力铁轨车"，从小田原出发，花了足足五个小时才到。

三个人推一节车厢

慢吞吞 嘿咻嘿咻

热海

下坡速度很快 轰隆隆 哗哗

逗留了一个月，温泉也泡腻了。

"哎，是租书店。"

"幽灵……幽灵塔!?幽灵塔！"

泪香小史译述 《幽灵塔》前篇
泪香小史译述 《岩窟王》

"是山田屋的客人呀。只要前篇吗？"

"嗯。"

回程坐船。

子是扑通扑通好可怕扑通扑通真有趣真美啊扑通扑通

第二天一大早就跑去租书店租了本篇。扑通扑通

温泉也好大海也罢，连吃饭都顾不上了。

呆呆一

少年乱步大概做梦也没想到自己日后将重写《幽灵塔》。

黑岩泪香从明治时期到大正时期，从政治领域到五子棋都有涉猎。他创办日报、撰写社论，也会写花边新闻，还连载翻译小说，以吸引读者。当然，没付过著作权费，也没征求过原作者的许可。

这个感觉1899年
万朝报
黑岩泪香在报上连载的小说
明治三十二年
不容错过

没时间也没闲钱征求许可，折腾这些只会被竞争对手抢先。

原版 少年乱步看过的是 幽灵塔

《幽灵塔》的原作者是美国的本迪森夫人，原题为『The Phantom Tower』。

这是彻头彻尾的谣言。

直接造成了持续百年的不解之谜。

??? 根本找不到这号人物……

啊啊——泪香版的舞台还是英国的主人公叫道九郎。

傻乎乎的主人公还是英国贵族呢。哎!!

你看呀，里面提到了英国的地名，主人公还是英国贵族呢。

什么

本报的读者都是老百姓，登场人物叫『康斯耶萝·霍普』什么的，谁还看得下去啊。

特伦斯特伦卿
康斯耶萝
万
有点骨气好不好。

我国在文明开化方面还比较落后啊……

WOMAN IN GREY

Mrs. C.N. WILLIAMSON

灰衣女人

爱丽丝·M·威廉姆森

封面为想象图，并非实物

这才是原作啊，叫『灰衣女人』……

向各位探索者致敬。

用了一百年都没搞清是吗？

是啊。因为在原作的祖国英国，它已经被遗忘了。大家都没把它当是悬疑小说，而是把它看成爱情小说。

因为爱情小说是与时俱进的，被遗忘的速度也很快嘛。

是个谜呢。

100年的谜团终于解开

罗恩贝馆

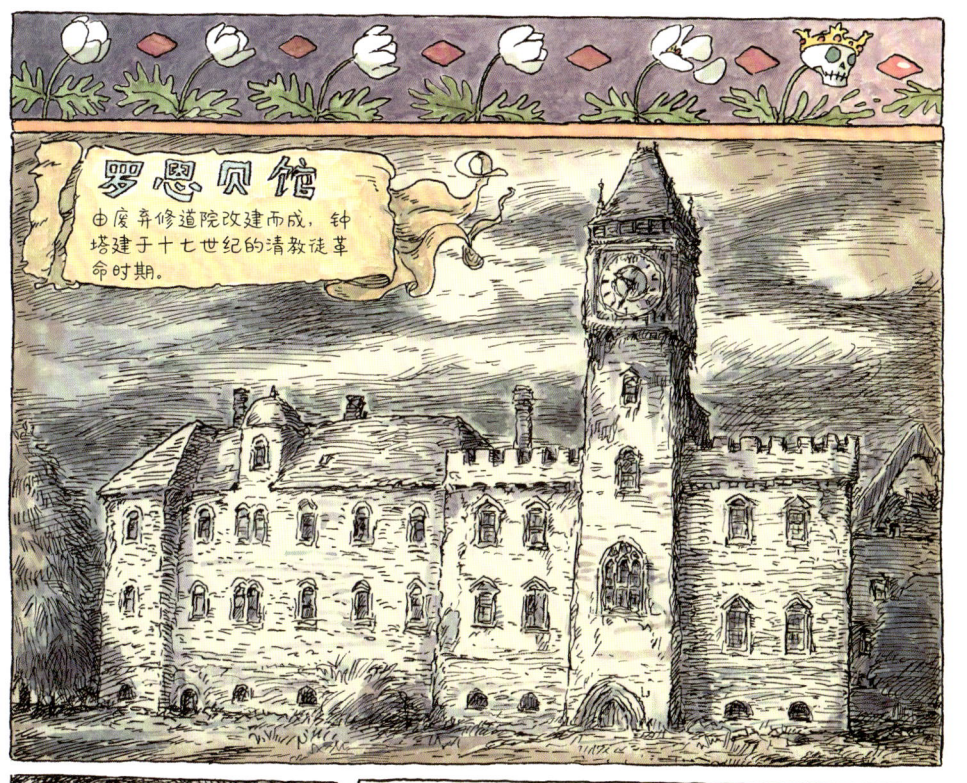

由废弃修道院改建而成，钟塔建于十七世纪的清教徒革命时期。

看起来就像地下墓室

厚墙中的秘密通道
特别难画
头都晕了

藏宝屋在空中

泪香把这个房间挪到了地下，乱步则改成了地下的大迷宫。

从这里往下

必须先往上走的楼梯

下行楼梯

"我"的房间

玄关门厅

绿色圆盘 在原作中，只要用作陷阱的穿过圆盘就是楼梯了。这部分在三个版本里都一样。

墙中的通道蜿蜒曲折，一路向下

女主角 康斯耶萝·霍普

铅板屋顶

二层，日本版设定为三层

藏宝屋

日本的房子墙壁薄，这样的密室不太现实，西方是石文化，日本是木文化。

下面的房间

握在骷髅手中的钥匙。

幽灵塔与灰衣女人
长椅
骷髅
宝藏
财宝就好像悬在半空中似的感觉怪怪的。
哦……
日本
乱 1894年生
万 1862年生
于是，泪香把藏宝屋转移到了地下。
我没看过《灰衣女人》
泪香塔
读了泪香版很多遍后，我觉得幽灵塔应该是非常日式的
忘记了
快买万朝报
少看幽灵塔
这里好!!
财宝还变多了。
啊哈哈哈哈
看啊足足十七座宝棺!!
好想要啊！
千两箱 17座哎
好厉害17
是不是太多了？
没关系，就要这么震撼。
万年缺钱报社
呵呵呵呵
不得了啊
鲜红如烈火的红宝石直径一寸（3cm）
使劲描写各种财宝，但总归缺乏说服力，毕竟作者本人都不信自己写的东西。
嘿咻嘿咻
也难怪啊。日本人脑子里的宝物就等于桃太郎故事里的宝贝，并不是金银财宝。
来自外国的稀罕玩意才是宝贝。
还是米饭最好吃。
尽管吃吧……
戴斗笠的地藏菩萨
乱步版把故事的舞台改到了日本，于是财宝也只能处理成金币之类。
哎呀……这就差不多了吧……
不过他把地下空间扩大了。
很吓人的
好可怕……
好恐怖……！
地下的大迷宫，我最喜欢了。
千万别问这迷宫是怎么造的
日本财宝是不带诅咒的

财宝的诅咒

隐藏起来的财宝会招来奸邪，引起种种灾祸。解开钟塔之谜，斩断诅咒，便是女主角的使命。

啊，当心别让派蛇咬到

这位是蟒蛇

女主角身负诅咒、颠沛流离的故事**有很多**

- 变成青蛙的公主
- 被套上驴皮的少女
- 穿铁鞋四处流浪的小公主
- 必须穿戴千张毛皮的少女
- 母亲给她戴的日本的戴钵公主

归来的女人
康斯耶萝·霍普

穿一身灰的女主角

两个女人住进了破败不堪的罗恩贝馆。

诅咒一旦跟财宝扯上关系，故事就会沾染血腥。

在一个可怕的夜晚，老媪遭人杀害，嘴边尽是鲜血。

老媪是冲着财宝来的。

养女的手腕被老媪咬下一块肉，鲜血直流，她冲下楼梯。直到现在，每到夜里，还能看见她下楼的身影。养女后来死在了狱中。

左手的神秘手套

幽灵塔与灰衣女人（之2）
男女主初次邂逅

镜头	画面	内容
1		耸立在暮色中的钟塔，分针一走到XII，便从漫长的沉睡中苏醒，奏响钟声（微微震动）（音效）当—当— 响七声
2		光雄穿过围墙的破口进入院子，逆光 大步走，拨开草丛，淡出 此处还有几个镜头，省略
3		昏暗的玄关，旁边窗户上的污渍被阳光照亮。光雄迅速推开门，毫无顾忌地走进来，寻找通往钟塔的路
4		光雄沿着楼梯往上走。虽然大胆，但每一级都走得很谨慎 ↑稍稍拉高镜头 从天窗下降 射入室内的阳光另作图层，置于人物上方
5（6号镜头兼用）镜头上移		这是不是必要的？在画分镜稿的过程中，难免会想加入这样画面 光雄走到匆忙扩建出来的角落露台，为确认方向仰望钟塔。在他动的同时镜头上移 ＜矗立在黄昏天空下的钟塔＞ 接下来返回初始角度，把视角收回建筑里，即为6号镜头。

考察

青年男女主角的邂逅非常重要。整理成分镜脚本，就能一眼看出乱步版和原版《灰衣女人》的区别。我的话会处理成这样

巧克力？我随便试试画几页看

北川光雄

乱步版的主人公性格耿直、行动力强的青年**高等游民**

在日本专为展开冒险大戏构建的人物形象。无需为吃穿用度发愁。不为钱工作。

我们也得赚钱啊。

空间不够用啊，想到的画面连一半都没画出来 牢骚不断

别"呵呵呵呵"地笑啦！

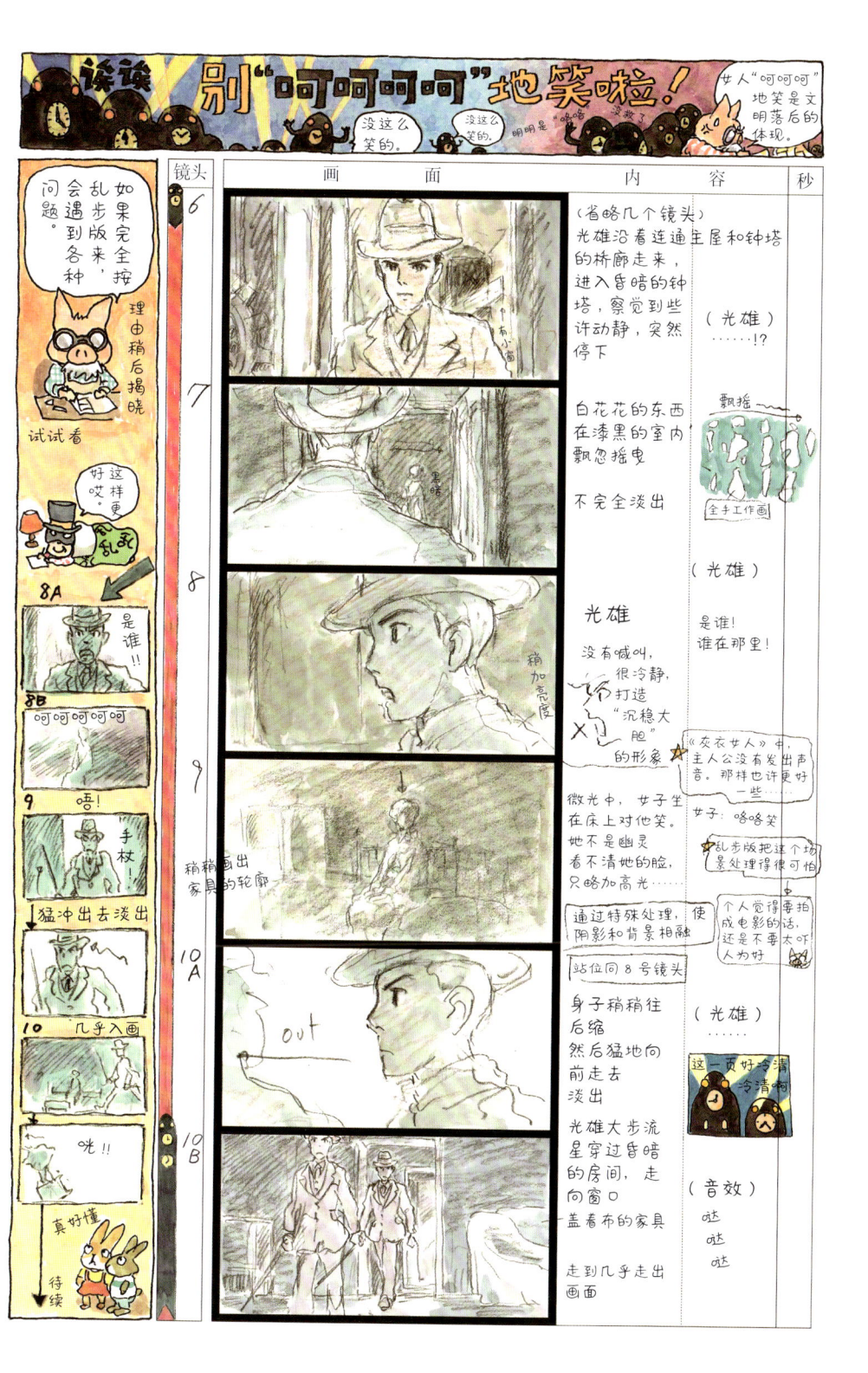

镜头	画面	内容	秒
6		（省略几个镜头）光雄沿着连通主屋和钟塔的桥廊走来，进入昏暗的钟塔，察觉到些许动静，突然停下。（光雄）……!?	
7		白花花的东西在漆黑的室内飘忽摇曳。不完全淡出。飘摇。全手工作画。	
8		光雄。没有喊叫，很冷静，打造"沉稳大胆"的形象。稍加亮度。是谁！谁在那里！《灰衣女人》中，主人公没有发出声音。那样也许更好一些。	
9		微光中，女子坐在床上对他笑。她不是幽灵。看不清她的脸，只略加高光……。通过特殊处理，使阴影和背景相融。稍稍画出家具的轮廓。女子：咯咯笑。乱步版把这个场景处理得很可怕。个人觉得要拍成电影的话，还是不要太吓人为好。	
10A		站位同8号镜头。身子稍稍往后缩，然后猛地向前走去。淡出。（光雄）……。这一页好冷清冷清啊。	
10B		光雄大步流星穿过昏暗的房间，走向窗口。盖着布的家具。走到几乎走出画面。（音效）哒哒哒	

女人"呵呵呵"地笑是文明落后的体现。

没这么笑的。没这么笑的。明明是"咯咯笑了。"

如果完全按乱步版来，会遇到各种问题。

理由稍后揭晓。

试试看。

这样更好哎。

8A 是谁!!
8B 呵呵呵呵呵
9 唔！ 手杖！ 猛冲出去淡出
10 几乎入画
咣!!
真好懂
待续

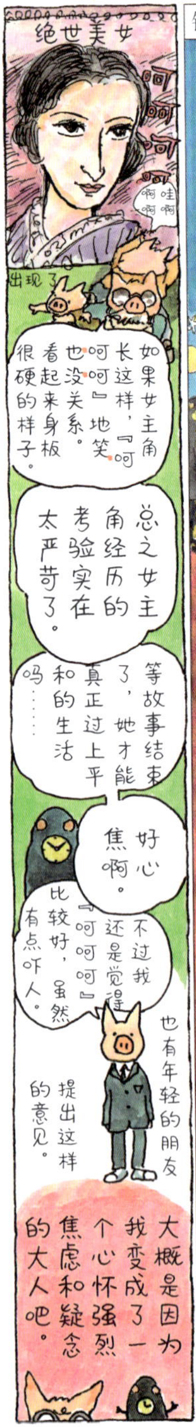

镜头	画面	内容	秒
11A		黑暗中被垫脚桌绊到 音效：咣当！ 该动作跨两个镜头	
11B		踩空了，但没有停下，一边直起身子一边前进，直到完全淡出	
12 垂下的窗帘（单片）		如有必要加镜头 紧闭的窗户，玻璃上有污渍，纤细的光线透过百叶窗的缝隙射入，光雄大跨步走近（略有慌张）	光也要照到玻璃层叠
		摇晃生锈的卡扣，将其抬起 音效：咔哒咔哒	
		猛地打开，尘土飞扬，窗帘摇动 砰 噗噗 咔哒 咔哒 还是抓着百叶窗，试图把它推开	
13 待续		近景 暮光尚存的露台，百叶窗从里向外打开（原为白色） 窗在晃动 音效：咔哒咔哒	

更喜欢灰衣女人这本！

"呵呵呵地笑" "明明是日本人" "不要在意这些细节"

镜头	画面	内容	秒
13 摔上		咔嚓 咣当 窗户被人用蛮力推开，一片窗板脱落坠下，（要画出分量感）	
14 稍稍往回摇摆		光雄 转身回望室内（视线稍稍越过画面中心） 让尘埃与碎片多飘一会儿	
15		破旧的床上，年轻女子悠然而生（别忘了左手的手套），夕阳透过窗户射进屋里，尘埃飘扬 女子（秋子）不好意思，吓到你啦	
16	（隔着光芒的特写）	美极了 在光亮中稍稍抬起头，同时露出坦荡荡的神情 这窗户亏你能打开 未完	

对不起，没法写得像各位大前辈那样……

欲知后续

敬请翻阅乱步版《幽灵塔》。爱丽丝·威廉姆森的《灰衣女人》也不容错过！想彻底陷进去，还要再看看泪香版。
另外《白衣女人》（威尔基·柯林斯著）也是杰作。没有这部作品，就不会有《灰衣女人》了吧。

老爷爷你做了什么呀？
呃，那个……
其实我做了一段动画，年轻的时候……
那是后话了

通俗文化的王道
必读佳作
幽灵塔
又是独断跟偏见吧。
对，没错。
日语里没有『通俗文化』这个词吧？
当然没有啦，这个词是我造的。
泛指不为增长见识，只为娱乐、消磨时间服务的各种东西。
哗哗哗
文学、智能手机、电视、电影、漫画、动画、话剧和体育也算，还有音乐、赌钱的游戏、旅游、购物、美食……我们所处的这个时代，无异于通俗文化的大洪水时代。
哗哗
哗哗哗哗
哗
即便身在滔天洪水中，也能找到教人眼前一亮的好东西。
看啊，《幽灵塔》的历史可以一路追溯到十九世纪。
白衣女人
灰衣女人
泪香版
乱步版
在十九世纪，大家还坚信人可以保持坚强，坚定地走正道。
二十世纪却是人类的软弱暴露无遗的时代。
到了二十一世纪，大家都病了。
儿时看到的乱步版在我心中播下了种子。
这个故事让我遐想联翩。成为动画师后，我创作了《鲁邦三世：卡里奥斯特罗之城》。
年过古稀之后我才读到《灰衣女人》，大吃一惊。
因为我发现，自己在不知不觉中想要把故事变回原作的模样。
你说的是『呵呵呵』吧。
我们置身于洪流之中。
爱伦坡・柯林斯
白衣女人
柯南・道尔
福尔摩斯
契诃夫
漱石
威廉姆森
勒布朗
罗宾
万朝报
免费拿
乱步
周遭虽有大洪水，通俗文化却流淌不息。
你看，霍夫曼正在那儿给小玛丽讲胡桃夹子的故事呢。
那就是不久之前的事情。
终
2015.5

幽灵塔

〔日〕江户川乱步 著
〔日〕宫崎骏 绘
曹逸冰 译

新经典文化股份有限公司
www.readinglife.com
出 品

本书以桃源社版《江户川乱步全集》第十三册（一九六二年十月二十五日发行）为底本，同时参考了宫崎骏为构思三鹰之森吉卜力美术馆企划展、绘制讲解展板（即本书卷首彩图）而反复研读的创元推理文库版《幽灵塔》（东京创元社，一九九七年九月二十六日首次出版）。文中的"注"及"自注自解"部分也沿用桃源社版。

【登场人物】

北川光雄

　　故事讲述者,二十六岁。视舅舅儿玉丈太郎为养父,对其十分敬仰。

儿玉丈太郎

　　退休法官,买下了钟塔(幽灵塔)所在的洋房。洋房就建在其祖先拥有过的土地上。

三浦荣子

　　北川光雄的未婚妻。光雄奶娘的女儿。

野末秋子

　　神秘的美丽女子,闺秀作家。

肥田夏子

　　秋子的旅伴,总是带着一只猴子。

渡海屋市郎兵卫

　　德川末期的大富豪,建了带有钟塔的洋房作为别墅。

长田铁

　　渡海屋市郎兵卫的佣人。

和田吟子

　　长田铁的养女。

长田长造

　　长田铁的养子。

赤井时子

　　女佣。

黑川太一

 律师,曾为和田吟子辩护。

岩渊甚三

 "养虫园"的主人,饲养了数万只蜘蛛。

股野礼三

 医师,岩渊甚三的同伴。

芦屋晓斋

 秋子的"神",被尊称为"老师"。

森村探长

 长崎警署的刑警。

钟塔公馆

论离奇古怪、毛骨悚然,我那段经历恐怕无人能及。我要讲述的故事,发生在一座耸立于清冷山村、形同鬼屋的老宅里。而故事的主人公,仿佛老宅中飘忽徘徊的幽灵。这位幽灵一如《牡丹灯笼》[①]中的阿露,年华正好,花容月貌。

此事要从大正初期说起。虽然已过去二十年,每次忆起当时的一幕幕,我都不由得怀疑自己只是做了一场漫长的噩梦。

故事中不仅有美丽女子的幽魂,还有矗立在孤寂山中、犹如独眼巨人的古老钟塔,以及数百万、数千万只蜘蛛密密麻麻蠢动不止的骇人虫屋。

又及……啊……竟有那样的事。我在那间地下室亲眼看到了,岂止是"看到",我甚至和某位非常古怪的人物对话了。

那间昏暗的地下室中究竟发生过什么?住在那里的又是怎样一位魔法师?即便只是提起这些,都令我心惊胆寒。人世间的所有不可能

---

① 日本民间著名的鬼怪传说,原型来自中国,讲述的是人鬼恋的故事。

都在那里变成了可能，而且整个变化的过程条理清晰、符合科学。

我想将二十年前的那个噩梦详细记录下来，与你们分享那段任何跌宕起伏的小说都相形见绌的离奇经历。

这一个多月，我都在埋头整理当时的日记本与种种笔记。我的妻子也帮忙回忆了不少。至于她为什么会知道当年的事，各位早晚会知晓答案的。

那段复杂而漫长的经历，还要从那座钟塔公馆讲起。

大正四年四月二日，那一天的太阳被厚重的云层遮蔽，天色阴沉，空气有些闷热。我走在一条笔直而荒凉的白色小路上，大汗淋漓。

这里是长崎县某座山脚下的偏僻乡村，距离名叫"K"的小镇大约半里[①]地，四周群山环绕。我奉舅舅之命，特意从长崎市跑来这荒郊野外。K镇的旅店已经订好，反正事情不着急，我便沿着全然不见人影的乡间小路，优哉游哉地朝此行的目的地钟塔公馆走去。

贫寒的村落里，民宅零星分布，树木环绕。从村中穿过，耸立在眼前的便是传说中的钟塔公馆。

公馆的故事我早有耳闻，亲眼见到却是头一回。说起来，那可真是座不可思议的建筑。白色的天空与深色的密林衬着高耸的古旧钟塔，仿佛突然从地里冒出来的怪物，又仿佛可怕梦境中的景象。

即便是在当时的长崎，这样的老式洋房也所剩无几了。

洋房很大，共有三层，外形像是座仓库，外侧并非砖墙，而是灰泥涂成的白壁。只是经年累月，白墙变成了深灰色，墙皮多有剥落，

---

① 当时1里约等于3.9千米。

墙壁的裂缝中甚至长出了野草。这栋难以用语言形容的奇妙建筑的屋顶上，架着一座四四方方的钟塔，就像戏棚的望楼。巨大的白色表盘如同独眼巨人，对我怒目圆睁。

钟塔本身也陈旧得古怪。听到"钟塔"二字，我们往往会联想到石板精心铺成的塔顶。然而眼前的钟塔只是铺着瓦片，就像寺院的佛塔。

"舅舅怎么买了个这么奇怪的东西……"

我的舅舅儿玉丈太郎是一位退休法官。他买下了这栋挂牌出售已久的鬼屋，连同它所在的地皮。据说这片土地原本就是舅舅祖上所有，幸而价格低廉，他便买了下来，决心搬回祖先的土地养老。

舅舅素来顽固又厌恶迷信，坚信世上压根就没有鬼怪幽灵，准备对公馆稍加整改就住进去。我也不是怕鬼故事的人，没有提出异议，这次之所以过来，就是按他的吩咐考察考察现场，为日后改建做准备。

我踏入鬼屋之后究竟见到了什么，又遭遇了什么样的怪事呢？回答这两个问题之前，得先交代一下神秘钟塔的来历。

这座带有钟塔的公馆原是德川末期九州数一数二的大富豪渡海屋市郎兵卫兴建的别墅。渡海屋委托当时身在长崎的英国人从本国订购了机械装置与材料，与他一起精心设计了这座钟塔。

渡海屋市郎兵卫酷爱倒腾机械，对钟表尤其着迷，有种近乎狂热的兴趣。松平出羽守、井伊、有马、土井、堀田等大名都是出了名的钟表爱好者，为了跟他们一争高下，渡海屋斥巨资搜罗各色钟表，还模仿大名在主宅设了挂钟厅、座钟厅、闹钟厅等专门放置钟表的房间以便赏玩，十分得意。

渡海屋对钟表的迷恋愈演愈烈，终于产生了修建钟塔的念头。那是连大名的宅邸都不曾有过的玩意。在西方国家，修建钟塔的技术早已成熟，所以只要肯花钱进口材料，这就不是难事。

然而钟塔公馆竣工不久，奇祸便从天而降。房主渡海屋市郎兵卫失踪了。自那时起，渡海屋一家便大灾小祸不断，迅速衰败，到明治中期已断子绝孙，结局凄凉无比。

这位古怪的富豪渡海屋究竟藏身何处？关于这个问题，当地流传着一种奇妙的说法，几乎已经成为传说故事。

据说渡海屋之所以在如此偏僻的山村兴建别墅，是要深深隐藏一个秘密。瞧瞧那座建筑多么牢固，难道不像巨大的仓库吗？渡海屋是不想让世人发现他的无数金银财宝，才建了如此牢不可破的仓库。痴迷钟表，不过是他刻意营造的假象罢了。

当时正是明治维新前夕，时局动荡不安，"地方上的大富豪惧怕大名强征暴敛，于是建起仓库藏宝"的说法倒也合情合理。

传言还说，钟塔公馆并不只是仓库，为了预防大名上门搜查，房主还建了谁都找不到的隐秘地窖。换句话说，公馆中设有神奇的密室，入口和出口都无人知晓，就像箱根出产的机关藏宝盒。渡海屋喜欢倒腾机械，想出这样的点子不是顺理成章吗？

可坏就坏在密室太过精妙，进出的方法太过复杂。诡异的是，虽然渡海屋千方百计掩人耳目，顺利把财宝运进了自己设计的密室，可是要出去的时候，他竟然迷路了。

传说的细节相当丰富，说钟塔公馆的地下是一座迷宫般的地窖。渡海屋被自己打造的迷宫困住，无论如何也走不出来，只好拼命呼救。

"救命啊……"家里人隐隐约约听到了悲痛的嘶喊，却不知道声音从何处传来。然而除了房主，没有第二个人知晓密室的设计，想救人也无计可施。这样庞大的建筑也不是说拆就能拆的，众人只得四处奔走，搜寻密室的入口。两天过去了，三天过去了……不知不觉中，呼救声渐渐微弱直至消失了。也就是说，渡海屋困在自己设计的迷宫里，活活饿死了。

自那以后，钟塔的名字就变成了"幽灵塔"。据说夜深人静时，渡海屋的怨灵会在公馆中游走徘徊，发出凄惨的声音。

这便是钟塔公馆的传说。

不过，为了舅舅的名誉，我要严正声明，他绝不是贪图传说中的财宝才买下这栋公馆的。

这些年来，不知有多少贪婪之徒企图挖出传说中的财宝，然而单是拆除这座牢固的大型建筑就需要大量资金，如果传说只是天方夜谭，岂不是竹篮打水一场空？所以至今无人采取实际行动，前去寻宝。舅舅又怎么会被那种模棱两可的故事迷了眼呢。

传说就讲到这里。说回那天我遇到的事吧。

奇怪美人

我已经走到了钟塔公馆破败的土墙边。

我不信幽灵鬼怪,但心情却莫名有些沉重,没法像平时上别人家做客那样轻松愉快地走进去。

云层变得更厚了。昏暗的天空下,钟塔的"独眼"好像在瞪着我,让人心神不宁。我并不想朝那边看,却仿佛被磁铁吸引一般,不由自主地望向钟塔的表盘。

就在这时,怪异的现象发生了。经历数十年的风霜、本该已经生锈的指针,竟像活物一般滴溜溜地转动起来。

我猛地一惊——不会是错觉吧?我盯着表盘,分针与时针的确转个不停,就像在跳舞。这不是错觉。指针真的在动。

照理说,这座钟塔与传说中的密室一样,无论上弦的方法,还是驱动指针的关窍,都只有死去的渡海屋知道。村民不可能让指针动起来。莫非是传说中的幽灵溜进了机械室,怀着数十年的执念启动了时钟?

当年我二十六岁,正是血气方刚、年少气盛,然而在一片死寂的山野中，在鬼怪传说萦绕的钟塔脚下，亲眼见到表盘的指针怪物一般自己动了起来，还是不由得毛骨悚然。

不过，眼前的东西越是离奇，越是能勾起我的好奇心。即便真是渡海屋的怨灵，也不至于加害跟他无冤无仇的我吧。有什么好怕的，不如进去瞧一瞧。要是真有幽灵，就让我会会它。

我甩着手杖，大步走向建筑的正面。舅舅给了我大门的钥匙，但大门已经快要散架，不用钥匙也能随手推开。

窗板也有几处破损，不过大多关得严严实实，所以屋里像傍晚般昏暗，走路都得格外小心。

地上堆积着厚厚的尘土。我小心翼翼地用脚探路，沿着走廊走了几步，一座结实的楼梯映入眼帘。

"先上钟塔瞧瞧吧。"

我咚咚爬上楼梯。来到三楼，楼梯就到头了。看来这座楼梯并不通往钟塔。我只好沿着走廊漫无目的地行走，无意间走到了某个房间的门口。

门是开着的，我本想直接进去。可才迈进去一只脚，我就像被钉在地上似的动弹不得了。

因为我察觉到，屋里有什么东西。由于窗板关着，屋里昏暗如夜，我虽看不真切，但隐隐能看到某种微微发白的东西在黑暗中飘动。

看到它的一刹那，我猛然想起了一个故事。恐惧排山倒海而来，令我想要立刻逃出去。

我想起来的并不是传说，而是六年前发生的真人真事。

当时，这座幽灵塔的主人是名叫"铁婆"的贪婪老妪。铁婆年轻时是渡海屋家的佣人。主家没落之后，她不知用什么手段拿下了这座公馆，和养女一起住着。有传闻说，铁婆是想用一辈子的时间找出传说中的密室宝物。

六年前，铁婆却被同住的养女杀害了。她遇害时痛苦万分，一口咬住养女的手腕，生生撕下一块肉来，断气时嘴边鲜血淋漓。

这件事也为幽灵塔的怪谈添加了浓墨重彩的一笔。坊间盛传，这里不光有渡海屋的亡灵，还有铁婆的鬼魂出没。

铁婆遇害的地方正是钟塔公馆的三层，塔楼正下方的房间。房间里至今放着陈旧的西式床铺。人一进去，便能看见嘴里衔着咬下的肉，满脸是血的白发老媪缓缓走下床来。

而我当时一脚迈入的房间刚好就在钟塔的正下方。说不定，这就是怪谈里说的地方。看到房里有白色的东西在飘动，这个念头如电光般闪过我的脑海。哪怕我再大胆，也不禁背脊发凉，几乎要立刻撒腿逃跑。

但我勉强压住了怯意，在原地站稳，猛地大喝了一声：

"是谁！谁在那儿！"

话音落下，白色东西晃动的幅度比刚才更大了。更让我惊愕的是，它发出了娇媚的笑声，"呵呵呵呵呵呵……"

"是谁！"

"是我。不好意思吓到你啦。"

幽灵用年轻女子的声音回答。

这一回，讶异胜过了恐惧。我毫不客气地走进屋里，用蛮力推开了小窗上生锈的铁窗板。

"亏你能打开。我刚才也想开窗来着，费了好大的力气都没成功。"

借着从窗口射进来的光线，我望向坐在老式铁床上的人。这一看，一种前所未有的惊讶震住了我,让我呆在那里,说不出话来。

天哪……这幽灵实在是太美了。刚才在黑暗中听到的声音也很美,却远远不及这绝世的容颜。我从前没有见过,以后也再未见过如此完美无瑕的面容。无论眉眼口鼻,都仿佛画出来的一般,精美到令人胆寒。

她大约二十四五岁。也许是因为一身朴素的和服有些显老,用"小姐"相称不太合适,但也绝非少妇,因为她全身上下散发着冰清处子的气质。

然而,就在我凝视她的面容时,疑念也涌上心头。这真是活人的脸吗?如此毫无缺陷的美,真会出现在活人的脸上吗?莫非这个女人戴了精巧逼真的面具?

"刚才,是你让大表盘上的指针走动的吗?"

我忽然想起这件事,开口问道。我不仅想知道答案,也想借此让她说两句话,好看一看那能剧面具般的美丽容颜会显现怎样的表情。

"嗯,没错。我刚才给钟上了弦。"

她微微一笑,回答道。那不是面具。人造的面具岂能笑得如此娇艳。

不过,她究竟是何方神圣?一个姑娘独自来到这座恐怖的建筑已经很奇怪了,她竟然还能让数十年来都没人能上弦的大钟重新走动,实在太神秘了。再者,如此美艳的女子出现在这般偏僻的郊野,总让人不由得往妖魔鬼怪上想。

"你来这种没人住的房子做什么?为什么要启动时针?"

疑念渐深,我也愈发警惕了。

"我就是想试着给那座钟上弦,想了好多个法子,才算让它动了起来。"

美丽女子若无其事地说。

"为什么？你为什么要费这个劲呢？"

"不是没人知道那座钟怎么上弦吗？所以我想自己先试试看，然后把法子告诉房主。"

事情愈发怪异了。这样一位年轻姑娘竟然在研究如何给幽灵塔的时钟上弦，并且破解了这个数十年的漫长岁月里都无人能解的谜题。

"那你能告诉我吗？"

我一边想象与这位美丽女子并肩走进时钟机械室的情形，一边请她赐教。

"可你不是公馆的主人吧？我想直接告诉房主。"

"买下这栋房子的人是我舅舅，我今天是替他来查看情况的，所以告诉我就等于告诉了房主。"

我有些得意地解释。

"原来是这样啊。恕我无知冒犯了。不过，我还是只能直接告诉房主……"

她的态度很坚决。

"这样啊，我舅舅一定会很高兴。改天我介绍你们认识。你应该愿意见我舅舅吧？"

"嗯，那就麻烦你了。"

她并没有表现出不乐意，甚至露出了几分满意的神色。

"恕我冒昧，请问你和这栋房子有什么关系吗？"

"不，没有任何关系。"

她表情稍稍一僵，冷淡否认道，整个人散发出不容冒犯的气息，仿佛在表示她不会再回答任何问题了。接着，她如此说：

"我还要去别处看看，先告辞了。"

文雅地打过招呼之后，她立即转身走出房间。真是个谜一般的女人。一举一动，都那么出人意料。然而，她的难以捉摸和冷淡轻慢，反倒成了一种魅力，愈发撩拨着我的心神。

我不由自主地追了上去。只见她沿着昏暗的楼梯下了两层楼，走出宅子，头也不回地走向村子那边，似乎有明确的目的地。而我自然一直跟在后头。

朝村子的方向走了两町①之后，一条细细的岔路映入眼帘。拐进去走一段，便是一座略微隆起的小山丘。山丘上是茂密的杂树林，大量石碑在林中若隐若现。那一定是村子的公墓。

她走上了山丘。

她去那么奇怪的地方做什么？就在我纳闷时，她的身影忽然消失在林立的石碑之间，似乎是蹲下了。

我也爬上山丘，蹑手蹑脚走到她身后。

只见神秘的美丽女子正蹲在一块小石碑前，专心致志地祭拜。那专注、悲哀的神情非比寻常。看来长眠于此的人一定与她有密切的关系。

我一点点靠近，探头去看墓碑上的文字。我没管戒名②，先看了看俗名。

戒名边上刻着一行规整的小字：

---

① 日本长度单位，1町约等于109米。
② 原为出家受戒后所取的名字，但在日本发展为去世后取的亡者戒名。

俗名 和田吟子 大正元年八月三日殁 享年二十二岁

看到这行字，我不禁松了口气。我本以为那是男人的墓，冒出了几分近乎嫉妒的感觉。

但我突然回过神来，想起一件事。和田吟子，不就是那个女人吗！六年前残忍杀害铁婆的养女，就叫这个名字！

我为什么会记得这个呢？因为那起凶案发生时，我的舅舅儿玉丈太郎正是长崎地方法院的院长。和田吟子在案发后立即被捕，负责审理本案的就是舅舅。他给出的判决是无期徒刑。听说三年多后，和田吟子病死在了监狱里。

得知墓主的身份后，我更加疑惑了。究竟是怎样的因缘，会让这位美丽女子祭拜杀人犯和田吟子？神秘女人身上的谜团愈发扑朔迷离了。

我实在忍不住了。对于祭拜杀人凶手的女人，有什么好客气的？于是我从藏身的树干后面走出来，蓦地开口问道：

"你是她的朋友吗？"

神秘女人吓了一跳，回头望向我，却似乎没有被冒昧的问题惹恼，只是平静地回答：

"不，我不是。"

我愈发不解了。要不是她的眼神如此淡然，要不是她的表情如此理智，我恐怕会认为她是个美丽的疯子。可她并没有疯。一个疯子又怎么会令我如此心动。

"那你为什么要祭拜一个连朋友都不是的人呢？"我冒失地问道。

神秘女人露出了"真是多管闲事"的表情，用严肃的口吻低声说：

"个中缘由，我想总有一天你会知道的。"

我无言以对，只能目不转睛地盯着她的左手。明明不是天寒地冻的季节，她却戴着手套。那是一副深灰色的薄绢长手套，不太惹眼，也并不显得闷热，反而将她衬托得更加优雅了。不过，春季和服搭配手套还是不甚协调。

尤其是左手那只手套，不断撩拨着我的好奇心。因为只有左边那只在手腕处用和布料同色的深灰丝线绣了花，看着像玫瑰。我从未见过如此奇异的手套。莫非她在用手套掩盖什么？一丝疑问在脑海的角落生发。后来与她打交道的过程中，这个疑问则不断膨胀。

就在我胡思乱想时，神秘女人连招呼都没打，便要起身离开。我连忙喊住她：

"不好意思，你刚才不是说要告诉我舅舅怎么上弦吗？请问怎么称呼？"

说到这儿，我察觉到她双眸中的斥责之意，赶紧补充：

"啊，抱歉，我叫北川光雄。我舅舅叫儿玉丈太郎。"

"他当过法院的院长对吧？我听过这个名字。我叫野末秋子。"

我一下就记住了这个清爽宜人的名字。

"敢问你家住在？"

"这……我不太方便透露。不过我今晚住在K镇的花屋旅馆。"

一听她住在花屋，我高兴起来。"太巧了，我也住那儿。那就一起走吧。"

她没有露出欣喜的表情，却也没有表现出厌烦，冷静得仿佛千锤百炼的钢铁。然而，如果我没有看走眼，她那冰冷如铁的外表下有一团熊熊燃烧的烈火。那是猛烈到要将世间万物统统燃尽的火焰。为了掩饰那团烈火，她一定竭尽了全力。

迷雾渐深

之后，我们肩并着肩，走上了通往 K 镇的漫长小路。野末秋子看似柔弱，却健步如飞。而且她还是跟冰冷的钢铁似的，一路上寡言少语。但光是与她并肩行走，我就相当开心了。偶尔对上几句话，更是令我欢欣雀跃。

走到半路，太阳几乎已经西沉。视野变成深灰色，不太看得清东西，这时前面的路上浮起朦胧的白光，两团黑影沿着乡间小路逐渐靠近。是两辆人力车。

就在人力车即将与我们擦身而过时，车上传出一声惊呼：

"那不是光雄吗！"

"天哪，真是阿光！"

我一听那两人的声音，便知道先开口的是儿玉舅舅，另一人是我的未婚妻三浦荣子。

我在很小的时候便失去父母，成了孤儿。儿玉舅舅刚好在同一时间遭遇不幸，失去爱妻与刚出生的女儿，也成了孤家寡人。于是他收养了我，把我当亲骨肉一般养育成人。

舅舅资助我去了东京求学，可就在这期间，发生了一件让我头疼的事：我的奶娘与前夫有一个女儿，名叫荣子，从小和我一起长大，就跟兄妹一样。奶娘趁我身在东京，花言巧语说服舅舅，定下了我跟荣子的婚约。而且说定之后，她便因病去世，撇下荣子一个人。婚约就这样变成了她的遗言。

舅舅刚跟我提起这事时，我虽不情不愿，但那毕竟是舅舅的意思，他对我有养育之恩，况且违背与逝者的约定有违人情常理，我只好姑且答应。毕竟我当时也没有意中人。如果在此之前，我已经邂逅野末秋子这样的女子，是断然不会点头的。

不过我虽应下了婚约，却没有忘记提条件：举办婚礼的时间必须由我说了算。后来，我搬回舅舅家住，开始与荣子交往。但在此过程中，我渐渐对她生出了厌恶。虽然在很多人眼中她是个美人，我却丝毫不觉得她美。儿时一起玩耍，她总是努起下唇，发出"噫噫——"的声音。那让人看了就恶心的刁蛮模样如今也会浮现在我眼前。

最重要的是，荣子虽然勉勉强强从女校毕了业，但在我眼里，她就像个缺乏教养的低能儿。毕竟是来路不明的奶娘带来的，不仅格外粗俗，心眼也非常坏。一想到自己不得不娶这样一个女人为妻，我就十分闷怠。最近我甚至庆幸自己当初提了那个条件，想着实在不行就拖一辈子算了。

这就是我与三浦荣子的关系。所以站在她的角度看，亲昵地称呼我"阿光"也不奇怪。可我每每听到她喊"阿光"，都不由得毛骨悚然，背脊发凉。

回到当下。舅舅的惊呼令我一时忘记野末秋子的存在，走向了那辆人力车。在这里与舅舅相遇，实在是太意外了。

"光雄,你的伤怎么样了?我看你还走得动,应该没大碍吧?"

舅舅上上下下打量了我一番,在车上焦急地发问。这个问题令我始料未及。

"伤?我受伤了?"

"对啊,一看到电报,我们就急忙赶过来了。到旅馆一打听,他们说你去钟塔公馆了,我们正准备去找你呢。"

我听得云里雾里。

"我根本没受伤,您是听谁说的?"

"电报里写的,就是这个。"

舅舅从怀里掏出一张电报单念给我听。

"'光雄负伤,速来。'——没有发报人的名字,但我以为应该是照顾你的人发的。"

舅舅信以为真,才特意坐火车从长崎市赶来。

"这就怪了……您看,我不是好好的吗?连一点皮都没擦破。是不是有人故意发假消息,好把您引过来?"

"唔……可把我引过来做什么呢?我真是一点头绪都没有。"

与舅舅交谈的同时,我越发不安起来。

"舅舅,我们先回旅馆吧。然后我再去邮局打听打听。"

于是我们匆匆折回K镇。我走路,舅舅和荣子继续坐车。直到这时,我才反应过来,想借机把野末秋子引荐给舅舅。然而我环顾四周,却已找不到她的身影。

"呵呵呵呵……阿光,你东张西望找什么呢?是刚才那位美人吗?人家早就往K镇那边去啦。她是你的朋友?"

荣子这家伙,不分时间场合地吃起飞醋来,实在是没规矩。不过秋子小姐也真是的，要先走也不跟我打一声招呼，仿佛浇了我一盆冷水。我不由得心烦意乱，没有搭理荣子的质问，只是催促车夫调头回K镇，然后跟在后头一路小跑。

一到K镇，我便向舅舅借来那封电报，以最快的速度赶往镇上的邮局打听发报人。邮局的工作人员很热心地帮我翻出了委托单。住址栏里填着长崎市某个我从来未听说过的小镇，姓名栏则写着"久留须次郎"。

"发报人大概是从长崎来的，也没在镇上订旅馆吧。来邮局发电报的也不是他本人，而是个脏兮兮的小毛孩。"

看来乡下邮局平日里没什么业务，工作人员连这样的细节都记得清清楚楚。

谨慎起见，我请他把委托单拿给我看了一下。上面有用铅笔匆忙写下的字迹。字相当难看，但不是有意为之。写字的人显然没受过像样的教育，应该不具备故意改变笔迹的能力。另外这字迹似乎出自女性之手。

长崎市的久留须次郎？显然是假名。与其耗费精力寻找一个子虚乌有的人，还不如先把过来发电报的小毛孩找出来，说不定能有些收获。

我问邮局工作人员："那个小毛孩是哪里人？您之前见过他吗？"

"就是我们镇上的，跟流浪儿差不多吧。我时不时在街上见到他。"

"那我想请您帮个忙。麻烦您下次见到他的时候，让他立刻去花屋旅馆，找一个叫北川光雄的人。您就告诉他，去了能拿到很多报酬，我想他应该愿意。"

我急中生智提出了这个请求。热心肠的工作人员一口答应："好，没问题。"

　　我给他留了名片,然后回到花屋旅馆,跟前台的老板娘和掌柜也打了声招呼,让他们帮忙留意。万一那孩子在我回长崎以后现身,就让他立刻来儿玉舅舅家一趟。我还给那孩子预留了一笔路费。为区区一封假电报如此费神也许并无必要,但我这人做什么事都要做得彻底,否则就浑身不舒服。

　　把这些安排妥当以后,我总算轻松了些。我上楼去了趟舅舅的房间,汇报调查经过,还讲了讲在钟塔公馆经历的种种。我说我在那里遇见了野末秋子,而她知道大钟怎么上弦,并且想要把方法告诉舅舅。一听这话,舅舅来了兴趣,说要是能认识她,接到假电报反倒算是幸事了。他还表示,既然人家也住这家旅馆,不妨今晚请她共进晚餐,让我去约约看。

　　见舅舅兴致如此之高,我也兴高采烈地走出房间。正要下楼去前台打听秋子住哪间屋子,却在走廊碰巧遇见了她。

　　"啊!野末小姐,之前真是失礼了。坐在车上的人就是我舅舅。他也住在这家旅馆。我刚跟他说起了你,他说机会难得,很想见你一面,不知你愿不愿意今晚和我们共进晚餐。我正想找你的房间,问问你的意思呢。"

　　我连珠炮似的说完,神秘女子依旧是一脸的冷淡,用略显为难的口吻说:

　　"多谢他的好意。如果我是一个人,倒也无妨,但是我还有位旅伴……"

　　"没关系,可以请她一起来吗?"

　　"可她随身带着不寻常的东西。"

"啊？什么东西？"

"呵呵呵呵……是只猴子。她特别喜爱那只猴子，片刻都离不开，就像疯子似的。总不能让她带着猴子一起赴约吧……"

时刻抱着猫咪不离手的女人还常有耳闻，跟猴子如此亲密的可就太罕见了。神秘女子背后果然藏着重重谜团。

"不碍事，那猴子总不至于伤害别人吧？为了区区一只猴子错过这样的机会太可惜了。请你务必赏光。我舅舅也说真的很想见到你。"

我几乎是在恳求。不过只要对象是她，恳求千万遍我都心甘情愿。最终，秋子被我说服，只好接受了共进晚餐的邀约。

于是我与她约好："到时我会让服务员去叫你们的。"正要离开，秋子却唤住我，问了个古怪的问题："请问……你说你舅舅买下了那座钟塔公馆，准备修缮一番就搬进去。那你也会一起搬过去吗？"

"嗯，那是当然。我就跟他亲儿子一样。"

"那……请容我提一个冒昧的请求。我们今天不是在公馆三楼的房间遇到的吗？你能不能选那个房间作居室，晚上也在那里就寝呢？"

我越听越莫名其妙。眼前的谜团真是越发复杂了。

"可那不是铁婆遇害的房间吗？"

"呵呵呵呵……你是害怕老婆婆的幽灵吗？放心，连我都敢坐在她遇害的床上呢。"

"可你为什么要提这种要求？我在不在那间屋子睡，会跟你有什么关系吗？"

"这一点，总有一天你会明白的。现在我还无可奉告。"

"为什么？为什么不能告诉我呢？"

我不由自主地追问。

"我肩负着重大的使命,在心底发过重誓的。不完成使命,我什么都不能说。"

听美丽的秋子说出"使命"二字,感觉很奇怪。因为这个词与妙龄女子并不相称。然而看到她严肃的表情,我又觉得她不像是在说谎。若不是身负使命,外表柔美的女子又怎会坚冷如钢铁?又怎会做出潜入可怕的幽灵塔、坐在发生过凶案的床上、祭拜一个连朋友都不是的女人这一系列奇异举动呢?

"是有人对你下了严格的命令吗?"

"不,我这么做不是为了别人。我是对自己发了誓,无论如何都要完成某个使命。哎,我怎么说了这么多……不行,不行……请不要再向我发问了。我不能透露更多了。"

"这样的话,我就不问了。我什么都不问,就按你的命令行事吧。我一定会选那个房间作居室。"

"我绝没有命令你的意思。不过你愿意接受这个请求,我真是非常高兴。我还要告诉你一件事——等你住进那个房间,会找到一本原本属于渡海屋的古旧圣经。只要仔细研读,一定会有意想不到的收获。"她用预言家一般的口吻说。

这重重谜团,什么时候才是个头啊。

我答应按秋子说的办,与她暂别。终于,晚餐时间,秋子与带猴子的旅伴如约来到舅舅的房间。然而又发生了一件怪事,令疑云更深了一重。

何方神圣

晚餐时间，我如约派服务员去请人。神秘的野末秋子带着她怪异的旅伴来到了舅舅的房间。

旅伴是个中年女人，名叫肥田夏子，就像她的名字一样，身材肥胖，长相丑陋得叫人一看就闷得慌。正如秋子事先告知的，肥田用红绳牵着一只猴子，一本正经地走进屋里。这场面别提有多诡异了。

亏秋子能与如此粗俗的女人一起出门。秋子身上有种月宫仙女般超凡脱俗的浪漫气质。而肥田夏子与她形成了鲜明的对比，从头到脚都俗不可耐，且一脸贪相，心眼恐怕也坏，肯定是个谎话连篇的女人。

秋子进屋后先坐在下座，双手点地，用优雅的动作行了一礼。因为是初次见面，秋子直视着舅舅的脸。舅舅也注视着秋子，以示回礼。两人四目相对，就这样静止片刻，不知怎的，舅舅的脸色愈发苍白，双眼瞪大，眼珠子几乎都要蹦出来了，像是分外惊骇。忽地，他整个人一软，瘫倒在地。

舅舅昏过去了。像他这样长年坐镇法庭的人说晕就晕，实在古怪。虽然事后回忆起来，他失去意识的时间并不长，但昏厥却是事实。秋子的容貌似乎把他吓得不轻。这样一个美人，究竟有什么力量能令堂堂男子汉昏死过去呢？神秘女子真是愈发神秘了。

众人大惊失色，连忙凑到晕倒的舅舅身边。不过就在大家惊慌失措的时候，最冷静机敏的当属秋子。她迅速用一旁的煎茶茶杯倒了些水，往舅舅的嘴边送去。但第二机敏的便是荣子那家伙。不，她不是"机敏"，而是坏心眼。她从旁一把抢过了秋子手里的茶杯：

"请你让开。舅舅就是看到你才吓成这样的，你还是离开这里比较好。"

她用凶神恶煞的眼神瞪着秋子，同时试着给舅舅喂水。

秋子的一片好心被当成了驴肝肺，但她并没有动怒。

"很抱歉惊扰到各位了，改日我再登门道歉。"

她优雅地说道，准备起身。就在这时，晕倒的舅舅仿佛稍稍清醒了些，想要抓住什么似的伸出了手，碰巧就抓住了秋子的左手。

不知为何，秋子在被抓住的那一刹那显得非常慌张，迅速甩开左手，改用右手扶起了舅舅。见到这一幕，我也绕到舅舅身后，一边说着"舅舅，您怎么了！振作啊！"一边与她合力把人抱起来。然而，找起茬来比谁都机敏的荣子又岂会看漏秋子方才的奇怪举动。她死死盯着秋子那只有些异样的左手，眼中敌意毕露。

毕竟在室内，秋子并没有戴手套，但左手上方有一层和之前的手套同色的深灰薄绢，像袖口似的将手腕严严实实地裹住了。而且，薄绢上手腕的位置还用同色丝线绣着玫瑰花。难怪荣子会目不转睛地盯着她的手腕看。

这时，舅舅彻底清醒过来，靠自己的力气坐直了。见秋子要走，他连忙挽留道：

"我已经没事了,刚才真是见笑了。快请坐吧!哈哈哈哈哈……这阵子我身体不太好,经常头晕。实不相瞒,你长得有点像我的一位老熟人,所以我产生了奇怪的错觉……不过,她已经不在人世了。仔细一打量,我便知道是自己眼花了。"

咦?舅舅的老熟人里有和秋子如此相像的女人吗?他说的究竟是谁?我不禁有些好奇,但还是忍住没有贸然发问。转头一看,荣子那家伙似乎也有同感,两眼闪烁着怪异的光。

听舅舅这么说,秋子便坐回了原处。两人重新互致问候,就这样闲聊起来,服务员也开始上菜。

秋子的旅伴肥田夏子相当健谈。用餐期间,这位肥田夫人独自撑起全场,对着舅舅滔滔不绝,明明是不咸不淡的小事,却说得眉飞色舞。瞧这架势,绝不是省油的灯。一天到晚被这样一个女人监督着,秋子一定很不好受吧。我对她无比同情。

肥田夫人的宠物猴倒是很老实,跟小孩似的乖乖坐着,肥田夫人不时放些食物在手上喂它,它便皱着眉头细细品尝。

用餐接近尾声,舅舅终于切入正题,问秋子:

"听说你知道怎么给那座大钟上弦,你怎么会对那种东西感兴趣呢?看来你一定经常爬上那座钟塔吧?"

"嗯,我时不时会上去瞧瞧。也不知为什么,我特别喜欢那栋古色古香的建筑,不知不觉就把上弦的方法给破解了。"

"那正好!我们打算把那房子装修一下就搬进去。至于该怎么装修,还要麻烦你帮我们参谋参谋。"

"好呀,我也想把自己知道的东西分享给新房主。那座公馆光是我查过的地方,就藏着许许多多的秘密。如果都告诉您,一定会对您有所帮助。"

"是这样吗,你还了解不为人知的秘密!比方说?"

舅舅身子向前探,显得迫不及待。见状,秋子反倒面露难色。

"我还是想另找机会与您详说……不是在这样的场合,而是单独与您谈。"

见舅舅和秋子聊得投机,荣子似乎妒火中烧,从一开始就显得心烦气躁,听到这儿,她终于忍无可忍,勃然大怒。

"阿光!"她又用那令人作呕的昵称呼唤我了,"我们在这儿待着好像挺碍事。走吧,给人家腾个地方。"

这话显然是说给秋子听的。

"荣子!怎么说话呢!太没礼貌了!"

舅舅厉声斥责,可荣子岂会就此打住。

"到底是谁不礼貌?备了好酒好菜请她过来,她却嫌我们在这儿碍事,这不是比我更没礼貌吗?明明是个来路不明的女人……"

荣子真是太没教养了,气得我几乎要一拳揍上去。然而不等我做出反应,秋子便站起身来。她对舅舅鞠了一躬,然后起身,一言不发地带着肥田夫人回房去了。那毅然决然的态度仿佛在说,我无法容忍这样的侮辱。年轻女子能有这般气概着实罕见。

这个回合荣子一败涂地,可我总觉得惹怒秋子是个难以挽回的错误,不禁生起荣子的气来。

舅舅也对荣子的任性举动非常气愤,用比平时更严厉的语气斥责了她。荣子却越听越委屈,露出快哭的表情:

"好,随便你们怎么欺负我吧!我说什么都要查出她的底细,她肯定有见不得人的秘密!阿光,到时候你可别后悔啊!"

荣子又像小时候"噫噫"作声时那样努起下唇，狠狠白了我一眼，甩手甩脚走出房间。我起了几分恻隐之心，可是转念一想，要是我追上去安慰，她又会变本加厉地乱发脾气。于是我跟舅舅交换了眼神，干脆由她去。

"不过舅舅，您刚才怎么会吓成那样？秋子小姐到底长得像谁？"

"唔……哎，一定是我这阵子太疲劳了。无碍，放心吧。这事你就别问了。"

舅舅支支吾吾，可我怕继续追问会让他难堪，只得选择沉默。

我们在房里等了好一会儿，也不见荣子回来。舅舅有些担心，让我出去看看。我倒不是很担心，但还是穿过走廊，准备下楼，半路却瞥见荣子正和一位年纪较大的旅馆服务员站在楼梯下面说话。瞧她那偷偷摸摸的样子，就像有什么阴谋似的。我不禁停在楼梯中间，竖起耳朵听她们在聊什么。

"遇害的铁婆有个养女，叫和田吟子。不过吟子被判了刑，后来死在监狱里了……"

"这个我也听说过。就没有其他年轻一点的女人知道大钟怎么上弦了吗？"

"唔……对了对了，还有一个。据说铁婆家里原来有个很漂亮的女佣，叫赤井时子。当时我们旅馆还是老店主当家，我也没亲眼见过她，只知道她很以美貌为傲，又爱打扮，在村里都是出了名的。可就在出事前不久，她找了个相好，跟人家私奔了。出事以后，警方也怀疑到了她身上，审问过她，但查出案发时她跟相好待在长崎，证据确凿，于是她就被无罪释放了。也不知道这会儿在哪里……我是听说，她在那之后不久就跟相好一起去了上海……"

"那人大概多大年纪?"

"当年好像是十九、二十岁,现在也该有二十五六了。"

"哦……不过她那样的大美人,应该会比较显年轻吧。"

她们聊到这儿时,陈旧的楼梯被我压得嘎吱一响。荣子在这种事情上格外敏锐,立刻发现了我。

"哎哟,阿光,你怎么躲在那种地方偷听呀?怎么样?刚才那些你都听见了吧?"

她得意扬扬地问道。

"嗯,不小心听到了几句,可那又怎么样?"

无奈之下,我只得下楼来到荣子身边。人过中年的女服务员显得很惶恐,一声不吭地走开了。

"'那又怎么样'?你还不明白呀?你最尊敬的那位女士,竟然有这么光彩的来历呢。明明是个跟人私奔的下人,却装模作样自称什么'野末秋子',真是假正经……"

"你的意思是,秋子小姐就是那个女佣吗?那你可真傻……"

"好,你说傻就傻吧。可是知道大钟上弦方法的铁婆和养女都死了,她不是那个女佣,还能是谁?到底谁才是大傻瓜,咱们走着瞧。"

被她这么一说,我一时语塞。秋子小姐去吟子墓前祭拜一事确实很古怪,但如果她是服侍过吟子的女佣,一切就解释得通了。不过还是有些不对劲。不对,绝不可能。秋子端庄文雅,理智冷静,自尊心也很强。无论把怎样的证据摆在我面前,我都不会相信她是跟人私奔的女佣。不是的,绝非如此。

我对荣子的推论置之不理,折回房去。可第二天早上发生了一件事,不太能支持我的判断。

用完早餐,我按捺不住,便以为昨晚的事道歉为由,去了一趟秋子的房间。然而过去一瞧,屋里空无一人。服务员表示,她俩今早五点多便急匆匆地出发了,也不知出了什么事。我大失所望,正要回房,却见荣子守在走廊。她一脸得意地对我冷嘲热讽:

"呵呵呵呵,真可怜。怎么样?还没清醒过来呀?你放在心尖上的秋子小姐可真讲礼貌。一声招呼都没打,天不亮就偷偷摸摸出发了,简直跟小偷一样。啊……这下我心里总算痛快多了。"

神秘咒语

　　舅舅本想向秋子请教时钟上弦的方法，她却不辞而别，他自是十分失望。但既然来了一趟，他还是决定去钟塔公馆瞧瞧。于是那天早上，舅舅、荣子和我又雇了那种古朴的人力车，沿昨天的路赶往幽灵塔。

　　四面均涂有灰泥的巨型建筑跟昨天一样，昏暗而阴森。不过在巡视各个房间的过程中，舅舅似乎对公馆独具个性的牢固结构和复杂的房间布局颇为中意，琢磨起了这里要这么改，那里要那么改，满脑子都是修缮方案。

　　一行人走着走着，来到了我昨天遇见秋子的地方，也就是发生过凶案的房间。这时一看，其中一面墙上竟有扇敞开的门，门后是一段狭窄的楼梯，而我昨天完全没发现。这一定是通往钟塔的入口。

　　可这扇门昨天是紧闭着的，以至于我甚至没发现它，是谁神不知鬼不晓地把它打开了呢？说不定是秋子今早离开旅馆后特地来了一趟，给我们指明了钟塔的入口。

　　我不由得想到了她。还有别的东西能证明秋子来过吗？我环视四周。找到了,还真有。在那张发生过凶案的可怕床铺上,放着一朵鲜红如血的山茶花。

"哎呀,床上怎么有朵花……今早肯定有人来过!这朵山茶花是刚从枝头摘下来的,还很新鲜呢!"

素来眼尖的荣子把花拾了起来。那可是秋子留下的花,怎么能让荣子抢去!我连忙冲到她身边,一把夺了过来。谁知她趁我一时疏忽,又一次抢在了我的前头。

"花就给你吧,这个归我了。"

说着,她亮出一把古色古香的铜钥匙,得意地炫耀着。秋子一定是为了让我发现那把钥匙,才留下山茶花当标记。可最要紧的钥匙偏偏被荣子抢走了。

自然,我又扑向荣子,想要夺回那把钥匙。可荣子朝我努了努嘴,一溜烟就不知跑去哪里了。这没规矩的模样令人毫无办法。

之后,舅舅与我走上楼梯,到钟塔的机械室查看了一番,然而整个房间都用巨大的铁板盖住了,完全看不出该动哪个部位、怎么动才能让指针走起来。我不禁越发为秋子的离去感到遗憾。归根结底,都怪荣子性格太顽劣。愤慨再一次涌上心头。可就在这时,那顽劣的家伙在楼下发出了高亢的叫声。

"你们快下来呀!我发现了奇怪的玩意!快,快下来!"

我们不知出了什么事,急急忙忙下了楼。荣子应该是试着用了那把铜钥匙,此刻床边的墙上多了一个四四方方的洞口。原来这里有一扇暗门,看起来就像某种秘密金库。

不过,洞中只有一本厚实的西洋书籍。取出来一看,古旧的皮质封面上并无灰尘,可见最近刚被人翻过。

这是一本古老的英语版圣经，印制于十九世纪初。恐怕是当初那位英国技师送给渡海屋市郎兵卫的。这么说来，渡海屋是不是懂一些英文呢？我边想边翻开厚重的封面，只见封面内侧有五六行歪歪扭扭的毛笔字，也是英文，显然不是英国人的笔迹。渡海屋果然懂些英文。

由于笔迹实在幼稚，认起来非常费劲，不过开头那行犹如标题的字立刻勾起了我的好奇——"秘密咒语"。

于是我与舅舅一同研究起来，发现文字的大意如下：

当乱世平息时，我的子孙当取出财宝。待到钟鸣，待到绿动。须先上后下，便至神秘迷宫。详情如图。

"舅舅，这段话是在暗示传说中的藏宝地点！肯定是渡海屋为子孙留下的。原来传说是真的！"

我欢天喜地地喊道。

"也许吧。可我又不是冲着财宝才买下这座公馆的，别大声嚷嚷，好像我们很贪心似的。再说了，这段话写得模棱两可，根本看不出名堂。什么钟鸣绿动，上上下下，跟字谜似的。说不定是有人在恶作剧。"

舅舅是个实事求是、遵循常识行事的人，不会轻易相信这种传说。

"可我觉得确有其事。书上写着'详情如图'。也许看看那张图，就知道是真是假了。"

我无法像舅舅那般冷淡。那张图会不会就在书里？我翻了翻圣经的书页，又把它倒过来晃了晃。忽然，一张纸掉了出来，悠悠飘落在地。

"有了！这就是图！"

我急忙将它拾起，摊开一看，只见上面画着纵横交错的线条，还真像是图纸。这一定就是"迷宫"的示意图了。然而仔细一瞧，我遗憾地发现，图纸并没有画完。渡海屋恐怕只画了一半就被困在了迷宫里，于是图纸便以未完成的状态流传至今。

"你瞧瞧，这种孩童涂鸦似的图纸能顶什么用？别再惦记什么财宝了。"

即使被舅舅批评了，我还是无法就此作罢。

"不，我想仔细研究一下，还请您先帮忙保管。说不定有朝一日我能揭晓谜底呢。"

于是，我把圣经和图纸寄放在了舅舅那里，可那把铜钥匙不知被荣子藏去了什么地方。她死活不肯交出来，还两眼放光地说了一番莫名其妙的话：

"我一定会让那把钥匙派上用场的。阿光，你给我记好了！"

真是奇怪，荣子这家伙这打算把钥匙用在什么地方？

"啊……没错，一定是这样！"

她好像想通了什么，自顾自点点头，把我拉到角落里悄悄说：

"我总算知道野末秋子的企图了！她在这座公馆做女佣服侍铁婆时偷走了圣经和图纸，想要独占财宝。所以她才会这么了解这栋房子！可房子被舅舅买了下来，她没法擅自出入了，于是心生一计，打算跟新房主一家套套近乎，找个内应。阿光，你可得小心啊，不然有你受的！"

荣子虽是怀着妒意胡乱猜测，但这个观察还是相当犀利。我不禁觉得她的说法也有几分道理，并无把握全盘否认。秋子年纪轻轻，却独自进入传闻中闹鬼的房间,坐在凶案发生的床上,光是这一点就足以让人生疑。她说她有使命在身,莫非她口中的"使命",就是盗取公馆的宝藏?之所以去祭拜和田吟子,说不定也是为了祈求顺利达到目的。

然而,天使般美丽的秋子真有如此险恶的用心吗?难以置信。难以置信。我是万分不愿相信,可种种迹象仿佛都在证实荣子的猜测。我越琢磨越迷茫,心情低落,连话都不愿说了。不久,我们把该看的地方都看了,便坐车回到花屋,当天下午上了回长崎的火车。那一整天,我都跟哑巴似的一言不发。

大魔术

舅舅回长崎之后便聘请专业技师，正式启动了幽灵塔的修缮工程。可在完工之前，又发生了一起不得不写上一笔的怪事。

事情要从一封请柬说起。请柬来自同在长崎市的富豪轻泽家。

主人轻泽住在市北郊区。他继承了父辈的财产，在公司身居要职，自是逍遥度日。他兴趣爱好相当广泛，近来迷上了西洋魔术，据说还采购了不少价格高昂的魔术道具。如今看来功夫是练到家了，他向各路亲朋好友发送了请柬，表示要举办宴会表演西洋大魔术，邀请大家前来观赏。

舅舅对魔术之类的玩意全无兴趣，原本是不会出席的，然而请柬里附了这么一句话：

特邀嘉宾闺秀作家野末秋子将登台演奏钢琴助兴，敬请期待。

看到这句话，舅舅和我又怎么能拒绝。

"原来那位小姐是小说家。你不知情吗？"舅舅喜滋滋地说。

"我不知道。主流文坛的女作家里好像没有叫这个名字的。"

我也很纳闷。后来才知道，秋子并非小说家，而是评论家，最近刚通过东京某著名出版社推出了评论随笔集《上海》，是刚崭露头角的新锐文人。她在上海待过一段时间，那书是根据亲身经历写就的。

总之，我们接受了轻泽家的邀请。大概是为了监视我们，荣子也提出要同去。

然而当天晚上，我们三人坐着人力车来到轻泽家附近时，因为一桩稀奇事被警官拦下了。

"马戏团的老虎冲破笼子跑了，好像逃进了前面那座山里。大伙正准备搜山呢。您几位没有要紧事就请回吧，不然太危险了。"

警官走到人力车前，和善地提醒我们。放眼看去，街上已经没了行人，唯有青年团成员和消防队员手持棍棒与猎枪，神色严峻地四处巡视。

我们在车上稍作商量，还是决定去轻泽家。毕竟都到跟前了，这时折返未免可惜。

换作普通的邀约，我们肯定不假思索地掉头就走了，但野末秋子的魅力给我们壮了胆。我甚至把自己想象成了中世纪的骑士，生怕秋子有个万一。

于是我们跟警官说有十万火急的要紧事，让车夫继续赶路，不一会儿就到了轻泽家的大门口。

那是一栋古朴的木结构洋房，墙面刷成了绿色。它建于明治中期，原本是某位英国商人的宅邸。商人回国时，轻泽先生把它买了下来。因此建筑的内部结构有浓厚的西洋风格，实在不像日本人的住处。不过，特立独行的轻泽先生倒把这当成了炫耀的资本。

我们一进门，便被一身洋装的时髦女佣领去了玄关旁的会客室。片刻后，轻泽夫人现身相迎，一如既往地和颜悦色。

"欢迎！魔术表演就快开始了，请各位移步会场吧！"

"夫人，刚才我们在路上听说了一件了不得的事：马戏团的老虎逃出来了！我想这附近是有个马戏团在巡演吧？"舅舅略去寒暄，急忙通风报信。

"是的，我们也接到了通知，但外子不想吓到宾客，所以还没公布这个消息。不过他给枪械室里的火枪上了子弹，关键时刻能派上用场。"

"那真是有心了。节目表演完之前，还是不要声张为好。"

舅舅也赞成主人的安排。夫人提到的"枪械室"也源自轻泽先生的一大爱好。他搜集了各种猎枪，专门辟了个房间用于展示。

接着，我们便在夫人的带领下走进大厅，也正是魔术表演的会场。刚落座不久，大厅里的电灯一齐熄灭，四周陷入漆黑。夫人低声解释道：

"马上就开始了。各位别害怕，很快就会有位大美人出现在舞台上。"

轻泽先生到底要表演什么戏法？就在我盯着舞台时，正前方忽然出现了幻灯片模样的画面，上面有个一尺多高的小人，因为实在太小，看不清长相，但轮廓像是身着晚礼服的年轻女子。

不可思议的是，女子的身影逐渐变大，眼看着个子越来越高，变成了两尺、三尺……最终成了寻常女子的大小，朝观众席莞尔一笑。啊……那张脸！我险些喊出声来。是秋子，是秋子啊！一日不见，如隔三秋，而我竟在这魔术的舞台上与她重逢了。

今晚的她身着洋装，而非前些天的朴素和服，更加美艳动人。但她的美不同于女演员，而是社交界贵妇的美。唯有一处特别扎眼：她的左手腕戴着丝巾做的腕带，上面镶嵌着珍珠，显得有些笨重，与今晚的装束格格不入。

轻泽先生所谓的"大魔术"并不是什么高超的戏法。"幻灯大变活人"早就不稀奇了。不过作为业余爱好者，他的表演水平还是相当不错，加上现身舞台的是秋子这般超凡脱俗的美人，观众席顿时响起震耳欲聋的喝彩。

喝彩声中，室内的电灯重新亮起，舞台顿时如白昼般亮堂。秋子看准时机，对观众席鞠了一躬，然后在舞台右手边的三角钢琴前落座，默默演奏起了肖邦的夜曲。

我对音乐一窍不通，却也能感受出秋子完美地诠释了一首难度相当高的曲子，在座的宾客听得如痴如醉。啊……这是何等的才情！她不仅文笔好，连演奏钢琴的技艺也如此精湛。我的爱慕之情不由得高涨到令人揪心的地步。

曲终时的喝彩几乎比魔术结束时响亮一倍，经久不息。渐渐地，宾客们开始用有节奏的掌声恳请秋子再来一曲。她露出略显难为情的微笑，再次落座，弹了一首简单的曲子便下了舞台。掌声再次如狂风暴雨般响起。宾客们将这位才女团团围住，送上溢美之词。

待场面平静下来，秋子看到观众席上的我们，快步走来。舅舅起身相迎，正要开口夸赞，她却抢在前头，彬彬有礼地说：

"前些天多有冒犯，实在抱歉。我的旅伴急着要走，于是我没来得及跟各位打招呼。今晚又献丑了……"

话音刚落，一旁的荣子又插嘴了。

"哎哟，真是太精彩了。钢琴弹得棒极了，不过那魔术更让我震撼。你是怎么变身的呀？"

我甚至来不及劝阻。荣子之所以主动跟来，就是因为怀有这般险恶的用心。"变身"——还有比这更明显的挑衅吗？

可秋子好像全然不介意，面不改色地回答：

"轻泽先生技艺娴熟，不输给专业魔术师。不是我变了身，而是幻灯的机关把我送到了舞台上呀。"

然而荣子的敌意如烈焰一般，怎么会因为这几句话退缩。

"不不，是你的演技好。赤井时子摇身一变，成了野末秋子，好厉害的手段，佩服佩服。"

荣子的企图昭然若揭。她竟然坚信在幽灵塔当过女佣的赤井时子换上了"野末秋子"这个假名，要当着全场宾客的面揭下秋子的"面具"，简直是胡闹。

"哎呀，你在说什么，我怎么听不懂？怎么又冒出了个赤井时子？"

冷静如秋子，也不禁住有些情绪波动。

"我是说，当年那个叫赤井时子的女佣，摇身一变成了高高在上的大小姐。"

"此话怎讲？你的意思是，我就是赤井时子？"

"没错，我就是这个意思。你又何必隐瞒呢？我已经打听到，时子当年就是逃去了上海。"

荣子从小到大任性惯了，遇到这种情况，就和乱发脾气的孩童无异。在礼仪规矩方面，她是个彻头彻尾的低能儿。舅舅跟我都不想再让她丢人现眼，设法劝阻，可她完全听不进去。

见秋子笑容不改，气定神闲，荣子愈发来劲了，逼问道：

"你敢说你不认识赤井时子吗？"

听到这儿，秋子终于忍不住笑了出来，仿佛听到了特别荒唐的话。

"不，我和赤井时子很熟。我不知道她此刻身在何处，但我们小时候亲如密友，经常一起玩耍。"

多么随意的回答。她说得如此坦荡，如此淡然，刁蛮如荣子也哑口无言，难以反驳。舅舅跟我都不禁微笑。不光是我们，周围的两三位宾客也被荣子的无理取闹逗乐了。

荣子意识到自己已经一败涂地，又羞又恼，眼泪汪汪。

"算了！算了！你们一个个就知道欺负我！"

她嚷嚷道，随即捂着脸冲了出去，大概是觉得没脸在这儿待下去了。

舅舅惶恐地向秋子连连道歉。

我觉得光道歉不够，于是狠狠数落了荣子的无礼。

"不，是我不好，让荣子小姐那么生气。也不知她上哪儿去了，我去找找看吧。"

啊……多么宽广的心胸。秋子与荣子的为人，大概有十层、二十层的差距。

"不，不用麻烦你了。要不了多久，她就会意识到自己的错误，来向你道歉了。"

我们就这样尴尬地聊了一会儿。忽然，轻泽家的书童拿着一张纸来到我们跟前：

"有人吩咐我把这个交给您。"

说着，他把纸片递给秋子。

我瞥了一眼，见上面用铅笔写了几行字，看着很像荣子的笔迹。

她到底写了什么？不会是女性之间的决斗书吧？

"是荣子给你的吗？她写了什么？"

面对我的疑问，秋子的神色依然如钢铁般冷静。

"没什么大不了的。她好像在那边的房间等我。我这就去跟她讲和。"

撂下这句话后，她便不顾我们的劝阻，离开了大厅。

我知道荣子脾气暴躁、毫无规矩，所以非常担心。要是荣子再次挑起无谓的争执，那就真是颜面扫地了。于是我悄悄跟在秋子后头，想去看看情况。

秋子毫无察觉。她走出大厅后，穿过长长的走廊，来到深处的楼梯口，进了楼梯旁边的房间。

我与轻泽家相熟，时常出入这座宅邸，所以很清楚那是轻泽先生专门设置的"枪械室"。荣子竟把秋子约到了枪械室，她到底想做什么？就在我继续靠近时，突然有个人影从楼梯后面蹿出，蹑手蹑脚地朝枪械室走去——是荣子！她没在房间里等着吗？我正纳闷，却见荣子偷偷摸摸走到枪械室的门边，就像逼近老鼠的猫，然后"咔嚓"一声把门反锁了。紧接着，她生怕被人看见似的，匆忙拐进另一条走廊。

"咦，她这是做什么？把秋子关在枪械室里又能怎么样？"

我愈发担忧了。万幸的是，我知道楼梯中央的墙上有扇通风窗，能看到枪械室里的情况，于是轻手轻脚地走上楼梯，透过窗口偷偷望去。

就是这一眼，让我像化石一般彻底僵住，心跳仿佛都停了一拍。我浑身寒毛倒立，每一个毛孔都渗出了冷汗。

虎口惊魂

那令人惊骇的景象至今历历在目，仿佛就发生在昨天。

我才俯视了枪械室一眼，便被吓呆了，心脏怦怦乱跳，每一根头发都立了起来。

因为枪械室里除了秋子，还有另一个活物。天哪，人世间真会发生这种事吗？我不是在做梦吧？眼前是一头老虎，一头渴望鲜血的猛虎。它压低前肢，摆出随时可能扑向猎物的架势，死死瞪着秋子。

轻泽家中怎么会有老虎？这样的怪事实在超乎想象。我不禁怀疑自己的双眼，以为轻泽先生的西洋魔术表演还没结束。片刻后，我想起在来轻泽家的路上，有警官提醒过我们，附近演出的马戏团里有只老虎逃跑了。轻泽家也接到了消息。为防万一，轻泽先生还给枪械室的猎枪上了子弹。

谁知那只出逃的老虎偏偏神不知鬼不觉地溜进了枪械室。它一定是翻过宅邸后方的树篱，在院子里游荡了一阵，而枪械室的窗户刚好开着，于是就进了那里。

荣子暗自发现了这个可怕的巧合，便想利用老虎对秋子实施报复。

于是她若无其事地把秋子约来这里，再把房门反锁，意图将情敌变为老虎的美餐。多么狠毒的女人啊！虽然知道荣子被嫉妒冲昏了头脑，可直到这一刻，我都没想到，小孩子脾气的她会想出这样毫无人性的计划。女人的复仇心着实可怕，让我发自内心地战栗。

秋子呢？我朝她望去……唉，我对女人果然一无所知。情势如此危急，秋子却依然如钢铁般冷静。换个常人，恐怕早就吓晕了。她却冷冷地盯着老虎，凛然而笔直地站立着，纹丝不动，仿佛不知恐惧为何物。

然而不论秋子多么冷静，对面终究是不通人性的野兽，不会因此跟她客气。假如猛虎不再匍匐在地，而是飞身跃起，秋子必然会刹那间鲜血淋漓，葬身虎口。到时，一切就晚了。要想救她，必须马上采取行动。错过了这一瞬间，一定会追悔莫及。

可我该怎么救她呢？我想找人来帮忙，可大声呼救是行不通的。哪怕有一点细微的声响传到老虎耳朵里，都会坏了大事。猛兽会在听到动静时扑向猎物。

我心急如焚地想，要保秋子周全，唯有舍弃自己的性命。我决定在此刻履行骑士的职责。我也不知道临时想出来的办法是否行得通，可已经没有时间冷静考量了。我下定决心，要豁出去拼一把！

我尽量不发出任何声响，迅速翻越楼梯扶手，抓住正下方枪械室通风窗的窗框，然后把身体一横，对准老虎的背后猛地跳了过去。

事后想起来，这么做的确太欠考虑。可我当时满脑子只想要吸引老虎的注意力，牺牲自己，为秋子创造爬窗逃生的机会。

我跳下去的姿势非常勉强，于是"扑通"一声巨响，重重摔在了地上。然而不等我爬起来，被惊动的老虎便闪电般迅速地转过身来，一跃而起,扑到了我身上。

"啊,北川先生!"

我隐约听到了秋子的喊声,可无暇顾及,因为妖魔般丑怪的猛虎已经把头伸到了我的正上方。比我的眼睛足足大十倍的骇人眼珠凶光迸发,视线牢牢锁在了我身上。它张开血盆大口,露出黄色獠牙,发出雷鸣般的吼声,黏滑的口水伴随着呛人的热气喷在我脸上。

如果没有亲身经历过,恐怕无法想象离自己的双眼只有五六寸的虎脸看起来多么可怕。那不是动物园牢笼中的温顺老虎,而是彻头彻尾的怪物。黑黄相间的皮毛一如蜿蜒起伏的山脉。嘴边的每一根白须都像锋利的宝剑。血红的舌头长着无数根倒刺,叫人不寒而栗。

倒不是我不慌不忙地对老虎做了一番观察,而是这些景象瞬间就烙印在了我的眼底,并且清晰得连电影特写镜头都难以企及。

说起来也丢人,我连直视这丑陋怪物的力气都没有,更别说奋起反抗了,直接闭上了双眼。可即便如此,我还是能听到"咕噜咕噜"的咆哮,感觉到灼热的气息。更要命的是,我这时才知道老虎竟有如此恶心的臭味,简直像可怕的毒气,让我无法呼吸。

老虎的前肢就像榨油用的木杆,死死按在了我的胸口。突然,它的爪子猛然一动,我的毛呢背心嚓啦一声就被瞬间撕破。

我感到自己这一生就到此为止了。下一刻,黄色獠牙一定会撕碎我的喉咙。

我闭上眼睛,一动不动,彻底死心。

就在这时,地震般的巨响撼动了玻璃窗,响彻整个房间。

怎么回事?骑在我身上的猛虎发出一声可怕的呻吟,然后像被伐倒的巨树一般轰然倒在我身旁,不再动弹。

"北川先生，你没伤着吧？"

听到秋子的声音，我才回过神来，朝她望去。只见身着美丽晚礼服的她正将一挺猎枪夹在腋下，嫣然而立。猎枪的枪口还冒着丝丝白烟。

我明白了。刚才的巨响原来是秋子拿起架子上的猎枪，一枪打死了老虎。我没能英雄救美，反倒在千钧一发之际被柔弱的她给救了。

"多谢！都怪我贸然行事，差点被老虎咬死。不过多亏你想起来用火枪，我才捡回一条小命。这份恩情没齿难忘。"

我尴尬地站起身来，不住地感叹秋子的反应真是机敏。

"哪里，该道谢的是我。要不是你舍身冒险，天知道事情会变成什么样子。多亏了你，我才能得救呀。北川先生，太感谢你了。"

秋子彬彬有礼地对我鞠了一躬，仿佛是发自内心地感激我。她一句简简单单的感谢，彻底抵消了刚才的巨大恐惧，还给了我无限欢喜。无论如何，我也算是履行了骑士的职责，还得到了女神的褒奖。

话说回来，我在猛虎倒地的刹那睁开眼睛，看见秋子笑盈盈地站在面前，那时的她是何等圣洁、何等美丽。地狱里饱受折磨的罪人看到观世音菩萨脚踏紫云从天而降，大概就是那样的心境吧。我这辈子恐怕都无法忘记秋子那飒爽又迷人的站姿。

"原来你还会用枪！一枪就解决了这么凶猛的老虎，实在厉害！"

"过奖了。我当时一心想着不能让你受伤，硬是开了枪，多亏神明保佑才能命中，不算我的功劳。我之前就听这家的主人说，枪械室的火枪已经装好子弹，所以一开始就想到了用枪。可要是把视线移开，或者稍微动一下，老虎肯定会扑过来，于是迟迟没法去拿枪，只能像刚才那样拼命瞪着老虎。多亏你跳下来，转移了老虎的注意力，我才有机会动手。我这条命真是你救下来的。要不是你及时出现，我都快没力气继续瞪着它，眼看着就要晕过去啦。"

秋子自始至终都很谦逊。然而她越是谦逊，我就越是觉得她优雅得无可比拟，心中的爱慕之情越发高涨。

发报人

自不用说，秋子的那一枪惊动了宅中的所有人。

片刻后，以男主人为首的大批男宾赶到枪械室，发现房门被锁住了，连忙差女佣去取备用钥匙。一通忙乱之后，众人一拥而入，见到老虎的死尸，都吓得呆若木鸡。

"哟！一定是北川君开枪打死了老虎，在危急时刻救下了野末小姐！"

轻泽先生带头送上了称赞。这下全颠倒了，我竟成了打虎英雄。

我与秋子都没有特意澄清。如果贸然解释，就得说出荣子的罪状。所幸大家误会了，我们便不露声色地把话给圆了过去。

其实只要冷静下来一琢磨，便会察觉此事有蹊跷，毕竟房门是上了锁的。好在打虎大戏带来的亢奋掩盖了这一点，谁都没起疑心。

后来，接到消息的警官赶来现场，马戏团团长也上门赔罪，并且带走了老虎的尸体。轻泽先生精心安排的魔术表演就在这样一场闹剧中落下了帷幕。待喧闹告一段落，我们启程回家时，已经是十一点多了。

荣子在锁上房门后就不知躲去了何处，我们把每个地方都找遍了，也没找到她。所以回程的人力车上，就只剩舅舅和我。

"光雄，今晚是荣子干的好事吧？你大概是袒护她，什么都没说，但瞒不了我，因为那间枪械室的门是从外面锁上的。所幸谁都没起疑心，但我一看就知道是荣子干的。不仅如此，我还在枪械室捡到这样一张纸条。你看看，荣子的罪行已经不容争辩了。她躲着我们也是知道自己铸下大错，没脸见人了吧。"

说着，舅舅把纸条递给了我，上面的确是荣子的笔迹。

> 我有事要单独与你谈，请立刻前往枪械室。你若逃跑躲藏，就等于默认自己是当年幽灵公馆的女佣赤井时子。

这言辞何其恶毒。一想到荣子竟用这纸条将秋子引入险境，我就不想再为她开脱了。

"证据确凿，我也不能袒护她了。没错，是荣子干的。我亲眼看见她把秋子约到枪械室，然后锁上了房门。"

"我就知道……这孩子太荒唐了。我原以为荣子只是孩子气、爱耍性子，没想到她会犯下如此罪行，绝不能置若罔闻。你对这样的女子应该也没有留恋吧？我已经决定，从今天起将她逐出家门。跟你的婚约当然也一笔勾销。"

为了不让车夫听见，舅舅压低了声音，但怒意难掩，态度十分坚决。我当然没有任何异议。

可我们回家时，却发现荣子不等舅舅跟她断绝关系就先离家出走了。

女佣告诉我们，荣子一个多小时前就回来了，看样子十分匆忙。她说要出趟远门，把换洗衣服塞进旅行箱，留下一封信，便叫了车慌慌张张地走了。

我打开女佣递来的信，发现是写给我的，字里行间反倒充满了对我的怨恨。

> 光雄，你不惜赌上性命也要破坏我的计划，真让我目瞪口呆。我总算知道你有多爱秋子，又有多恨我了。正因为我当你是未婚夫，才对你掏心掏肺。但事到如今，一切都结束了。我会痛快地与你解除婚约。
>
> 我离家出走之后，那个野末秋子一定会大摇大摆地出入儿玉家，诓骗你和舅舅。我甚至能想象出你们轻信她的花言巧语，双手奉上儿玉家全部财产的模样。
>
> 但我还是要苦口婆心奉劝你，仔细瞧瞧野末秋子的左手腕吧。那里藏着她所有的秘密。如果你要跟她结婚，也得先查明手腕的秘密。切记，切记。万不可冲动行事，否则必将后悔终生。

看完这封信，我倒有些可怜荣子了。不过她肯主动解除婚约，让我心里痛快多了。如此一来，我便重获自由，可以尽情爱自己想爱的人。只是最后那几句话令我有些不舒服。我也早就对秋子的左手腕有些好奇，如果连荣子都察觉了，那就意味着所有人都看在眼里。手套和腕带之下究竟藏着什么？尽管我认定秋子不可能有什么见不得人的秘密，但这件事总让我放心不下。

另外荣子虽然作恶多端，毕竟是个小姑娘。小姑娘离家出走，还是不能不管不顾。我跟舅舅商量后，派人去亲朋好友家报了信，还请警方协助搜寻，却迟迟查不到荣子的下落，也不知她躲去了哪里。

同时，野末秋子和儿玉家的关系在打虎事件后愈发亲近了。正如荣子预言的那样，秋子频频上门做客，而舅舅和我也时常造访轻泽家，与秋子共度美好的时光，几乎没有一天不见面。

随着交往的加深，我就不用说了，连舅舅都无比欣赏秋子的才情。最后，他竟说服秋子当自己的秘书。

"我想让她帮忙处理钟塔公馆的装修工作。整理图书室、代写书信之类，找她也再合适不过了。其实，等时机成熟了，我还想收秋子做养女，让她代替荣子。她好像也没有亲属可以依靠，应该不会拒绝吧。你嘛，肯定会举双手赞成吧？哈哈哈哈……"

舅舅发出意味深长的笑声，因为"收秋子为养女"的另一层意思，就是"让秋子跟我订婚"。舅舅真是明察秋毫，我不禁面红耳赤。

没过多久，幽灵塔的装修工程正式开始了。从开工到竣工的两个多月里，我们和秋子经常前往 K 镇协调各项工作。在此期间，秋子依然像钢铁一样坚硬冰冷，难以亲近。不过我隐约觉得，我们毕竟在打虎事件中救过彼此的性命，关系已经不同以往，在某种程度上心意相通了。也许只是我的错觉，但秋子似乎也把我当成了值得信赖的人，愿意依靠我。那两个月的愉快时光，令我至今难以忘怀。

然而，天堂与地狱永远只有一墙之隔。快活的两个月刚刚过去，我们就被卷入了第二波离奇恐怖的漩涡。不过，在钟塔公馆装修完毕，我们搬进去之前，一切都很正常，唯有一件事例外。

当时打虎事件已经过去半个多月。一天下午，我正在书房看书，女佣一脸迷惑地进来通报，说大门口来了个乞丐模样的男孩，是专程来找我的。

一听到"乞丐模样的男孩",我便想起来了。我第一次去幽灵塔查看情况那天,有人发了封假电报,把舅舅引来了K镇。邮局工作人员告诉我,来邮局的并非真正的发报人,而是个流浪儿模样的孩子。于是我便请他帮忙,要是再见到那个孩子,就让他来我下榻的旅店,有丰厚的赏钱等着他。也许是那孩子打听到舅舅家的地址,大老远跑来长崎了。

我急忙去门口一看,果真有个十四五岁的孩子等着。他穿着破破烂烂的短褂,蓬头垢面,一脸狂妄的表情。

"K镇邮局的人跟我说啦。大叔,你就是北川光雄吗?"

这孩子的口气相当粗鲁,但果然如我所料,他就是发假电报的人。于是我刻意轻言细语地回答:

"对,我就是北川。电报是你发的吧?是谁派你去的?"

"要是我说了,你给多少钱?"

"如果你说实话,我就给你五块①。"

孩子顿时翻了个白眼。

"才给这点,拉倒吧。"

他撂下这句话,转身就走。真是个可恶的小混混。可我急着解开电报之谜,有求于他,只能耐着性子让了步。

"喂,等等,那你想要多少?"

"嗯……怎么着也得给个二十块②吧。"

---

① 原注:相当于今天的两千日元。(原注均沿用一九六二年的桃源社版本,故其提供的数额体现的是当时的通胀水平,同后。此处原文中"一块钱"大致等于现代五十人民币的购买力。)

② 原注:相当于今天的八千日元。

好一个狮子大开口。

"二十块？你可别漫天要价！"

"你不愿意就算了。差我发电报那人给我来了封信，说肯定会有人找我打听电报的事，让我一口咬定啥也不知道。只要我照办，两个月后就会给我十块钱。你不肯给，我找那人要封口费就是了。"

肯出十块封这孩子的嘴，可见发报人是真的不想暴露身份。他这么想守住秘密，意味着电报背后藏着不可告人的企图。现在可不是心疼二十块钱的时候。

"好，你过来，这二十块你可以拿去，但必须跟我说实话！"

孩子一把夺过两张十元纸币，塞进怀里。

"我是坐火车大老远过来的，拿这点也挣不了多少啊。"

他抱怨着，表情让人看了生厌，但还是讲了事情的来龙去脉……

距离幽灵塔大约七八町的地方，也就是杀人犯和田吟子之墓所在的公墓后方，住着一个皮肤特别黑的老媪，人称"乌婆"。乌婆开了家叫"千草屋"的花店，平时种些花花草草卖去长崎和周边的镇子。店里有帮工，但有时也会缺人手，所以流浪儿会替乌婆干些配送花草的活儿，赚些零花钱。

一天中午，男孩办完乌婆交代的差事回千草屋时，遇见了一个四十岁上下的肥硕女人。她将男孩叫到没人的地方，给了他那封电报，差他悄悄去邮局发了。

"那个女人是不是带了只猴子？"

我忽然想起这茬，连忙问道。

"嗯，没错。她抱着只小猴子，可宝贝了。"

毋庸置疑，那人就是野末秋子的旅伴肥田夏子。

"可空口无凭,要我如何相信呢?你有什么证据吗?啊,对了!你说那人给你写了封信,你带来没有?"

"我就知道你会开口要证据,所以带着呢。不过大叔,这么重要的信,我总不能白白给你不是?你得掏钱买呀。"

这小毛孩真是蹬鼻子上脸了。

"你要求可真多……罢了,给你五块钱,把那封信卖给我吧。"

为了留下那封信以备不时之需,我一咬牙又掏了五块钱。算下来,我在他身上足足破费了二十五块。

接过信一看,我发现上面的笔迹正如那日在邮局看到的委托单,非常拙劣。肥田夏子一看就没念过书,所以写字才会如此难看。

确认过信,我已没有别的问题,叮嘱男孩不要把这件事告诉任何人,即便再见到那个女人也要守口如瓶,然后就放他回去了。只是这个新发现使我心头多了几分阴郁。

秋子肯定对此一无所知。然而,她与那爱猴如命的胖女人仿佛有什么毕生无法分离的因缘似的,终日形影不离,也不知她俩究竟是什么关系。成为舅舅的秘书之后,她也没有搬来舅舅的居所,而是跟肥田夏子一起在外租房子住。如果是与她密不可分的肥田夫人发了那封神秘电报,那荣子的怀疑——秋子意图侵占舅舅的财产,还想得到藏在幽灵塔里的秘密财宝——倒也不是毫无根据。

可秋子如此高洁优雅,又怎会是歹毒的恶棍?虽说她独自在恐怖的幽灵塔里游荡,又去祭拜了和田吟子的墓,左手腕好像也隐藏着某种阴森的秘密,仔细想来确实有不少可疑之处,可无论我的理智推导出怎样的结论,我的心都不愿相信秋子是坏人。世上怎会有如此高洁、娴雅而美丽的恶徒呢。

修缮公馆的两个月转瞬即逝。我们举家搬进了有着可怕传说的幽灵塔,真正的大戏终于拉开帷幕。会有怎样的离奇可怖之事等着我们呢?舅舅和我做梦也想不到,在那修葺一新的钟塔公馆中,缠绕着怎样的执念……

青将军①

打虎事件的两个多月后，幽灵公馆……不，是"钟塔公馆"的修缮工作宣告结束。舅舅终于迎来了迁入新居的日子。他借此机会敲定了收秋子为养女的事，决定举办一场盛大的宴会公布这一喜讯，同时庆祝乔迁。

舅舅对宴会甚是期待，嚷嚷着"以后就不会再传那些鬼故事了"。可事后回想，鬼故事不仅没有消失，反而在喜庆的宴会之后变得更加离奇惊悚。首先，在宴会当天一早，我便遇见了一件令人毛骨悚然的事，就像不祥的前兆。

那天早上，我决定去钟塔公馆附近散散步。毕竟刚搬来没多久，看什么都很新鲜。无意间，我竟走到了那座村民的公墓，也就是埋葬杀害铁婆的凶手和田吟子的地方。曾几何时，我还亲眼看见秋子在她坟前流泪。我回忆起当时的光景，不禁朝吟子的坟墓望去，却蓦地发现，坟前竟然又有一个人在祭拜！

---

① 青将军（青大将）是日本锦蛇的俗称。

但今天这位祭拜者并非女子,而是个三十岁上下、西装笔挺的青年绅士。不过,仪表堂堂的绅士跑来祭拜罪大恶极的杀人犯,实在有些怪异。

我不禁好奇,便悄悄躲在树干后头,目不转睛盯着他。那绅士毕竟是男子汉,没有掉眼泪,但他无比怀念似的凝望着石碑,久久不愿离去,眼中的深情一如那日的秋子。

青年绅士就这样在坟前待了五分多钟。我趁此机会,对他做了一番细致的观察。他身材偏瘦,个子非常高,面容像演员一样俊美,但略微扁平。寻常女子大概会欣赏这样一张脸吧,可我偏偏喜欢不起来。打个略显奇怪的比方——青年绅士的长相让我联想起了蛇。沿着树枝蜿蜒爬行的,阴险的青将军。

就在我冒昧地琢磨着这些东西时,绅士终于离开了坟前。我本以为他八成住在K镇的旅馆,没想到和我预料的相反,他沿着小路,大步流星地朝着钟塔公馆的方向走去。

事情愈发古怪了。宴会的宾客不会来这么早,可这样偏僻的山村又怎会住着这般城里人打扮的绅士呢?不祥的预感掠过心头。我总觉得放心不下,于是决定跟着这位绅士走一段瞧瞧。

我蹑手蹑脚跟着他走了一会儿。渐渐地,一栋西式木屋映入眼帘。这种建筑在乡下颇为罕见。原来他住这儿啊。这栋房子毗邻钟塔公馆,我自然是见过的,据说它是长崎某位好事之徒在几年前建的别墅,但已空置一年有余,都挂牌出售了。

前不久来钟塔公馆时,木屋还是一副破败的景象,看起来没人居住,如今却打扫得干干净净,敞开的窗户后面还挂上了崭新的窗帘。也许是有人突然租下了这里。青年绅士十有八九就是木屋的新主人。

果不其然，绅士打开木屋的小门，消失在了门后。至此还没有任何异常，可正当我目送他的背影远去，将视线移向别处时，又发现了一件怪事。

木屋的窗口竟有个人正死死盯着我。可当我察觉这道视线，想要细看对方的长相时，那人迅速躲到了窗帘后面。不过在那一刹那，我的视网膜捕捉到了一个身着花哨洋装的女人。也许是青将军的妻子吧。可将军夫人为何要用那种颇有深意的眼神偷看我呢？又为什么要躲起来，生怕被我瞧见？总觉得不太对劲。直觉告诉我，小小的木屋透着一股阴森瘆人的敌意。

可我总不能闯进去一探究竟，只得转身走回钟塔公馆。不过事后回想起来，那栋小别墅里的确充满了针对我们的强烈敌意。那是毒蛇般的恶意，诅咒着我们的幸福。真没想到，那个身着艳丽洋装的女人竟然是她，而那位面孔扁平的青年绅士，比真正的青将军更令人心惊胆寒。

黑川律师

从下午三点开始,应邀参加宴会的宾客们陆续到来。舅舅本就人脉广泛,名声在外的幽灵塔也撩拨着宾客们的好奇心,闺秀作家野末秋子的美名更为宴会增添了不少魅力,以至于当天有近百人出席,可谓盛况空前。

趁着太阳还没落山,舅舅带领宾客们参观了钟塔公馆的里里外外。公馆不愧是渡海屋斥巨资打造的,这么多年过去了,地基与建筑的骨架依然稳固如初。所以,我们所谓的修缮不过是请人粉刷了开裂的白墙,给破损的旧门换上新门板,更换了室内的墙纸,给天花板重新上漆而已,房间的布局一概没动。给墙面刷上亮眼的新漆,再铺上地毯,挂上窗帘,配上合适的家什,整栋公馆便焕然一新,明亮多了,全无"鬼屋"之感。

院门是新安的,围墙也修补过了。庭院中丛生的杂草被改成了赏心悦目的草坪,还在恰当的位置栽种了树木。我们甚至在公馆后方建了一座大温室,因为栽培热带植物是舅舅的一大爱好。这间温室,也更加凸显了建筑与庭院的异国风情。

主屋后方有一座与建筑相接的天然池塘，水波荡漾，为庭院平添了几分风雅。不过与其说它是"池塘"，倒不如说它更像"古老的沼泽"，令我看不顺眼。我劝过舅舅干脆把它填平，可舅舅没答应，说："院子里没点水未免太煞风景，到了夏天还能当泳池用呢。"如果当时舅舅听从我的建议，从池底捞出无头死尸这样可怕的事也许就不会发生了。

我与舅舅忙着带路，在公馆内外来来回回转了好几圈。暮色将至时，我实在累得够呛，便想找个没人的地方喘口气。我站在院子里环视四周，只见新温室里静静悄悄的没有人影。我心想这地方不错，便立刻钻了进去，坐在热带植物宽阔的叶片下面，舒舒服服抽起了烟。

谁知纸烟才抽了半截，我便隐约听见小心翼翼的脚步声。有人走进了温室，不止一人，而是两人，且是一男一女。

他们完全没察觉我的存在，刚好走到了我的背后，而热带植物像墙壁般将我们阻隔开来。两人并排坐了下来。跑来这种地方，必然是有悄悄话要说。我本不想偷听他人密谈，可事到如今已无路可逃，只得屏息凝神，按兵不动。

"要是被人瞧见我跟您单独跑来这种地方就不好了，有什么事就赶紧说吧。"

是秋子的声音。我心中一惊，下意识地抬起身子，透过热带植物的缝隙偷瞄那边。

还真是秋子。她跟我们一样算主办方，主要负责接待女宾，不过听她刚才的口气，一定是某位男宾把她硬拉到了这儿。不过对方究竟是什么人？我心里七上八下，透过树叶的缝隙一瞧，见那人穿着黑色西装，配条纹长裤，一看就是文职工作者。他鼻子下面留着小胡子，大概四十岁上下。

那不是黑川律师吗！他的确是宴会的宾客之一。他正是政府为杀害铁婆的和田吟子选定的律师，并因此被世人所知。他竟毫不客气地把秋子带到了这种地方，究竟是怎么回事？

"秋子小姐，你何必对我如此冷淡。我们不是说好了，无论我命令你做什么，你都会乖乖服从的吗？"

黑川居然说出这么一番莫名其妙的话来。无论怎样的命令都要服从？岂有此理。秋子真的答应过他吗？

"嗯，我知道。所以我才按您说的，跟您过来了不是吗？"

这么看来，秋子确实答应过他。

"唉，你又这样敷衍我。好吧，你会服从我的一切命令，唯有一件事例外。可我根本不在乎其他的，只想实现那一个愿望啊。秋子小姐，你不可能不明白我的心思。可我左等右等，你却总是佯装不知，我实在等不下去了。"

"黑川先生，您就不要为难我了。虽然我们有约在先，可唯有那件事另当别论。您对我的大恩大德，我当然想要尽力回报，可您又坚决不肯收酬金……所以我只能答应您，服从您的一切命令，没想到您却给我出了这么一道难题……"

"难题？哈哈哈哈哈……秋子小姐，你可得仔细琢磨琢磨。你有世上独一无二的奇特身世，又尝遍了寻常女子难以忍受的艰苦。想必今后等着你的，也是有过之而无不及的难关。想靠一己之力杀出一条活路，恐怕太欠考虑了。

"我的提议又怎么会是难题？甚至可以说，为了你下半辈子的安全，这才是唯一的法子。除我以外的人再怎么对你一往情深，再怎么有权有势，也保护不了你。最清楚这一点的人就是你，不是吗？如果与我为敌，你一天都活不下去。但如果与我统一战线，你就能永保安宁。所以我们是命中注定要结合的。答应我的请求，与我结婚，是你唯一的活路。"

听着听着，我感到心跳在不断加快。难以名状的担忧与焦躁汹涌而来，我却只能躲在热带植物后面攥紧拳头。

秋子会如何回答呢？我不了解事情的来龙去脉，但他们之间的关系似乎相当复杂。她会不会被逼无奈，答应黑川的要求？

我竖起耳朵，细细听着。秋子沉默半晌，然后轻叹一声，带着愤恨开口了：

"为什么男人动不动就提这种要求呢？就不能像男人帮男人、女人帮女人那样，把对方当朋友、当姐妹一样帮助？"

"这也并非全无可能，奈何我碰上的是你啊。对男人而言，看到你这样的美人，却只把你当朋友、当姐妹，不抱非分之想，那是绝对不可能的。罪不在我，而在于你非凡的美貌啊，哈哈哈哈哈……"

秋子几乎带着哭腔说："都怪这张脸，这张脸……"

她如此自言自语，仿佛在诅咒自己的美丽容颜，让我倍感不解。

"话虽如此，可你是天生丽质，一点办法都没有啊，怪不了任何人……秋子小姐，请你好好考虑考虑。你知道惹怒了我，与我为敌会有怎样的后果吗？"

"这……若是与您为敌，我便是死路一条，断然活不下去。"

"瞧瞧，所以除了与我结婚，你根本别无选择。只要你点头，我就能保你一生平安。是时候下决心了。答应我吧！"

"不行，不行！"秋子好像甩开了黑川律师的手，"您怎能趁人之危胁迫我！真没想到您会是这种人！"

她的声音因愤怒而颤抖。

"说我胁迫我也认了。我再也无法忍受没有你的日子。秋子小姐，秋子小姐……"

他们终于站了起来。我甚至听见了黑川急促的喘息。他已失去理智，在激情的驱使下逼近秋子，企图抱住她。

事已至此，秋子只能逃跑。她挣脱了黑川律师的手，碰巧朝我躲藏的地方跑来。

我本不想让她知道自己躲在这种地方偷听，但现在不是纠结这种事的时候。为了保护秋子，我猛地站起身来。

秋子见到我似乎相当惊讶，霎时面红耳赤。然而，男人的脚步声愈发逼近，她来不及说什么，但好像很感谢我挺身而出，躲到了我的身后。

紧接着，黑川律师那短小精悍的身影便出现在我眼前。不过见我面露凶光地挡住去路，他便愣在了原处。我们就这样一言不发，纹丝不动，互相瞪了好几秒。

"原来是你啊，光雄。没想到你也在，我真是大意了。"

黑川如此嘟囔道，像在为对话被我听到而懊恼，不过他好歹在乎脸面，没有做无益的争辩，转身离开了温室。

没想到我竟以这样的方式替秋子解了围，可究竟该如何看待黑川和她的关系呢？我毫无头绪。黑川显然对秋子怀有爱慕之情，但秋子对此倍感困扰。然而她却给了黑川对自己发号施令的权力，这到底是为什么？

黑川刚才的态度的确称得上"胁迫"，却不像寻常的敲诈勒索，更像他跟秋子有某种共通的秘密,而且深知对方的底细。突然杀出黑川律师这么一个古怪的人物,萦绕秋子的迷雾显得更加复杂,也更加神秘了。

黑川走后,秋子略显难为情地从我背后走出来,话也不说便要离开。

"秋子,请你不要误会。我不是故意偷听你们说话的。之前我就进来休息了,谁知你们突然进来,我想走也走不了。"

我不禁出言为自己辩解。

"嗯,我知道。"

秋子比平时更加寡言了,也许是觉得难堪,抑或是担心我听到了一些秘密。

"秋子,你刚才感叹,男人帮女人就不能不求回报吗。我觉得我可以做到。如果你肯把事情的来龙去脉告诉我,我一定会全心全意帮你,不会像黑川先生那样索求什么。"

我一时脱口而出。可冷静下来想想,我又哪里来的自信不重蹈黑川的覆辙呢。

"谢谢你。可惜你帮不了我。世界那么大,真正能帮到我的却只有黑川先生。"

秋子有些悲伤地抛下这句话,便逃走一般匆匆离开了。

温室中只剩下茫然若失的我。越是思考,就越是心乱如麻。迷雾重重,令我无法一窥真相。可我还是不由自主地心疼秋子,心疼得要命。纤弱的她,怎就背上了如此重担?就连唯一能帮助她的黑川,都有可能像刚才那样,化身可怕的仇敌。秋子真的无依无靠。她正以一己之力,对抗着某种无法言说的艰险。

温室里的风波姑且算是平息了。然而,还有好几场看不见的危机等待着可怜的秋子。一波未平,一波又起。当天晚上,便又有棘手的家伙发起了攻势。

报仇雪恨

入夜后,我们在钟塔公馆的大厅举办了盛大的晚宴。掌勺的是从长崎请来的料理店厨师,店里的女服务员们也换上盛装,为宾客端茶送水。秋子作为养女的公开亮相进行得十分顺利。用餐结束后,同样来自长崎的曲艺协会登上大厅中央的临时舞台,倾情献演三重奏与少女集体舞等节目。那位业余魔术师轻泽先生也穿插其中表演了小魔术。夜色渐深,欢声不尽。

我与秋子并排待在大厅的角落,不动声色地守护着她,同时远眺舞台。忽然,我看见胖夫人肥田夏子抱着她的小猴朝秋子走来。不知为何,她的脸色有些异样。即使秋子已经成为舅舅的养女,这位令人不快的胖夫人依然没有要离开她的意思,而是以客人的身份暂住钟塔公馆。

肥田夫人快步走到秋子身边,对她耳语道:

"秋子,大事不好了!坏人来了,你快逃吧!好不容易走到这一步,却杀出个拦路虎来,真要命啊!"

她说了一堆莫名其妙的话,气势汹汹地拉起秋子,把她带出了大厅。

到底是谁来了？我东张西望，环视会场。片刻后，却见穿着晨礼服的舅舅从大厅的另一扇门走了进来，朝我连连招手。

我连忙走过去问："怎么了？"

"荣子来了！说是来道歉的，顺便道喜。我收秋子当养女的事她也知道了。总不能把上门道歉的人赶回去吧，只能姑且把她带去了那边的房间。可荣子不是一个人来的，还带了个奇怪的男人，那人还提出要见你跟秋子。"

舅舅这么说像是在顾忌我的感受。荣子虽然恶毒，毕竟是他从小看着长大的女孩。多年的疼爱，终究是无法轻易割舍的。

一听有个奇怪的男人要见秋子，直觉便告诉我，肥田夫人畏惧的一定就是他。不过，那人到底是何方神圣？我如此想着，跟随舅舅去往他们所在的小房间。

"哎呀，北川先生，好久不见。前些日子给您添麻烦了。我今天是来向二位道喜的。"

一看到我，荣子便装模作样地寒暄起来，脸上全无羞色。有一阵子不见，她不仅没有消瘦憔悴，反而圆润了些。一身花哨的洋装，浓妆艳抹，感觉比原先更俗气了。

不过真正令我吃惊的是站在她旁边，身着晨礼服的高个子绅士。他不是别人，正是我早上撞见前去祭拜杀人犯和田吟子的木屋主人青将军。这么说来，早上在木屋窗口偷看我，又躲去窗帘后面的人就是荣子？荣子怎么找了个如此奇怪的搭档？

"给您介绍一下。这位是我的朋友长田长造。您可能不太了解，其实他是这座钟塔公馆原先的主人长田铁婆婆的养子。因为有这层缘分在，他想跟您舅舅也打声招呼，还想见一见野末秋子小姐……"

荣子露出意味深长的微笑，仿佛已经胜券在握。

原来青将军是命丧幽灵塔的铁婆的养子。如此说来，他去祭拜和田吟子倒也不是怪事。毕竟案发之前，他一直跟吟子一起生活。

这下我彻底明白了。荣子不知从哪儿找到这个叫长田的男人，带着他"认人"来了。老虎事件失手之后，她便处心积虑挑了这个日子，企图来一场漂亮的复仇。

长田是铁婆的养子，自然熟识当年服侍铁婆的女佣赤井时子。荣子坚称秋子就是赤井时子，于是把长田带来作证，好让秋子颜面扫地。

无论如何，我都无法相信高雅的秋子曾是女佣。可肥田夏子刚才确实吓得不轻，秋子也听她的话逃出了大厅，所以我也无法断然否认这个可能。我不由得担忧起来。

"我们就住在附近。北川先生，您知道这附近有栋木屋别墅吧？我们租下了那栋房子，准备在这儿住上一阵。以后就是邻居了，抬头不见低头见呢。"

荣子的语气像外人那样格外客气。既然已经斩断前缘，再无干系，她便拿出了寸步不让的态度，可谓气势汹汹。

她的厚脸皮让我哑然，但我也不甘示弱，刻意用客气的语气说：

"是吗？这下我明白了。原来今天早上在木屋窗口偷瞄我的人是你呀？一看到我，你就突然躲到窗帘后面去了呢。"

我本以为自己戳中了敌人的痛处，谁知对方的脸皮厚得惊人，全然不当回事。

"嗯，没错。早上真是多有冒犯。不过我原本是想突然上门，给您一个惊喜呀。呵呵呵呵……不过，怎么没见着秋子小姐？我迫不及待想见她呢。长田先生也很想见她一面。"

言外之意是,"快把秋子交出来"。

"我好像没在会场见到她,也不知她上哪儿去了。要不我去找找看吧。"

说完,我便逃出了房间,荣子那恬不知耻的神情实在令我反感。但我当然没打算去找秋子,只祈求她能找个地方藏好,不用面对令人毛骨悚然的青将军。

我去院子里散了会儿步,又在走廊逛了逛,同时观察四周的情况。只见青将军和荣子厚颜无耻地把舅舅夹在中间,在大厅站稳不动了,左看看,右瞧瞧,毫无要撤退的迹象。

没过多久,余兴节目也都表演完了。除了计划留宿钟塔公馆的几对男女宾客,其他人都要去 K 镇赶末班车。大家依次与舅舅告别,准备打道回府。

二十多辆从 K 镇叫来的人力车面朝同一方向,一字排开,在院门口等候乘客。有人坐人力车先行离去,也有人推辞不坐,高声谈笑着步行前往镇上。服务员们提着灯笼,为宾客照亮夜路。场面如此热闹,今晚的女主角秋子也不能一直躲着不现身。大概是不顾肥田夫人的劝阻跑了出来,秋子出现在了大门口,笑盈盈地恭送宾客。

也许是我的错觉,她面色好像有些苍白,可是没有丝毫慌乱。但凡她做过一丁点亏心事,就不可能如此冷静。见她这样,我稍微松了口气。

门口的喧闹告一段落后,跟我们一起送客的舅舅立刻唤住秋子,问道:

"我找你好久啦!荣子特地找上门来,说要跟你道歉。我知道你大概不想见她,但难得人家专程跑一趟,要不还是见一见吧?"

舅舅都开口了,秋子又怎好说不。于是她跟着舅舅去了大厅。我也紧随其后。

执着的青将军与荣子仍然一动不动地守在那里。

"哎哟,秋子小姐,好久不见。我今天是专程来跟您赔罪的。"

一见到秋子,荣子便从座位上一跃而起,又一次腆着脸寒暄起来。

瞥见荣子身后的长田长造时,秋子似乎吃了一惊,但诧异的神色转瞬即逝,她立刻拾回了钢铁般的冷静,一如平时。

"瞧您说的,又没出什么大事,哪里需要您道歉。"

秋子表情平静,就像什么也没发生过一样。荣子却看准机会,扬起下巴说:

"不行,您这么说,我可要难过死啦。在轻泽府的魔术晚宴上,我当着大家的面说您在幽灵塔做过女佣,简直太失礼了,我后悔得肠子都青了。"

荣子这是假借"赔罪"之名,再一次散布秋子是女佣的说法。

秋子却不予理会:"不会,其实我一点儿都不介意,您只是误会了,用不着道歉。"

"虽然您这么说了,我心里总归不是滋味。所以今天特地约了您的老朋友一同前来,以示赔罪的诚意。久别重逢,您一定会很高兴,呵呵呵呵呵……"

说着,荣子发出得意的笑声。

总算能一把扯下仇敌的面具一雪前耻了,荣子喜不自禁。听到她的笑声,感受到她恐怖的执念,我不由得全身战栗。

然而,秋子的神情依然平静。

"我的老朋友?"

她充满疑惑地反问。

"对呀,是跟您很熟的长田先生,全名长田长造。长田先生,这位就是儿玉家刚收的养女。"

荣子介绍两人"认识",那架势仿佛在说"好戏就要上演了"。等候已久的青将军向前迈出一步,目不转睛地盯着秋子。

要是他真的认识秋子怎么办……我不禁替她捏了把汗,紧张得几乎能听见自己的心跳声。

我甚至不敢看秋子的表情,可又不能不看。她没有面露狼狈之色吧……我屏住呼吸,偷偷朝她瞄去。

秋子的表情依然静若止水。她纹丝不动,冷静地承受着对方的视线。记得我第一次见到她的时候,曾怀疑过她是不是戴着橡胶面具。当然,我很快便打消了这么荒唐的怀疑。但是此时此刻,秋子的面容再一次让我联想到了面具。她的表情是如此端庄,连一丝慌乱都看不出,几乎称得上庄严,甚至让我感觉到了超乎凡人的魄力。

我又转头望向青将军长田长造。打从一开始,他那扁平的俊脸便布满难以名状的恶意。荣子肯定反复给他灌输了"秋子绝对就是赤井时子"的观念,也许他一直在期待这一刻的到来,想要戳穿秋子的真面目。然而,当他看到冷然而立的秋子时,浮现在脸上的却是近乎恐惧的惊愕,之前饱含恶意的神情瞬间消失不见。

看来,他看到秋子的第一眼,便意识到他们认错了人。可是"认错人"的惊讶,会让一个人如此神色大变吗?秋子身上,必定有某种让他情绪激荡的东西。他甚至一度扭头看向一边,仿佛不堪忍受滔天的恐惧,转而又逼迫自己振作,瞪大双眼盯着秋子看。

就像盯住青蛙的青将军，他的双眼几乎要迸发出蓝色的火花，视线犹如 X 光，仿佛能穿透秋子的皮肤与血肉，直通她的后背。然而无论如何凝视，他都没能得出一个结论。他的眼力好像不足以看穿秋子的真身。

我攥紧拳头，手心都是汗。荣子也用丝毫不逊于长田的犀利眼神打量着秋子，大有"胜负在此一刻"的架势。夹在他们中间的舅舅见大家的态度不大寻常，不禁面露忧色。唯有成为众人视线焦点的秋子冷静如常。等长田把她的脸看了个遍，她才若无其事地平静开口道：

"我都糊涂了。您说这位先生是我的老朋友，可我怎么都想不起来。也许是我太健忘了。不好意思，请问我们之前见过面吗？"

听到秋子问心无愧的反问，长田青将军显得张皇失措，尴尬地回答：

"呃……这……我也……记不清了……"

我长舒一口气。秋子顺利通过了这场可怕的试炼。这下可以证明她不是当年的女佣了，连幽灵塔的原主人都不认识她。她就是闺秀作家野末秋子。

"咚——咚——"就在这时，悠远的钟声从头顶上方传来。多亏秋子，钟塔的大钟重新走起来了。

可不知为何，青将军长田长造一听到钟声便大惊失色，仿佛受了巨大惊吓，只是喃喃道：

"已经十二点了吗？"

他边说边掰着手指数钟声，就跟撞见了幽灵似的浑身颤抖，也不知"十二点"有什么好怕的。

九，十，十一……钟声戛然而止。他好像松了口气，自言自语道：

"啊……才十一点啊……"

发现所有人都一脸不解地望着自己，他才苦笑着搪塞道：

"哎呀，让大家见笑了。一听到钟声，我就不禁想起过世的养母，有点神经紧张。不碍事，不碍事……"

问题是，这无法解释他为什么格外惧怕"十二点"。恐怕不止"想起养母"那么简单，背后应该还藏着深不可测的秘密。

后来，我才搜集消息，打听到了长田长造的身世。这位长田长造从小与和田吟子一起住在幽灵塔，由铁婆抚养。铁婆本打算让他们长大以后结为夫妇，可不知为何，吟子十分厌恶长造，死活不答应这桩婚事。为了讨好吟子，铁婆写下遗书，将她指定为继承人，约定把全部财产都留给她，但吟子还是不肯嫁给长造。

长造没当上继承人，又无法跟吟子结婚，终于带着对铁婆的恨离家出走了。

即便如此，铁婆依然不肯放弃，想尽办法劝说吟子，可吟子就是不听。最终，铁婆改了主意，决定按原计划把财产留给长造。正准备改遗嘱时，惨案发生了。

警方认定吟子就是凶手，将其捉拿归案。后来，吟子死在了狱中。由于案发时长造离家没多久，起初警方也怀疑过他，对他展开了严密的侦查。只是后来查出案发当晚他身在远方，有确凿的不在场证明，加上在遗嘱修改之前下手对他没有任何好处，警方很快就释放了他。

遗嘱指定的继承人是吟子，还写了如果吟子身故，财产由长造继承。因此吟子死在牢中后，铁婆的遗产就归长造所有了。

我事后打听到的情况就是这些。而长田长造的经历与后来发生的种种也有千丝万缕的联系。

回到当下。得知长田长造根本不认识秋子，我便放下了心头的大石。荣子的失望却显而易见。她似乎还想垂死挣扎，用疯子般的眼神来回扫视秋子。忽然，她注意到秋子左手腕上的珍珠腕带，像是抓住了一线希望，发动了最后的攻击：

"哇，好漂亮的腕带。这是您设计的吗？不过，我还是头一回见人把腕带戴在这么靠近手腕的地方呢，而且您的腕带好宽呀！"

这么说话极其失礼，几乎是在审问秋子："您的腕带下面是不是藏着什么秘密啊？"光过嘴瘾还不够，荣子竟然还迈向秋子，一把抓起她的左手，一副要仔细查看的样子。

冷静如秋子，也不禁被她的鲁莽行为激怒了。她厉声叱问：

"您要做什么！"

说着，她以快得惊人的速度将左手藏到了背后。我竟看到秋子脸色大变，连呼吸都变急促了，与平时判若两人。

然而，因荣子的举动脸色大变的人并非只有秋子，还有一个人表现得比秋子更为惊骇。

这人正是青将军长田长造。他半张着嘴，原本就长的脸显得更长了，而且面如土灰，流露出的恐惧比方才听到钟声时更甚。

他才发现秋子戴着不寻常的腕带。X光般的恐怖视线仿佛再次穿透秋子的身子，牢牢定在了她身后的左手腕上。

"嗷嗷嗷嗷嗷——"接着，无比恐怖的叫声冲破他的喉咙，那是一种用"野兽的吼声"之类的词句也难以形容的嘶叫。

71

淌血幽灵

听到长田长造的嘶吼，看着他惊骇的表情，我又捏了把汗。他不会让秋子摘下腕带给他看吧？秋子会不会就此深陷窘境？我明明不是当事人，却提心吊胆。

幸而青将军长田似乎不敢厚着脸皮让秋子在众目睽睽之下摘腕带。他一言不发地盯着秋子，仿佛承受着巨大的恐惧。他好像越看越怕，到最后连直视她的力气都没了，把头一扭，缓缓后退，连招呼都没打就匆忙逃离了大厅。

我自然松了口气，但这份轻松没有维持多久。左手腕的隐患并没有解决，还在几天后引发了另一桩令人惊骇的事件，同时牵扯出了一起闻所未闻的离奇凶杀案。

不过那都是后话了。当晚并没有再生风波，我们都回了各自的卧室休息。我的卧室位于公馆的三层，是钟塔正下方的那个房间，正是铁婆惨死的地方，也是传说有幽灵出没的地方。选这样一个房间倒不是出于好奇，而是因为我景仰的秋子拜托我住进去。至于其中的原因，我还一无所知。无论我怎么问，她都是那副钢铁般冰冷的表情，给出的回答永远是"你总有一天会明白的"。管它为什么，我根本无所谓。我只是为秋子的这份信任无限欢喜，觉得自己成了中世纪的骑士，兴高采烈地搬进了"鬼屋"。

虽说是"鬼屋"，天花板和墙壁却已粉刷一新，窗户和门板也换过了，还铺了新地毯。椅子、小桌、西式橱柜等家具摆得恰到好处，分外和谐。整个房间已焕然一新，甚是典雅。

四面墙上都贴着古朴的雕花裙板。如此奢华的用料，当下的建筑根本无法模仿。天花板上的吊灯罩了三个铃兰形灯罩，是舅舅按照房间的设计风格专门定做的，颇具明治时代的韵味，加上底下的复古铁架床，我感觉仿佛穿越到了另一个时代。这种异样的新鲜感令我迟迟没有睡意。

我盯着天花板看了三十来分钟。突然，吊灯的灯泡一齐熄灭，兴许是停电，也可能是电线出故障了。不过没有灯光更容易入睡，我本就犹豫要不要起身去关灯，这下倒省事了，于是便在黑暗中闭上了双眼。

可不知为何，我闭眼了好一会儿，头脑却异常兴奋，无法入眠。我再次睁开眼睛，在黑暗中环视整个房间。双眼逐渐适应，借着微弱的光亮能看清窗户的轮廓，桌椅则好似阴魂不散的鬼魅。

这时，我竖起了耳朵，因为不知何处传来了微弱的响动，像是有人在蹑手蹑脚地走路。嗒、嗒、嗒……没错，是有谁踏过走廊的脚步声。

我越想越心里发毛。深更半夜，家里人不可能上楼。真有事来找，肯定早就出声喊我了。再说，如果真是家里人，上楼一定会举着蜡烛。

也许是我听错了。也许是我把自己的心跳声错当成了人的脚步声。

我静下心来，再次竖起耳朵。

然而响声并未停歇。嗒、嗒……脚步声沿着屋外的走廊缓缓接近。

说起来丢人，我当时不由得想起了铁婆幽灵的传说。一头蓬乱的白发，嘴里叼着撕下的肉片，血从下巴一路淌到胸口……我无法停止在脑海中勾勒铁婆的幻影。

我下意识地坐起来，把手伸向挂在一旁椅子上的西装，掏了掏口袋。万幸，口袋里有火柴。于是我擦亮一根，举起来查看情况。

因为房间相当大，火柴的亮光不可能照遍每一个角落。然而当我举着它从一头望向另一头时，一个骇人的东西闯入视野。

我大吃一惊，正想仔细瞧瞧，火柴却燃尽了。我看的不太清楚，可那应该是条雪白的手臂。房间正面有扇玻璃窗，窗后便是走廊。我竟然看见一条人的手臂横在那里，就漂浮在窗户旁边的墙壁上。

"是谁！谁在那儿！"

我顾不得对方是人是鬼，忍不住出声问道。然后重复了两遍，三遍……

可没有回应。房间里鸦雀无声，我却觉得对面有什么东西正目不转睛地盯着我，不知是不是错觉。

不行……今晚太反常了，怎么可能有如此荒唐的事。绝对是我的幻觉。从傍晚到现在，事情一波接着一波，令我神经高度紧张，才会听见本不存在的声响，看到离奇古怪的玩意。

我暗骂自己不争气，正要躺下，却听见不远处的黑暗中传来"唉——"的一声，像是有人在叹气。这声叹息是何等凄凉而骇人啊。在这种情况下听见哭声与笑声固然恐怖，可比起叹息就差远了。我一个激灵，仿佛被人朝背后浇了一盆冷水。

这下是彻底没法睡了。我猛地跳下床，擦亮好几根火柴，把房间里里外外照了个遍。我做好了随时可能撞见老媪幽灵的思想准备，全程提心吊胆，却连个可疑的影子都没找着。

莫非真是幻听？我觉得有些窝囊，又借着火光查看了方才"手臂"飘浮的地方。这一看，便又发现了可怕的东西——墙边摆着一把盖着麻布椅套的安乐椅，而雪白的麻布上，竟出现了鲜红斑驳的血迹。

我伸手摸了摸，指腹便沾到了黏黏的玩意。这触感，这腥味……绝对是血迹。

幽灵像活人一样淌血是闻所未闻的怪事，不过铁婆临死前咬下了活人的肉，搞不好她变的幽灵真能淌血……想到这儿，我心里愈发慌了。

每次火柴熄灭时，我仿佛都能在朦胧的黑暗中看到铁婆那张淌着鲜血的脸。

饶是我再大胆，也不敢再留在房里了。就算回到床上，也不可能安安稳稳入睡。照理说，幽灵是不可能淌血的，但这件事还是等天亮了再调查吧。今晚先去别的房间对付一下。于是我抱着毛毯，逃离了三层。

我心想其他人应该才刚睡熟，吵醒他们未免小题大做。所以下到二层后，我就找了个摆着大沙发的房间，把沙发当床躺下，盖上毛毯。虽然挪了地方，可淌血老媪的幻影仍在眼前挥之不去，令我难以入睡。但因白天操劳多时，没过多久，我还是疲惫得迷迷糊糊，坠入梦乡。

猴爪

次日一早，为免被人发现自己睡了沙发，我悄悄回到三楼。回房后，我再一次查看安乐椅，发现上面的液体已经发黑变硬，但的确是血迹无疑。看来昨晚的脚步声、叹息声和漂浮在半空中的白色手臂都不是我的幻想，而是实实在在出现过。

我在周围检查一番，发现血迹不仅限于椅子，地板上也有两三滴。

幽灵岂会流血，溜进我房里的只可能是活生生的人或动物。我心想，说不定是猫在天花板上面抓了老鼠，便连头顶都仔细查了一遍。然而才刷过白漆的天花板干干净净，没有一点污渍。事情真是越发诡异了，即便沐浴着晨光，荡漾在屋里的鬼魅邪气还是令我阵阵胆寒。

我查了又查，却一无所获。眼看到饭点了，我只能先下楼去，陪留宿的客人用餐，到了中午才把人都送走。期间我忙里忙外，几乎忘记了昨夜的惊魂一刻。可好不容易忙完，坐在客厅沙发上稍事休息时，昨夜的那一幕幕光景又浮现在脑海中。

就在这时，秋子走进房间，若有深意地抛出一个令我不解的问题："是你拿走了笔记本吗？"

"笔记本？什么笔记本？"

我一脸莫名地反问。不知为何，秋子似乎很吃惊：

"不是你吗？那就怪了，这是怎么回事……"她好像慌了神。

"笔记本怎么了？"

"嗯……那个笔记本很重要，我把它藏在了某个地方，刚才去看了一下，却发现它不见了……"

秋子压低声音回答，仿佛这是天大的要紧事。

"藏哪儿了啊？"

"你的房间。"

"我的房间？我房间的哪儿啊？"

"墙上的暗格里。"

听到"墙上的暗格"，我立刻反应过来。先前来幽灵公馆查看时，我们用秋子暗中留下的铜钥匙打开墙上的"秘密金库"，找到了写有奇妙咒语的圣经，以及未完成的图纸。那就是秋子所谓的"暗格"吧？

装修的时候，我们把床挪到了房间的另一头。也就是说，当时位于床边的暗门，现在就在有雪白的手臂飘过、留下了斑驳血迹的那面墙上啊！我差点忘了那面墙上是有暗格的。因为整个房间彻底改头换面了，我便把这茬抛到了九霄云外。

"笔记本上写了什么要紧的东西吗？"

"是啊，写了不能让别人知道的事，"秋子把嗓门压得更低了，几乎在说悄悄话，"你看到写在圣经封面背后的咒语了吧？还有那张图纸。"

"嗯，看到了。这两样东西现在都由舅舅保管着。不过它们也没什么大不了的吧？"

见我反应冷淡，秋子用极其认真的表情说：

"不行，你不能这么不当回事，必须用心好好研究。连我这个不相干的外人都这么拼命呢。我把咒语和图纸抄录在了笔记本上，咒语翻译成了日语，还设想了各种解释。可本子莫名其妙不见了，肯定是有人发现这个秘密，把它偷走了！"

"原来是这样！原来那家伙是来偷笔记本的贼……"

"什么意思？你在说谁？"

"我也不知道那人是谁。实不相瞒，我昨晚遇上了一件怪事……"

我把昨夜发生的离奇事件原原本本地讲给她听。

"天哪，那肯定就是小偷！现在的暗格并没有上锁，只要知道位置，偷出笔记本易如反掌。我做梦都没想到会有小偷装成鬼怪溜进你的房间……"

"这么说来，那里之所以有血迹，说不定是因为小偷在偷本子时被暗格里的钉子之类划破皮了。"

"一定是这样。利用那个房间的怪谈装神弄鬼，恐怕也别有用心。他肯定是想吓唬吓唬你，让你不敢睡在那里。如此一来，他就能随意登上钟塔了。小偷必然是想进入钟塔的机械室，解开咒语的秘密！"

"可到底是谁呢？那人肯定了解这座公馆的秘密，但附近也没几个符合条件的人。"

长田长造、三浦荣子与律师黑川太一的面容掠过我的脑海。

"话说回来，外人是怎么溜进那个房间的呢？总不见得是家里人干的吧？"

"这可不好说。必须做好小偷就潜伏在我们身边的思想准备，提高警惕。"

秋子面色消沉地说，意味深长地盯着我。也许她知道小偷是谁，却因为某种苦衷不能如实相告——我总觉得她的表情是在诉说这样的内情。

接着，我们一起去往三层的房间，查看墙上的暗格。事实证明，我们的猜测没错。于是我们相约多留个心眼，便分开了。可这件事后来在钟塔公馆牵扯出了一连串恐怖事件……这要从肥田夏子古怪的热病说起。

当天下午，肥田夫人患病的消息传来。女佣告诉我，夫人在和小猴嬉闹时右手被严重地抓伤了。由于伤口剧痛不止，她今天一上午都没出过房间。到了下午，或许伤口感染了，她突然发起烧来，动弹不得。这会儿家里人已经去K镇请大夫了。

虽说肥田夫人是个不招人喜欢的胖太太，但是她病得那么严重，总得去探望一下。我急忙前往二楼，走进夫人的居室。

只见她瘫在床上，颇有些病入膏肓的架势，搁在胸口上的右手缠着厚厚的绷带，看起来很痛。

"您感觉怎么样？真是苦了您了。看来以后要多提防猴子的爪子。"

听我如此慰问，肥田夫人万分疲倦地睁开眼，用沙哑的声音说：

"多谢您来看我。这小畜生可把我害惨了。这会儿还发着高烧呢，伤口也一阵阵地疼……"

说着，尽管双眼因高烧而泪眼模糊，她还是将怨恨的目光投向床脚。只见小猴乖乖坐在她脚边，呆头呆脑地东张西望，仿佛对主人的病一无所知。

"没人照顾您吗？"

"之前秋子小姐陪着我，可这会儿有事出去了……"

"这样啊。如果有什么需要我帮忙,您尽管说。要喝点什么吗?"

听到这话,肥田夫人用多疑的眼神盯着门口,压低嗓门说道:

"不用,比起这个……北川先生,我想请您帮个忙,不知道您愿不愿意……"

她用非常恳切的语气提出了一个奇怪的请求。

"帮什么忙?只要我能做到,您尽管说。"

"请您先打开小桌的抽屉,里面有个四四方方的纸包。拿出来以后,请您别打开看,直接把它放进桌上的小盒子。对,就是那个。装进盒子后,再麻烦您帮我寄出去。得悄悄地寄,千万不能让其他人知道。连秋子小姐都不能说。"

我觉得这个请求十分诡异,却不能拒绝一个虚弱至极的病人,只得照她说的取出纸包装进盒子,再用抽屉里的绳子捆好。

"这样可以吗?"

"嗯,多谢了,多谢了。那边有笔,能请您帮我写一下收件地址吗?"

我不情不愿地拿起笔,冷冷地问她地址是什么。

"我报给您。您准备好了吗?长崎市外西浦上村滑石,养虫园,岩渊甚三收。记下了吗?"

肥田夫人把这段奇怪的收件人姓名和住址匆匆忙忙重复了三遍。"滑石"是位于滑石岭入口的荒凉山村,那里真有她说的"养虫园"吗?养虫园必然是饲养虫子的地方。养的是蜜蜂还是别的什么?

我按她说的写下姓名地址,同时暗暗记在心里。如果我当时就知道养虫园是那样可怕的地方,知道肥田夫人嘱咐我"别看"的纸包里装着那样的东西,就算再老实巴交,我也不会按她的盼咐给包裹写上地址，还专程跑一趟邮局寄出。事后回想起来，我真是傻得一塌糊涂。

等我替肥田夫人办完事，从邮局回到公馆时，刚好在走廊碰见从K镇请来的大夫。他已经去瞧过病人了。我跟他打了招呼，问了问病人的情况，随口说道：

"没想到猴爪也能闯大祸呀。"

听到这话，大夫一脸不解：

"猴爪？患者也是这么说的，可她的伤口分明是被旧钉子之类的东西划伤的，一看就知道了。生锈的金属有时挺要命的。"

他的回答着实令我意外。

我设法把话圆了过去，跟大夫道了别。然而他提到的"旧钉子"不由得让我心中一凛。

莫非昨晚的幽灵就是肥田夏子？偷窃秋子的笔记本时，她被暗格里的"旧钉子"划伤了。所幸她养了只猴子，便灵机一动，谎称是被猴子挠的……

想着想着，我心里"咯噔"一下。笔记本，那就是笔记本啊！肥田夫人让我打包寄出，又千叮万嘱不让我看的纸包里，肯定就装着秋子的笔记本！我不禁为自己的愚蠢捶胸顿足。

事不宜迟，得赶紧确认！我火速赶回邮局，请工作人员帮忙查找，可那个包裹已经先我一步被送去总局，拿不回来了。事已至此，我只能照刚才记下的地址跑一趟，瞧瞧那岩渊甚三是何许人。

我决心第二天就跑一趟滑石，可没想到突然发生了一件大事，令我无暇再顾及那个笔记本。

密室毒刃

次日用完早餐,我去了趟舅舅设在楼下的书库,准备在去往养虫园之前看一看周边详细地图和旅行指南。书库位于公馆的角落,前面还有一间五六坪①的休息室。我正要迈进休息室,却听见屋里传来说话声,虽然听不清在说什么,但很确定那是一男一女。

我要是太顾忌他们,就永远进不了书库了,于是清了清嗓子,然后缓缓推开房门。然而屋里只有一人,还是三浦荣子。

我有些为难,想转身就走。我不想见荣子,因为当天早晨才收到她的信。住得这么近还写信本就奇怪,信的内容又像令人作呕的情书,这个时候撞见她,我都不知该说什么才好。

我正要折回走廊,荣子却迅速凑到身旁,幽怨地说:

"你也不必见我就躲吧。"

我不快到了极点,可她都这么说了,我总不能再逃,便冷淡地嘟囔道:"哦,是你。"见状,荣子摆出使小性子的表情,说出一句没品

---

① 1坪约等于3.3平方米。

的话来：

"可惜不是秋子，委屈你了呢。"

"就你一个吗？刚才我好像听见你在跟人说话。"

"怎么会，就我一个呀。我刚才在哼歌，你大概听错了吧。这里没别人。"

荣子应该在骗我。我听到的分明是男人的声音。如果真是她在唱歌，我又怎会听错。可放眼望去，房间里的确没有男人的身影，真是奇怪。

我径直走进书库，检查书架之间的空隙，却连有人来过的痕迹都没找到。怪了……除了我进来的那扇门，书库就没有其他出入口了，那个男人根本出不去。我明明听到了声音，他却蓦然蒸发了。除了"不可思议"，我实在想不出其他的形容词。

"话说回来，你有没有看我的信呀？"

荣子紧挨着我走进书库，用甜腻的语气问。

"太忙了，还没工夫看。住得这么近，你又何必写信。"

我摆出拒人于千里之外的态度，可眼前这位根本不吃这套，撒娇得更起劲了。

"你好坏啊！有空看书，却没空看我的信。那我直接说给你听好不好？我跟你说呀，我真的好后悔。这些天，我一直想跟你和舅舅道歉，虽然你们大概不愿意原谅我吧……可我真的好寂寞呀，每天都忍不住回忆曾经的美好时光……"

"你先等等，我有点急事，没时间听你唠叨这些，回头再说吧。明后天慢慢聊，我先失陪了。"

我忍无可忍，推开荣子，开始寻找地图。

"好吧,北川先生!你可知道秋子小姐究竟是个什么样的人?我这就证明给你看,等着瞧吧!"

荣子跟夜叉一般吼出这句莫名其妙的话,发疯似的冲出书库。

我没有阻拦,反而庆幸碍事的家伙总算走了,继续寻找地图。可当时我要是知道荣子下了多么狠的决心,一定会不顾一切地追上去拦住她。都怪我思虑不周,才会酿成难以收拾的大祸。问题是,我的敌人不止荣子一个。其实那时,一个比她可怕得多的恶徒已经潜伏在我身边了。

为了寻找地图,我在书库里来回走动。就在我背对大书架蹲下时,背后传来一阵尖锐的疼痛。

我大惊失色,回头望去,只见背上插着一把寒光闪闪的双刃剑。然而,剑只在视野中停留了短短一瞬,我想看得仔细些,它已经消失不见。更诡异的是,我似乎瞥见它消失在了书架上的西洋书籍之间。

这里根本不见人影,也没有躲藏的地方,就像有人凭空出现并变出一把剑刺中了我。

也许是我的幻觉吧……我也已经无力确认,当即头晕目眩地瘫倒在地。

事情越来越诡异了。背上的伤口火辣辣地疼,但并没有深到使人晕厥的地步,我却轰然倒下,动弹不得。不光是动不了了,我想呼救,也跟哑巴似的说不出话来。总而言之,全身的肌肉都失去了感觉。

说出来也真是丢人,当时我除了躺在那里什么也做不了。耳朵听得见,眼睛看得见,脑子也还在转,只是肌肉不听使唤了。于是我全速运转起了大脑……

这到底是怎么回事?不见人影,我就被一把剑凭空刺中。才刚感觉到痛,便全身瘫痪,还成了哑巴。怎会有这么离奇的事?莫非我是在做噩梦?

想到这儿,我忽然记起进休息室前,屋里传出了男人的声音。当时不也是只闻其声,不见其人吗?看来只有一个可能:有个肉眼看不见的人在屋里游荡。

或许,那个玻璃般的透明人正骑在我身上,捂着我的嘴。

我不禁毛骨悚然,仿佛来到了无法用常识解释的魔法国度,一种诡异的恐惧感袭遍全身。

我以这种古怪的状态躺倒在书架后面的同时,两个女人的说话声从休息室传来。

手腕的秘密

"北川先生在哪儿呢?"

是秋子的声音。

"咦,怎么搞的,他怎么不在呀。"

荣子矫揉造作的声音响起。与此同时,她出现在书库门口,环视整间屋子。可她没想到我倒在书架后面,认定我不在屋里,就这么折回了休息室。

"不过没关系,我要找的是你。"

"您说北川先生有事找我,我才跟来的,如果是您找我,那还是回头再说吧。"

看来荣子是假借我的名义把她骗来了这儿。

"那可不行,不能拖了,必须立刻说个清楚。"

"那您就说吧,找我到底有什么事?"

"能不能请你就此罢手?"

她的腔调透着恶毒。

"罢手?"

"从今天起,请你不要再蒙骗舅舅和光雄了。"

"瞧您这话说的,我几时蒙骗过他们了……"

"不,你是在骗人,我很清楚。你有个可怕的秘密不是吗?儿玉家是正经人家,舅舅还当过法院院长。这不是你这种见不得人的家伙该待的地方!"

"荣子小姐,这么说太过分了,我有什么见不得人的?"

"呵呵呵呵……你敢说你没有吗?那就让我看看,你敢吗?不敢吧!这不就是最有力的证据吗!"

"您想看什么啊?"

"还装蒜呢,呵呵呵呵……当然是你的左手腕了。我就想请你摘下长手套,把手腕露出来给我瞧瞧!"

"啊?"

"呵呵呵呵……脸都吓白了。都这样了,还敢说自己没有见不得人的秘密?快摘下给我看看!快!"

"不行……荣子小姐,您就放过我吧!您说什么我都照办,我今天就离开儿玉家还不行吗!只求您不要逼我摘手套……"

然而荣子来了劲,完全没有妥协的意思,听声音好像猛扑了过去。两个年轻女子不再说话,只是缠斗起来,我听得真真切切。

我无比心焦,多么想去帮秋子,将荣子打倒在地。可无论再着急,身子却完全不听使唤。想厉声大吼,却发不出任何声音。

"啊……太可怕了!"

突然,我听见荣子惊恐万分的尖叫。她肯定是看到了。她终于达到目的,扒下秋子的手套,目击了左手腕的秘密,否则怎会发出足以冰冻灵魂的凄厉叫声。

可怜的秋子，费尽心机隐瞒的秘密，终于因顽劣的荣子暴露在阳光下。可"左手腕的秘密"到底是什么呢？遗憾的是，关键时刻，我却爬不起来。

"荣子小姐！"秋子异常冰冷且硬邦邦的声音响起，"你都看到了吧？好，我要你发誓，绝不能把这个秘密告诉别人。"

"我……我偏不，你想威胁我？"

荣子的声音瑟瑟发抖。情势好像逆转了。

"没错，我就是要威胁你。除非你对天发誓决不告诉任何人，否则休想迈出这个房间一步！快，快给我发誓！"

说着，秋子迅速走到休息室各处，闩上窗，锁好门，不让荣子逃离。从我躺倒的位置能瞥见她的身姿时隐时现。

"天哪，你想干什么！把钥匙给我！"

荣子的声音带上了哭腔。

"你不发誓，就别想拿到！"

两人又扭打起来。剧烈的喘息声传来。

事态紧急，再这么下去，搞不好会有一方受伤，甚至发生比受伤更严重的情况。

我将所有力气注入动弹不得的身子，试图起身，好不容易才把上半身稍稍抬起了些。五寸，六寸，一尺……可这已经是极限了。一眨眼的工夫，我再次瘫倒在地。倒地的瞬间，我闷哼一声，昏死过去。

我再次恢复意识时，耳边响起一个声音：

"北川先生！振作啊！北川先生！北川先生！"

有人扶起了我的身子——是秋子。她一定是听到我刚才的呻吟，大吃一惊，赶了过来。

"荣子小姐！快过来啊！北川先生出事了！荣子小姐！哎哟，她怎么不来啊！"

荣子并未作答，多半是在闹别扭。

我神志不太清醒，却还是忍不住去瞄秋子的左手腕，想亲眼看看把荣子吓成那样的究竟是什么。可是秋子谨慎过人，早已用手帕缠住手腕，挡住了关键部位。

"荣子小姐！荣子小姐！"

她回到休息室，连声呼唤荣子，仍然无人回应。

"北川先生，你别急，稍等一下！我一个人搬不动你，这就叫荣子小姐来帮忙。得赶紧让你上床躺下，再请个大夫！"

秋子急切地说完，便冲去了休息室。

"怎么回事？荣子小姐怎么躲起来了……"

她疑惑的声音从另一边传来。

问题是，休息室根本无处可躲，荣子想藏起来都办不到。房门钥匙在秋子身上，倒在地上的我也能看见房门，可那扇门依然紧闭，没有被人打开的迹象。

"怎么办，荣子小姐不见了。明明是出不去的啊……"

秋子表情震惊地回到书库。

"门窗都锁着吗……"

我总算能开口说话了，连忙问道。

"是啊，是我亲手上的锁，这会儿也锁得好好的，荣子小姐却不见了。"

三浦荣子就这样从这个世界上消失了。然而好端端一个大活人，又怎么可能跟水一样悄然蒸发呢？其中一定有玄机。她必定是被人带去了某个地方。问题是,是谁干的?用的是什么手段?

没有人能想到,她竟在数日之后变成那样可怖的尸体,出现在令人意想不到的地方……

名侦探

荣子的神秘失踪还能稍后再考虑，我的伤势却必须马上处理。秋子迅速用钥匙打开房门，冲出去找家里人帮忙。片刻后，舅舅和佣人们便赶了过来，将我抬去另一个房间的床上。

佣人打电话去K镇的医院请大夫。不一会儿，大夫便来了公馆，然而查看过我的伤势之后，他面露不解，歪着脑袋说道：

"怪了，伤口不是很严重，原本用不着担心，照理说人不会因为这点小伤无法动弹、说不了话。不做些精密检查，不好下定论，不过我猜测，刀刃上恐怕抹了某种毒物。我在书里读到过，若将产自印度的箭毒草，或者'格拉尼尔草'的汁水抹在刀具上，捅人后会引起类似症状。可我实在不觉得这类毒草能随随便便搞到……"

然后大夫检测了我的血液，却一无所获。不过，要不是对方用了毒草之类的玩意，我的身体绝不会立刻变成那样。唯一可以确定的是，进入我体内的绝非普通药店能买到的药物。

难道有可怕的刺客带着医生都不了解的神秘毒药潜入了公馆？他还完全没暴露自己，凭空刺出了利剑。事情真是愈发诡异离奇了。

舅舅立即将书库里里外外查了一遍，却连刀具的影子都没找到。莫非我瞥见的剑只是幻觉吗？但幻觉伤人这种事闻所未闻。

也许幽灵塔里真有幽灵出没。搞不好是渡海屋的鬼魂。这个设想很荒唐，可是不往鬼故事的方向想，就完全解释不通。

还有一件事的古怪程度并不逊色于"魔幻短剑"——三浦荣子究竟上哪儿去了？房间门窗紧闭，她却在短短三四十秒里消失不见，仿佛整个人蒸发了。这也和鬼故事差不多。说不定荣子是因揭开秋子的秘密遭了天谴，被幽灵抓走了。

发生了这样的事，大伙自然是分头行动把公馆翻了个底朝天，从一层到三层，连钟塔的机械室都没放过，可就是不见荣子的人影。也在开阔的庭院里进行了地毯式搜索，但一无所获。我们又怀疑她是不是回家了，便派人去荣子租住的别墅打听，可她也不在那儿。

后来在舅舅的强烈要求下，K镇警局派了大量警员前来深入调查，也没发现任何有价值的线索。一天过去了，两天过去了……"魔幻短剑"一案丝毫没有进展，荣子的去向也仍是未解之谜。

案子发生在前地方法院院长家里，案情又格外离奇，县警本部自然不能置之不理，便命长崎警署的森村探长前来调查。这位可是本县首屈一指的名侦探。

案发三天后，森村来到了钟塔公馆。这时我的伤势已经好转，可以下床在屋里走动了。

森村探长大概三十五六岁，体格结实魁梧，肤色偏黑，眼神犀利，留着时髦的小胡子，一看就机敏至极。

舅舅与他是老相识，提议他干脆在公馆住下，直到找到线索。退休法官都开口了，探长自是答应下来。

来到公馆的第一天，探长又是找家中的每一个人了解情况，又是里里外外走动查看，竭尽全力开展调查。然而当天晚餐后他遗憾地表示，还没搞清刺伤我的短剑来自哪里，荣子又是如何从门窗紧闭的房间消失的。看来，即便是他这样的大侦探，要解开如此诡异的谜团也不容易。不过，他至少发现了两条关于荣子下落的重大线索，而且都指向某种令人脊背发凉的可能性。

一条线索是在秋子和荣子争吵的房间发现的。那里摆着一张大桌，原本铺着一块有花纹的桌布，但案发后，桌布不知所踪了。

当然，最先发现这点的不是森村探长，而是那天当班的女佣。她之前也跟警方汇报过这一发现，却没有被重视，只有森村探长认为这是重要线索。

"根据大家反馈的情况，那张桌布似乎是与荣子小姐一起消失的。问题是，为何她消失时要用到如此大的桌布呢？其中一定有玄机。"

探长说道，留着小胡子的嘴边泛起耐人寻味的浅笑。

"您的意思是，荣子是带着桌布躲去了某个地方……"

舅舅一脸疑惑地反问。侦探摆摆手，以示否定：

"我不是这个意思，荣子小姐恐怕不是自己离开房间的。一定是有人控制住她，将她带了出去。为什么这么做要用到桌布呢？也许在那个时候，荣子小姐已经不幸丧生了。"

"您的意思是，荣子在那个房间遇害了？"

"还不能下定论。只是我发现了另一条更重大的线索——后院的树林里不是有座池塘吗？池塘岸边有一片草被压得乱七八糟，就像有人从那儿滑下去了似的。不光草被踩乱了，地面较软的地方还留下了大面积的擦痕。

"那地方刚好在一片灌木丛后面,所以之前没人发现。我也问了前几日来府上调查的警官,他们表示当时疏忽了,没有查到那儿。

"那边除了灌木的阴影什么都没有,也没有步道,不可能有人在散步时不自觉地走过去。肯定是有人看中那里的隐蔽,钻进树丛,做了些什么,才留下大片痕迹。"

听到这儿,舅舅与我心里都"咯噔"一下。在此之前,谁也没想到那种地方会有"人滑落的痕迹"。

"结合池塘岸边的情况与那块失踪的桌布,我试着勾勒出了一条犯罪路径。不过在现阶段,这还只是没有根据的猜想。所以我打算明天早上试着打捞一下池塘。我的推测也许是错的,可既然仔仔细细查了一整天也没有收获其他线索,打捞池塘就是唯一的选择。即便是白费功夫,也得先捞捞看。"

舅舅与我没有反对的理由。于是,我们第二天临时雇了附近的村民帮忙划船打捞。

名侦探的推测是否正中靶心?我们会在池底发现什么?事情正朝着更加可怕的方向发展……

奇怪的包袱

次日早晨，后院的古老池塘里多出一艘小船。森村探长与两名壮工坐在船上，用拴着锚的麻绳与竹竿探查池底。

K镇警局也派出了数名警官。家中所有人都站在池边围观，连青将军长田长造都听见风声，来到调查现场。后院的树林顿时呈现出一派热闹的景象。我因为伤还没好透，便听从医生的吩咐没有出门，而是找了个朝向后院的房间，坐在安乐椅上观望窗外的情况。

小船在水面兜兜转转两个多小时，没有任何收获。可就在这时，一个壮工发出一声叫喊，似是发现了异样，随即开始使劲拉绳。

看那架势，锚勾到的东西似乎相当沉重，一人还拉不动。另一名壮工赶紧撂下手中的竹竿去帮忙。森村探长也凑到他们身旁，专注地盯着池水。

我感觉自己的心跳快了几分。岸边的围观群众好像也紧张起来。

麻绳被两名壮工逐渐拉起。不一会儿，黑色的锚被拉出水面，锚尖上像是挂着一个硕大的布包。

物体渐渐浮出水面，我意识到那是个非常大的"包袱"：外面裹着一大张布，四角在中央打结。

那是什么东西？

一根白白的东西透过包袱的缝隙露了出来，表面沾着斑驳的污泥，看上去很诡异。

不知为何，我顿感背脊发凉，不禁别过头去，可好奇心又逼我将视线转回池塘。

巨大的包袱已经完全露出水面，三人齐心协力将它拉到船上。然而这时我发现，那根白色的玩意极像是人腿。

从另一侧伸出来的则是人的胳膊，连那抓向虚空的手指，我都瞧得清清楚楚。那是一具尸体，被人裹成怪异的包袱，沉入了池底。

真被森村探长料中，荣子果然已经遇害了。

虽然我早有思想准备，可眼睁睁看到荣子变成包袱里的死尸，惨不忍睹，心中还是充满惊愕与悲叹。

荣子确实不是个好人，但事已至此，我又怎能不可怜她的遭遇。毕竟我们从小像兄妹一样长大，见到她的尸骨，就像看到血亲遇害一样，难以名状的悲痛油然而生。舅舅的悲痛一定比我更甚。他站在岸边，双手掩面，也许已经泣不成声。

不过细想想，这恐怕不是寻常的犯罪事件。凶手究竟是谁？当我脑中忽然浮现出这个念头时，就像被人触碰了伤口似的，不由得浑身战栗。

我放眼望向池边的人群，却没有找到那个身影。也许年轻女子还是避开如此惊悚的场面比较好。然而唯独她一人没有露面，又让我隐隐约约心生疑念。

一想到她，我便感到恐惧，犹如这一切发生在自己身上。因为我爱她。就算她是可怕的杀人犯，我的一腔热血也不可能降温。

片刻后，小船在围观群众的喧哗中靠岸。死状凄惨的尸体在人群的簇拥下被运入主屋。我也立刻赶去了放置尸体的房间。

房间里，森村探长俨然是这局面的主持者。他命令壮工解开包袱皮，同时解释道：

"儿玉先生，这就是那块不见了的桌布。我的猜测命中了——为了不让尸体浮出水面，凶手用桌布裹住它，还往里面塞了大石块。"

桌布包袱被一点点打开，尸体的双腿、腹部与隆起的胸部依次露出来，每个部分都如同人还活着时那般鲜活，让人难过得想流泪。我不禁把脸转向一边，不忍再看面目全非的童年玩伴。

就在这时，我听见其他人都惊呼起来，显然是看见了不得了的东西。

"天哪……"

森村探长也发出惊愕的低喃。

怎么回事？我再次望向尸体，可只瞧了一眼，便倒吸一口冷气。

打开包袱皮之后呈现在众人眼前的，是一具无头女尸，脖颈似是被锋利的刀具切断的。可怜的荣子，竟只剩下残破的躯干。

森村探长和在场的所有人都沉默良久。谁都不敢与其他人视线相交，就这么呆立在原处。

然而，一直傻站着总归不行。在森村探长的提议下，我们决定再对池底做一次搜索。这次搜索持续了两个小时，却徒劳无功。这样一来，我们只能认定荣子的头颅被凶手藏在了别的地方。

尸体的衣服被扒光了，但左手佩戴的两枚戒指告诉我们，死者确实是荣子，因为其中一枚是舅舅几年前送给她的，本是舅母的遗物，

97

仅此一枚。家里人也都认得这些戒指。

"太残忍了……我一定要为荣子报仇！森村先生，还有各位警官，我想悬赏一千块[①]，捉拿杀害荣子的凶手。无论是谁，只要抓到真凶，我就立刻奉上一千块现金！"

长田长造也在这里，铁青的脸上显露出坚定的决心。

长田与荣子住在一起，形同夫妇，还表示自己与荣子已有婚约。既然这样，他会产生报仇的念头也理所当然。

"是吗，这应该会大大激励参与调查的警官。不过事到如今，我倒觉得自己之前的判断略有偏差。真没想到，我们会找到一具无头尸。尸体没有头，意味着本案非常棘手，绝不是一起普通的凶杀案。"

森村探长边琢磨边说，显得十分失望。

"不过话说回来，凶手怎会如此残忍，竟要砍下荣子的头？"

舅舅仍然想不通。

"一定是因为凶手对荣子怀有深仇大恨，杀了她还不解气吧。古往今来，这样的案子还少吗。不过又有谁会这么恨荣子呢？我总觉得那个人就在我们周围。"

长田长造死盯着我的脸，显然话里有话。

我不禁心中一凛。因为连我自己都在暗暗怀疑她。大家肯定都想到一块儿去了。森村探长佯装不知，但说不定也锁定了她。

此处的"她"，自然是指秋子。毕竟荣子对秋子做的那些事，足以令秋子记恨她千万遍——她曾把秋子和猛虎关在一个房间，害得秋子险些葬身虎口，这是杀人未遂的大罪。

[①] 原注：相当于今天的四十万日元。

此外，荣子为揭发秋子的身世还使出了各种阴招，甚至当着宾客的面对她百般羞辱。案发当天，两人也有过争执。

当时，秋子左手腕的秘密被荣子看到了。对秋子而言，那是生死攸关的机密。她勃然大怒，要求荣子对天发誓不告诉任何人，否则就不客气了。两人还不顾体面，扭打在一起。片刻后，荣子在我失去意识期间消失不见。在没有其他嫌疑人的前提下，秋子头一个被怀疑也理所当然。

我迫不得已对心上人产生了怀疑。可即便她就是真凶，我的爱火也不会熄灭。不仅如此，我甘愿牺牲自己的性命，拯救孤身面对难关的她。真到了万不得已，我甚至可以为她与森村探长决一死战。

出乎意料

午餐时间，秋子说自己不太舒服，闭门不出。她的女伴肥田夏子也借口"热病尚未痊愈"，一早便不见人影。

得知秋子不来用午餐了，大家好像都在交换眼神，脸上流露出"也难怪"的表情。所有人都在怀疑她，但没人敢说出口。如果一不小心快要聊到她，也会把她的名字生生咽回肚里。

据说检察官要下午三点左右才能来现场勘察。在那之前，我们不能擅自为荣子的尸体入殓，只好找个房间铺上被褥，安放好尸体后为她蒙上白布。忙完之后，舅舅悲痛不已，将自己关在房里。森村探长说要写报告，去了舅舅的书房。我找不到人说话，只能满腹烦躁地为秋子的未来担忧。我这辈子经历过许多危机，遭遇过种种危险，却都远远不及那两个小时煎熬。

要不去找森村探长，问问他的看法？不行，我不敢。要不去秋子的房间安慰安慰她？不行，这更令我害怕。

我将医嘱抛到九霄云外，跟疯子似的在院子的树林里独自瞎转。我走了两个多小时，都不知道自己走过哪些地方，做了些什么，空转的脑子里尽是毫无意义的东西。

"北川先生，您在想什么呢？"

突然，我听见有人跟我说话。回头望去，站在身后的竟是我此刻害怕见到的森村探长。

"没什么……我就是有点无聊，所以出来走走。"

我的借口毫无说服力，探长却没有表现出怀疑。他朝我迈出一步，压低声音说：

"北川先生，您如何看待本案呢？您觉得凶手会是谁？我也询问过长田先生。他明确告诉我，觉得秋子小姐最可疑。"

我不敢吭声，腋下汗流不止，过了好一会儿，才违心地回答：

"哈哈哈哈哈。这也太荒唐了。我了解秋子小姐的品性，她绝不可能犯下如此残忍的罪行。"

"嗯，我也同感。然而种种线索都指向她，所以我也怀疑过她。问题是，池塘中发现的尸体并没有头，这令我不得不放弃这一推论。您懂我的意思吗？本案最关键的地方，在于'尸体没有头'。"

可愚钝的我无法理解侦探这番意味深长的话，只能下意识反问：

"您的意思是？"

"关键在于，凶手为何非砍头不可呢？说是深仇大恨使然，倒也不是毫无可能。可凶手没有理由特意将头和躯干藏在不同的地方，不是吗？凶手拿走桌布，还留下了戒指，可见砍头的目的并非隐瞒死者的身份。在我看来，我们必须站在完全相反的角度，重新梳理本案。

"北川先生，我想请您帮个忙：能否再仔细看一下荣子小姐的遗体？"

原来这才是探长来找我的目的。我还没彻底理解他的那番话，但心中重新亮起了朦胧的曙光，于是答应他的请求，跟他去了安放荣子遗体的房间。

西式房间的地板上铺着被褥，其上盖着白色床单，再上面是掩着白布的人体，头部突兀地凹陷下去，使个子显得异常矮小，散发出无法名状的阴森感。

"来，请您看仔细了。"

探长将我往前推，用凝重的口吻说。

我下意识地捏住白布的一角，揭起盖着双脚的部分。

女性的双腿映入眼帘，苍白而丰满。一想到这双腿属于刁蛮任性的荣子，我鼻子一酸，泪水险些夺眶而出。

可就在刹那间，一个念头如闪电般划过我的脑海。

我想起荣子的右小腿上应该有道明显的伤疤。因为她七八岁时跟我一起去过一趟避暑胜地，在海边玩耍时受了很重的伤。荣子还跟我说过，疤痕随着年龄增长越变越大了。

这个念头令我心跳加速，赶紧仔仔细细检查了尸体的双腿，结果有惊人的发现：腿上竟然连一道擦伤都没有！我不敢相信自己的眼睛，反复检查了好几遍，还请探长帮忙一起找。然而无论怎么找，都没有疤痕的踪影。

荣子当年伤得很重，缝了足足五针。这样的疤痕只会一年大过一年，绝不可能凭空消失。

我揭开整块白布，打量尸体的全身，越看越觉得每个部分都不像荣子。荣子的手臂哪有这么粗，手指的形状也不太对。

我困惑地望向探长。

"这不是她吧？"森村探长脸上浮起几分得意，仿佛在说"果然不出我所料"。

"嗯，根本不是她！森村探长，这不是荣子！是冒牌货！冒牌货！"我欣喜地高声喊道。

"果不其然。这意味着本案的性质有了极大的转变。我必须赶紧回长崎一趟。继续留在现场附近调查已经没有任何意义了。破解谜题的关键恐怕在长崎……"

探长已经制定好了下一步调查方针。我当然是听不明白的，不过这位名侦探确实名不虚传，脑子转得飞快，令我大开眼界。

得知尸体不是荣子，全家上下又是一片哗然。事情越来越离奇了。三浦荣子神秘失踪，取而代之的是一具无头女尸，而尸体并非荣子，这就意味着她依然处于"失踪"的状态。

荣子究竟藏去了哪里？此外，眼前还有一个更可怕的疑问——死者究竟是谁？她为谁所害，又是被谁沉入了池底？

更诡异的是，死者不是荣子，却戴着荣子的戒指。看来，一定是有人企图将死者伪装成荣子，还用那个房间的桌布裹尸，想将杀人的罪名扣在秋子头上。然而，谁会想出如此邪恶的计谋呢？

慢着……难道策划阴谋的正是荣子本人？除了当时在场的荣子，还有谁能想出这种奸计？没错，一定是这样。这个女人简直荒唐透顶。让秋子葬身虎口的计划没有成功，于是她又精心策划了这场大戏。细细想来，着实令人背脊发凉。我已经无法再用"刁蛮任性"来形容她了，这就是不折不扣的犯罪啊！

不过，荣子是从哪儿搞来了这样一具尸体？死者的头又被她藏去了哪儿？莫非她为了陷害秋子，竟不惜杀人？最令我百思不得其解的是，她是如何逃出那个门窗紧闭的房间的？很长一段时间里，我一直没能搞清这些谜题的答案。

暗夜怪人

我想,当务之急是给秋子吃颗定心丸。她一早就把自己关在房间里,迟迟没有现身,一定是害怕警方怀疑到她头上。

我去到她房间,只见她端坐在书桌前,专心致志地看着书,神色依然淡定,令人看不出她在想什么。

"秋子,你放心吧。从池塘打捞出来的尸体不是荣子。"

她坐在长椅上,我便在她旁边坐下,突兀地开口了,然后把事情的来龙去脉讲给她听。听着听着,向来冷静的秋子竟两颊绯红,面露喜色,看来也很高兴。

"天哪,原来是这样!你又救了我一回。算上之前的虎口脱险,这是第二次了,真是太感谢了!我想到警方肯定会怀疑我,正为此心神不宁。虽然我问心无愧,却很怕警方顺藤摸瓜调查案子的前因。到时,我的秘密就会被公之于众,这些年付出的心血就都白费了……"

"是你之前提过的'秘密使命'吗?"

"嗯,所以我把黑川律师请来了,以防万一。他刚走没多久。"

"黑川律师?你好像相当信任他嘛,明明不久前才出过那样的事……"

我不禁心生嫉妒，语气也不太愉快。

"这哪里是信任呢……这件事很复杂，详细的内情，还请你不要再问了。等时机成熟，你都会明白的。"

秋子面露苦闷。见她如此为难，我起了恻隐之心，不忍再责问。

"可是一想到你这么信赖他，我就很羡慕。"

"说起信赖，我更信赖的人明明是你啊。何况你连着救了我两回，我是真的发自内心地感谢你。"

"秋子！你听我说！"

我实在难以自抑，只能抓住这个奇妙的机会，说出了在心中酝酿已久的话。

"如果真是这样，你能不能答应我一个请求？嫁给我好吗？"

我鼓起莫大的勇气，抓住身边人的右手。

"啊……我的身份不允许我答应这样的请求。我有很多不能说的苦衷，没法成为别人的妻子。"

她虽这样说着，却没有甩开我的手。她那拼命掩饰娇羞的模样无比令人怜爱。

"我不知道你有怎样的苦衷，但会竭尽全力帮你攻克难关！只要你把那个秘密告诉我！"

我更加大胆了。

"不，那是行不通的。你再聪明，再有力量，也无法帮我扭转这么不同寻常的命运。我的苦衷太复杂，凡人都不可能解决。要是我能把事情的来龙去脉告诉你，你一定也会理解我为什么这么说。"

秋子无比苦楚地叹了口气，几乎快要哭出来，与平日里判若两人，令我愈发心疼。既然她说到这个份儿上，看来的确有我根本无法想象的难言之隐。

"那我就不多问了。但是秋子,你能不能答应我——如果有一天情势好转,没什么可以阻碍你了,能不能跟我结婚,不要嫁给别人?"

我摩挲着她的右手,下定决心,一本正经地向她求婚。

"立下这种空洞无用的约定又能怎样呢,我这辈子都不可能嫁人……"

"我不介意,再空洞也没关系。可是请你答应我,万一真有这一天,请你一定要做我的妻子。只要你愿意答应,我就心满意足,再没有其他奢求。"

"呵呵呵呵呵……如果这样约定就能让你满意的话……"

秋子落寞地笑道。

"嗯,这就够了!求求你,答应我吧!"

我俨然和使小性子的孩子差不多。

"好,那我就答应你吧。虽然我觉得这个约定永远不可能实现……"

伴着这悲哀的句尾,她低下了头。

我却高兴得忘乎所以。因为这至少可以证明,秋子对我是有情的。事已至此,无论我们的关系实际发展到了哪一步,我都必须把她当成妻子去保护。如果她无法与我分享秘密,我就不打听了。在力所能及的范围内守护好她,才是我唯一该做的事。若有敌人进犯,我就全力反击。

"北川先生,其实有一件事,我早就想问你了……"秋子换了个话题,像是在掩饰自己的难为情,"你去肥田夏子的房间探望过她对不对?她有没有求你替她办事?"

"对,是有这么回事。她让我把一个小纸包塞进木盒寄走。我觉得怪怪的，但经不住她再三恳求，只能替她跑了趟邮局。"

"你还记得包裹寄去哪儿了吗？"

"记得啊，记得清清楚楚：西浦上村滑石，养虫园，岩渊甚三收。"

"什么？看来果然不出我所料。她偷了我的笔记本，寄去了那儿！"

秋子脸色大变，几乎是叫喊出来。

"你说什么？你的意思是，我寄出去的就是抄录了圣经上的咒语，还写着你的研究成果的笔记本吗？那……当时在我房间里流血的小偷，就是肥田夫人？"

我也大吃一惊，万万没想到秋子的女伴会背叛她。

"一定是这样。天哪，笔记本落到了坏人手里，这下真的无法挽回了……"

秋子显得非常慌张，可见事关重大。

"不过，那个养虫园究竟是做什么的？是养蜜蜂的地方吗？"

"不，那是一座蜘蛛屋。养了很多蜘蛛。岩渊是个特别可怕的恶棍。"

"要不我去一趟蜘蛛屋，会会那个岩渊，把你的笔记本拿回来？放心吧，小菜一碟！"

愚蠢如我，还勇敢得像个骑士。

"不行，你要是去了一定会出大事！你不知道，那里有会吃人的毒蜘蛛啊！"

秋子浑身一颤，似是惊恐万分。会吃人的毒蜘蛛？这也太危险了。我越听越觉得，有一团深不可测的神秘黑影萦绕着秋子。

就在这时，佣人来通报，说检察官一行到了。我们不得不中断谈话。之后的两小时里，检察官进行了细致入微的勘查，没有任何新发现。森村探长的报告已经写得非常详尽了。

接下来的三天太平无事。森村探长表示他要去长崎调查，便离开了公馆。我的伤好得差不多了，恢复了正常生活。肥田夏子的身体也好转不少，可以下床去院子里散步了。

就这样到了第四天深夜。洗漱完毕后，我正走在楼下的走廊，却见一个人影偷偷摸摸走远，穿过了通往后院的门。那不是秋子吗？这么晚了，她去一片漆黑的院子里做什么？事情很可疑。于是我蹑手蹑脚跟了上去。

走到后院的树林，我才发现秋子并非独自一人，肥田夏子也在。她丝毫没发觉我躲在树后，拉着秋子的手走到我躲藏的树丛跟前。

"他真的来了？"

秋子悄声问。

"当然是真的！戒备再森严的宅子，他都能轻松溜进来！"

肥田沙哑的声音传来。

"可我没打算见他！一定是你叫来的！"

"不是！我也让他别来，可他偏要来见你，说要跟你做笔交易。这事儿啊，我已经管不了，你也该死心了。"

"死心？"

"彻底死心，把那个告诉他。"

"你不是已经偷走我的笔记本寄给他了吗？还需要我告诉他什么！"

"他说笔记本里写的暗号只有你看得懂，他没法用啊。他想让你一起去实地，手把手教他。"

"他休想！要是告诉了他，我这些年为了完成使命付出的心血就都白费了。就算天塌下来，我也不会答应！请你明确回绝他！"

"嘘！嘘！"肥田夫人连忙摆手，让秋子小声点，"你看，他已经在那儿了！你现在说这些，他也不会罢手。"

我顺着她们的视线望去，只见暗夜中树林的另一头有个忽明忽暗的红点。是香烟的火光。那人的轮廓难以分辨，只是一团在黑暗中蠢动的黑影，唯有叼着的卷烟发出的火光在缓缓闪烁，好似红色的萤火虫。这墨水般的夜色中的一点红光，有种叫人毛骨悚然的诡异。此人偷偷溜进别人的宅邸，还从容不迫地抽起了烟，是何等放肆大胆。光凭这一点，就能推测出他不好对付。

天降奇祸

"我不想见他!就算见了,我也不会答应他的要求!"

秋子又说话了。

"你不想也没用。他是冒着危险特地过来的,总不能就这么打发回去吧。你要是不听话,他说不定会把你的秘密抖出去,到时可就麻烦了……"

肥田夏子的口气十分粗鲁。平时当着别人的面,她绝不会这么跟秋子说话。看来她果然不是乳娘之类的下人。

"可他想知道的,我绝不可能告诉他。要是我说了,任由他为所欲为,完成使命的计划就乱套了。请你转告他,这个要求我无论如何都不可能答应。如果他要钱,我还能想办法凑一些给他。"

"呵呵呵呵……你哪来的钱?还是说你打算花言巧语蒙骗这边的干爹,多讨些零花钱?"

肥田夫人口中的"干爹"自然是我舅舅儿玉丈太郎,因为秋子最近刚成为舅舅的养女。

"天哪,你怎能说出如此粗俗的话来!我怎么可能去欺骗父亲,你怎会想出这么下作的主意！"

"哼，那你能凑出多少钱啊？死心吧，没戏的。这一回他不会轻易退缩。他都说了，要让所有人知道你那吓人的秘密！"

"那你告诉他，他想怎么样就怎么样吧。我已经做好思想准备了。"

秋子凛然撂下这句话，猛地甩开肥田夫人的手，像飞鸟般迅疾地奔回主屋。

秋子的反应令我无比钦佩。她身上的确藏着可怕的秘密，但面对恶人的胁迫，她毫无惧色。那凛然的正气，为达使命不顾自身安危的坚韧，还有以欺骗舅舅为耻的纯美心灵……这一切的一切，都坚定了我要帮助她，将她从恶人手中解救出来的决心。

肥田夫人大病初愈，身材又非常肥胖，眼看着秋子逃跑，自知无望追上，便露出无奈的神色喃喃道：

"那就没办法了……"

然后她独自绕过池塘，朝抽烟的人走去。我当然也沿着树丛跟了过去，可惜不能靠得太近，只能远远望着，听不清他们的声音。不过透过黑暗看去，能依稀辨认出抽烟那人的衣着打扮。

那是个矮胖的中年男子，穿着西装，头戴鸭舌帽。他的嗓音低沉而浑浊，断断续续传到我的耳边，透着一股奸邪。

两人的关系看似很亲密，站在那里说了五分多钟的悄悄话。之后，肥田夫人走回主屋，男子则走向树林深处的围墙。

我惦记着先回了主屋的秋子，心中有些犹豫。当务之急是跟踪这个神秘人，看看他去了哪里。这么做的话，我一定多多少少能触及秋子的"秘密"，从而有助于思考如何拯救她。于是我决心跟踪神秘人。可此刻的我万万没想到，等待自己的竟是一场奇祸，神秘人的住处是那么恐怖的地方。

神秘人钻过树林,轻而易举地翻过后面的土墙,走上通往K镇的路。我也翻过围墙,紧随其后。

夜已深,田间小路寂静无人。为免暴露,我只能与他保持距离,好在不用担心跟丢。不久后,我顺利跟到了K镇的车站。进站一瞧,里面还有十多名旅客,这下不用再顾忌了。我大着胆子紧跟在他身后走向售票窗口,买了跟他一样的车票。他的目的地是长崎市的前一站,M站。

我对M站好像有点印象。细细一琢磨,我才意识到,要去那骇人的养虫园所在的滑石就是在M站下车。如此看来,此人或许就是那个养虫园的主人?想到这儿,我愈发好奇,决定继续跟踪。

上了火车才发现,我们这节车厢没有其他乘客。我的座位就在那人的对面,也不知这是幸或不幸。起初我还担心对方会认出我,但他并无反应,神态坦然,继续抽他的烟。

借助灯光,我仔细观察起眼前的神秘人。他大概五十岁上下,身材肥胖,没留胡子,脸膛红红的,头顶已经全秃,乍看就是个性情温和的老爷子。我竟有些怀疑,他真是溜进别人家院子、胁迫秋子的恶棍吗?

我曾听说,一脸凶相的人成不了真正的恶徒,因为大家一看到他就会起戒心。真正的恶徒其实是慈眉善目的,这样才能让人放松警惕。也许我眼前的神秘人就是个典型的例子。

我边想边不动声色地打量他。那张柔和的脸上,唯有一双眯缝眼释放出异样犀利的光。他果然不是普通人。

过了一会儿,一直在抽烟的神秘人不知怎的突然转向我,笑呵呵地跟我搭话。

"你也是K镇上来的吧?你住那儿吗?"

听口气,他果然不认识我。这下我彻底放心了,回答道:

"嗯,是的。"

"那你肯定听说过幽灵塔吧?"

听到"幽灵塔",我心头一凛,却若无其事地说:

"听说过,那间宅子很有名。据说最近有个长崎的有钱人买下它,搬进去住了。"

"没错,是个姓儿玉的退休法官。他还收了个叫秋子的养女,搞了场宴会让她公开亮相。"

"哦……我只知道宅子里有位非常漂亮的姑娘,名声都在镇上传开了,不过她具体叫什么我就不太清楚了。"

"呵,是吗?她因为美貌出名啦?我告诉你,其实那个女人啊,有比美貌更值得大家关注的东西。"

他说了几句莫名其妙的话,倒不像个坏人,只让人觉得话多。

"您这么了解她?"

见我随声附和,他愈发来劲,得意扬扬道:

"实话告诉你,没人比我更了解她的底细。我今晚就是去找她的,可她觉得自己飞上枝头变凤凰了,摆出一副高高在上的架势,根本没把我放在眼里。

"哼,戴着面具招摇过市……把那张面具揭开看看就知道了。不,根本用不着揭面具,只要让她摘下左手的手套就行。看看会有多么可怕的秘密蹦出来。哈哈哈哈哈……退休的法官大人要是看到那玩意,怕是也会瞠目结舌吧。"

说到最后，他几乎是在自言自语了。这番话令我不禁疑念丛生，因为他也说秋子"戴着面具"。而我初次见到秋子时，也曾怀疑那张无比精致的脸是橡胶做的面具。当然，世上不可能有如此荒唐的事。看到她说话时表情灵动，我心中的古怪念头便立刻烟消云散了。可眼前这个熟知秋子底细的人也用了"面具"一词，真是怪了。

不过他这样一个做了坏事的人竟如此口无遮拦，对我这个萍水相逢的陌生人都滔滔不绝地说着秋子的坏话，似是毫无城府。不，不可能。他不仅有城府，还是个深不可测的老滑头。他一定是想在幽灵塔周边的居民间散布秋子惧怕的传言，间接折磨她，加剧她的忧虑，然后算准时机再次去公馆逼迫她。这人果然不好对付，必须小心谨慎应对。

就在我打起精神，准备开口时，突然传来巨响，车厢天翻地覆地剧烈震动起来。

我很难用言语描述当时的感觉。惊愕、恐惧之类的字眼远远不够，只能用昏天黑地来形容。我的身子仿佛突然变成了皮球，被人一脚踹飞。剧痛如巨型铁锤砸下般袭来，我失去了意识。

蜘蛛屋

我苏醒过来时，睁眼只见破碎的木片堆积成山，一如地震后的废墟。透过来来往往的人影和火把的红褐色火光，能看到巨大的火车头翻倒在地，后头是或倾倒，或被压碎的车厢残骸。

直到这一刻，我才意识到自己遭遇了翻车事故。事后得知，是架在无名小河上的铁桥损坏造成了这场惨祸，两人不幸丧生，十余人身负重伤。

万幸的是，我身上只有几处碰伤。那个秃头恶徒就没么走运了——他是重伤者之一。我看过去的时候，发现他被破损的木材压住了，没有力气抽身而出，在挣扎中昏死过去。

这人虽然可恨，但大难当前，我不能见死不救。而且要是能趁机卖他个人情，以后或许能让他为秋子行个方便……我心思一转，连忙喊来在周边走动的壮工帮忙，两人一起，好不容易才搬开沉重的木材。

我扶起秃头男人，查看他的情况。他似是清醒过来，却没有力气挪动身子，也许是骨折了，连话都说不出来。

无奈之下，我只得给壮工一些小费，让他去附近的车站叫辆人力车。好在下一站就是我要去的M站，离这里不过十来町。壮工说，我这就冲过去给您叫车！说完撒腿就跑。

再开十町就是目的地了，真没想到会在这样一个地方遭遇如此灾祸。

近年来，翻车事故已鲜有耳闻。但在当时，这类事故并不罕见。

不一会儿，人力车来了。我与车夫将伤者抬上了车，这时他能稍微说两句话了。

"回家……送我回家……"他气若游丝地说。

我回答："不行，得先去医院啊！"

"我家有医生……送我回家……"

这老头还挺固执。

"您家在哪儿啊？"

"滑石的养虫园……我是养虫园的主人，岩渊……"

果然是这样。秋子之前提过的"有吃人毒蜘蛛"的养虫园，就是眼前这个男人的产业吗？

听到这话，车夫顿时皱起眉头：

"养虫园吗？我可不敢去，您还是请别人吧！"

车夫打起退堂鼓，似乎很害怕。连强壮的车夫都吓成这样，看来养虫园的确恐怖至极。

然而因为伤员众多，M站的人力车都被征用了，连我都找不到车坐。要是放跑眼前这个车夫，我就真的束手无策了，于是表示愿意出双倍车钱，好说歹说，他才同意拉我们去养虫园。

从出事地点去M站要十町，从车站去滑石还有将近一里。养虫园附近的林中山路最是难走，杂草丛生，难怪车夫不愿意做这单生意。我跟着载有伤者的车，沿着漆黑的山路走个不停。

照理说，我交代车夫把人送到即可，但伤者是秋子的大敌，还是养虫园的主人，我怎么能错失良机，就这么打道回府。我打算装成热心路人，潜入养虫园。如果运气好，还能查出那里有什么秘密。

"养虫园到了！"

听到车夫的喊声，我在黑暗中望去，只见一栋漆黑破落的房子耸立在眼前，犹如妖魔鬼怪的居所。这房子大概原本属于有钱有势的富农，规模颇大，共有两层。屋顶半边铺着茅草，半边铺着瓦片，只是茅草部分已经歪歪扭扭，白色墙皮严重剥落，露出里面的竹芯，整体残破不堪。房子周围的土墙也塌了大半，上面装了扇无异于摆设的板门。

我提着跟车夫借来的灯笼，试着去推那扇板门，却怎么都推不开。就在我晃动板门，发出"嘎嗒嘎嗒"的响声时，车上的岩渊递给我一把硕大的铁钥匙：

"用这把钥匙开……"

看来他很小心谨慎，既然离家时锁了院门，大宅里怕是没有别人居住。我一边琢磨，一边用钥匙开门，走进院子。这时，车上的伤者再次指示说：

"往后……往后……"

我提着灯笼绕去宅子后方，红色的灯光照亮了有破洞的纸门。我透过破洞，往屋里窥去。

里面有人。偌大的地炉边是红褐色的榻榻米，上面坐着个身体佝偻到几乎对折的白发老妪，如母夜叉般骇人。她看起来已经七老八十了，脸上布满皱纹，好似被压扁的灯笼，但不可思议的是，我觉得那张面孔十分眼熟，很像某个我认识的人。

像谁呢？我想起来了，是肥田夏子。夏子肥胖如猪，这老妪骨瘦如柴、肋骨根根分明，但两张脸的骨架和五官无疑都很相似。莫非肥田夏子是老妪的女儿？想到这儿，我突然冒出另一个念头：岩渊因疼痛眉头紧锁时，也与老妪有几分相像。两人一定是母子。这么说来，岩渊和肥田夏子也许是兄妹。这兄妹二人恐怕是合起伙来缠着秋子，想要实现某种可怕的企图。

不过当务之急，还是得把伤者送进家门。我站在纸门外大喊：

"麻烦您开开门！岩渊先生受了重伤！快开门啊！"

听到喊声，老妪回头白了我一眼，却若无其事地起身去了里屋，我左等右等都不见她回来。这老妪可真奇怪。我实在等不及，便用力抓住眼前的板门，试图把它拉开。可这扇门也被牢牢锁住了，纹丝不动。

我带着一肚子气折回院门，没好气地跟车上的岩渊讲了事情经过。听完，岩渊喃喃道："真拿这老婆子没办法……"随即给了我另一条奇怪的指示。

"请你爬窗户进去，看看隔壁房间的桌子。桌上应该放着钥匙。"

我再次照办，绕到屋后，拉开那扇破洞的纸门，爬窗入室，绕过地炉，走进隔壁的那个昏暗房间。老妪也不在那儿，不知藏去哪儿了。不过眼前的景象比她更要诡异万倍，吓得我毛骨悚然，呆若木鸡——

昏暗房间的天花板、墙壁和柱子好像都在不停地颤动，但并非地震，因为地震的颤动绝不是这样的。准确地说，墙壁与柱子的表面是在蠕动，天花板上的硕大房梁犹如一条正在耸动背部鳞片的巨蟒。

我这辈子从没见过如此诡异的情形。整个房间看似静止，却在不停地蠕动，将视线固定在一处甚至会有头晕目眩的感觉。

我不禁伸手去扶一旁的桌子，却有什么东西窸窸窣窣爬上了手背。我连忙甩掉它，一看竟是只酒盅大小的蜘蛛。

哪儿来的蜘蛛？我转头望向墙壁，才发现墙上、柱子上、天花板上都拉着细密的铁丝网，网中挤满了千千万万只不断爬动的蜘蛛，只是屋里太过昏暗，我一开始没看出来。墙壁和柱子的表面也都被蜘蛛所覆盖。墙上似乎有几个洞，还靠了几个架子，却也都爬满了蜘蛛。

锁链的响声

我总算明白"养虫园""蜘蛛屋"这样的名称是怎么来的了。原来这栋屋子里养着讨人厌的蜘蛛!

我们身边其实有许多需要蜘蛛的行业,比如卖假货的古董商,就得利用蜘蛛把赝品书画做旧。养虫园专门把蜘蛛卖给这些人维持生计。但是,蜘蛛的销量真的好到足以维持生计吗?或许养蜘蛛只是个幌子,其实是有人在屋里做着什么邪恶的勾当,饲养大量的蜘蛛只是为了吓得旁人不敢靠近。

有些女人看到一只小蜘蛛都会发出惨叫,要是走进这样一个挤满千万只蜘蛛的房间,恐怕会当场昏倒,毕竟连我这个大男人看了都浑身发毛。我不想在如此可怕的房间久留,找到放在桌上的钥匙(周围也有几十只大大小小的蜘蛛爬来爬去),便回到之前的房间,打开板门出去,然后在车夫的帮助下把岩渊抬进屋里。可我总不能直接把人撂在榻榻米上,于是便问:

"被褥在哪儿?"

他让我去二楼的第二个房间。我们所在的房间有一道漆黑的楼梯,台阶由抽屉组成，形似五斗橱。伤员这么说，我只能爬上楼去取被褥。二楼也黑黢黢的，手里的灯笼成了唯一的光源。

这座楼梯不会也是蜘蛛的巢穴吧……我打着灯笼，提心吊胆地走着。多留了个心眼总是好的，虽然楼梯上没有蜘蛛，但稍有不慎，就可能大难临头。

楼梯分成了两截，中途设有四尺见方的缓步台。这样的设计在日式住宅中十分罕见。我看见缓步台的墙上开了个乌黑的洞，像是扇弯腰才能钻过的小门。莫非这是密室的入口？门板和墙壁用的是同样的板材，表面又黑又脏，如果它是关着的，恐怕谁都不会察觉入口的存在。

我正要经过门口，却有个东西突然从黑暗中飞出来，险些砸到我的脸。我慌忙后退闪避，那个东西撞上对面的门板，发出一声巨响。我看去，竟是一把古旧手斧的头部。好险！差点就受了重伤。

我想看看是谁干的好事，狠狠瞪向门内，只见满脸皱纹的老媪握着斧柄蓦然从黑暗中冒出来，堵住小门，一副"若敢硬闯，就要你好看"的架势。

"不许进来！不许进来！"

她的声音就像乌鸦叫。谁要进去了，真是个奇怪的老婆婆。可她既然不让我进，就说明门后一定有古怪。

不过这可以回头再查，眼下我只需要拿到被褥。于是我没有理睬她，大跨步走上二楼，来到岩渊说的那个房间，从壁橱里拿出两床被褥，搬到楼下。然后，我把油灯挪到"蜘蛛房"隔壁的房间，又跟车夫一起把伤者抬过去安置好。老媪追着我下到一楼，发现我们在悉心照料他的儿子，总算不再怀疑我，而是诧异地说：

"诶？原来你不是甚三的敌人啊！"

看来她已经老糊涂了，神志不太清醒。难怪她明明在家，岩渊外出却要锁门。

"甚三先生有敌人吗？"

我试着套她的话，心想也许能问出有价值的线索。她果然回答：

"甚三嘱咐过我，会来这儿的都是敌人，一个也不能放进来。所以除了要关进那间小黑屋的，谁都不能进。"

她口中的"小黑屋"肯定是指两截楼梯中间、那扇小门后面的房间。不过话说回来，他们究竟要把谁关进小黑屋？

"关起来？关谁？"

岩渊要是听见了，一定会阻止老妪，不让她多嘴。万幸的是，可能因为回到家中感到安心，他已经睡熟了，且满脸通红，像是在发烧。

老妪昏聩如无知孩童，天真地回答：

"要关进小黑屋的人啊，每次都是医学士大半夜坐着带篷的车带来的呀。"

刚才岩渊说他家里有医生，一定就是老妪口中的"医学士"。这时，我灵机一动，问道：

"那他带来的是男人还是女人呀？"

"女人的话只来过一个，长得可漂亮啦。就是脸色惨白，跟死尸一样，是医学士抱她进来的呢。"

这样一个老婆婆说的话自然不能全信，可不知为何，我的脑中产生了一个奇怪的猜想。说不定她提到的漂亮女人不是别人，正是秋子。也可能是最近下落不明的三浦荣子。

"那是什么时候的事情？"

"都过去好久啦。之后来的都是男的。去年和今年，只要有带篷的人力车来，车上坐的就一定是男孩。"

他们把男孩关进小黑屋做什么？我正要继续发问，头顶却传来了闷闷的脚步声。这个房间的正上方应该就是老妪口中的小黑屋。看来小黑屋里真关着人，而那人正在漆黑的房间里走来走去。更不可思议的是，与脚步声一同传来的还有金属碰撞的响声，哗啦、哗啦……当时我完全没反应过来那是锁链的响声，只觉得这宅子愈发神秘了。

"婆婆，那是什么声音？"

我指着天花板轻声问，老妪脸色大变：

"你不知道那是什么？那你就是甚三的敌人！肯定是敌人！你对这栋房子一无所知，却假装是甚三的朋友，让我放松警惕！我不会再跟你多说一个字了！"

说完，她便当起哑巴，一言不发了。她虽然老糊涂了，毕竟是恶棍岩渊甚三的母亲，关键时刻还是相当顽固的。

无奈之下，我只能不再提问，转头望向躺着的岩渊。他因高烧说起了胡话，情况好像很糟糕。我不知道他们口中的医学士住在哪里，也不清楚他什么时候来，唯一的办法就是去附近的镇子请大夫。好在我之前让车夫在外面等着，便决定坐车去找大夫。

出了破屋的院门，走了两三町，却见一位四十岁出头、身着黑色洋装的绅士快步走来。他手臂下夹着折叠式公文包，一副医生的做派。莫非他就是……于是我开口问道：

"这位先生！请问您是医学士吗？"

话音刚落，对方便停下脚步，一脸疑惑地望着我，反问：

"没错，您是哪位？"

"您来得正好！是这样的……"

我编了个假名，简单讲了讲翻车事故和岩渊的伤情。

"所以我正要去镇上请医生，您来了我就放心了。请赶紧上车，过去看看吧！"

我说着便下了车，对方也表示同意，可一只脚都跨上车了，却好像突然想起什么，死死盯着我问：

"您刚才管我叫'医学士'。可您怎么知道我是医学士呢？"

看来，这人一定是冒牌医学士。若是有名望的医学士，怎么会问出如此奇怪的问题。正因为心中有鬼，才会对他人的只言片语起疑。

"伤者家里有个奇怪的老婆婆，她说医学士应该快来了，所以我才……"

听完我信口胡诌，对方总算松了口气。

"原来是这样。我会去伤者家中看看的，您请回吧。劳您费心了，实在抱歉。事后我再登门道谢。"

说着，他便上车赶往破屋，甚至没有询问我的住处。

小黑屋

我当然是假装打道回府，实则紧随其后。所幸周围十分昏暗，我神不知鬼不觉地跟着人力车回到了养虫园。

我进了院门，绕到屋后，透过纸门的破洞往里看。因为刚才把油灯拿去了岩渊所在的隔壁房间，屋里一片漆黑。不过隔壁房间的纸门并非严丝合缝，所以漏出了丝丝亮光。竖起耳朵，还能听见门后的低语。

我壮着胆子脱了鞋，用手提着，蹑手蹑脚挪到那个房间的纸门外，把眼睛往门缝上凑。如我所料，刚才的医学士与满脸皱纹的老婆婆正在岩渊枕边谈话。

"伤得真重。那个陌生人不知是什么来头，但要不是他及时相救，我们这会儿肯定已经在院里那棵松树底下挖坑了，哈哈哈哈哈……"

"谢天谢地……甚三怎么能也是这种待遇啊。那坑不是用来埋小黑屋房客的吗，别说这些不吉利的话。"

老媪皱起眉头责备医学士。这番对话实在可怕。听他们的口气，怕是已经在松树底下埋过好几个人了。想到这儿，我再次望向灯光下的老媪，只觉得她的侧脸酷似多年前看过的鬼故事绘本里的老妖婆。

我顿感一阵恶寒，仿佛被人朝背上浇了一盆冷水，但随即努力沉着下来，告诉自己现在不是怯懦的时候，继续竖起耳朵听他们说话。这时，医学士的声音响起：

"甚三伤得真不是时候。他本该去见那个女人，打探出秘密的，也不知他问清楚没有。现在他伤成这样，我们都没法问了。阿婆，他有没有跟你提过那个女人？"

他口中的"那个女人"显然是秋子。天哪，这人也是她的敌人。我完全没想到这里竟是恶徒的巢穴，而恶徒们正在制订危害秋子的邪恶计划。不过多亏翻车事故，我径直找到了敌人的大本营，当然不能空手而归！

听到医学士的问题，老媪用痴呆一般的语气反问：

"那个女人？哪个女人啊？你是说我儿子有相好啦？"

医学士"啧"了一声：

"没办法，你也是老糊涂了。以前比你女儿还聪明，现在却连夏子的十分之一都不及了。"

看来肥田夏子果然是这老媪的女儿，我的直觉连连中的，准得自己都不由得害怕。

"别欺负我这虚弱的老太婆啊。你说的到底是哪个女人？"

"真要命……你是真忘了？那我帮你回忆回忆。你好好想想，那是三年前的事了，一个风雨交加的夜晚，这儿来了辆带篷的人力车，而且拉车的不是寻常的车夫……"

"哦！我想起来了。拉车的不是车夫，是你。你穿着短褂，打扮得可奇怪了。"

"没错。为了那个女人，我连车夫都当了，费了多少劲啊。如今却搞成这样，真是划不来。阿婆，你还记得那辆人力车载的人吗？"

"记得！记得！是个大美人！我刚才还跟人提起过她呢！"

听到这话，医学士大吃一惊：

"什么？你刚才提起过她？跟谁提的？你这老糊涂可要坏大事了。赶紧回忆一下！不会是带甚三回来的那个年轻人吧？"

"没错！就是那个年轻的美男子。"

"是这样啊。不过他不可能是警方的人吧……他有没有跟你打听那个女人的事？"

"天知道，我忘光了。"

幸亏她忘光了。

"真拿你没办法，算了。人家也不会把你这老糊涂的话当真。那你记得是谁把那女人抱下车，悉心照料她的吗？"

即将听到心上人秋子的神秘过往，我不禁心跳加速，更加专注了。

"是谁呀，我不记得了。"

老媪又不记得了。

"不是你女儿夏子吗！当年她还没胖成现在这样，好歹能看上两眼。"

"对对！我都想起来了！然后你说，必须给那个美人戴面具……"

"打住打住！阿婆，这些多余的就不用想起来了。"

不知为何，医学士慌忙制止老媪，不让她说下去。"面具"这个奇妙的词语再次出现。他们说的"戴面具"到底是什么意思？秋子脸上显然没有戴橡胶面具，那他们给秋子戴的究竟是什么面具呢？真是越琢磨越觉得诡异了。

老媪好像又想起什么，继续说：

"为了藏住她的左手腕，我当时还想了个主意，你也夸我的法子好呢。"

他们终于聊到关键之处，我听得全神贯注，不敢漏掉一个音节，目不转睛地盯着纸门的缝隙。可我太过专注于眼前，却疏忽了脚下，不慎一个踉跄，发出"咚"的一声。

恶徒耳尖得很。医学士"嘘"了一声，让老媪先别说话。

"喂，你听见什么怪声没有？"

眼看着他就要起身走向我这边了。

不妙。要是在这里被他抓住，这一路付出的心血就打了水漂。我只好放弃偷听，躲去屋外的暗处。就在我全身紧绷，准备随时逃跑时，老媪的声音传来。

"慌啥，又没别人。肯定是楼上房间里'那玩意'在动。"

"哦，是那玩意。动来动去，吵死人了。得把链条拴紧点。"

说罢，医学士似乎打消了拉开纸门查看的念头。谢天谢地。我必须在他们再次起疑之前钻进那扇小门看看。不过医学士话中的"那玩意"和"把链条拴紧点"听着实在瘆人。我甚至不知道关在那里的是人还是动物，然而事到如今，已经没有时间犹犹豫豫。我摸黑找到那座楼梯，蹑手蹑脚走向半空中的缓步台。

到了缓步台，我循着记忆找准小门的位置，试着推了推，没想到一下就开了。于是我抬脚试探着踏入漆黑洞窟般的空间，沿着狭窄走廊走了三四米，路就到了头。面前似乎还有第二道门，但这一回无论我如何推拉，门都纹丝不动。

我把耳朵贴上去听了一会儿，想判断里面的情形。有微弱的响声从门后传来，不知是人还是动物发出的长长呻吟。

听到这骇人的声音，大胆如我也冒出了逃跑的念头。这里绝不是什么单纯的蜘蛛屋，黑暗中一定潜伏着来路不明的巨型生物。

然而，我最终没有逃跑。好不容易悄悄来到这里，怎么能不把小黑屋探查清楚就走。我拿出了与这栋房子的秘密同归于尽的决心，无论如何都要打开这扇门。

忽然，我想起衣服口袋里装着火柴。借着火柴的火光调查，总比这么摸黑强。于是我用尽可能轻的动作擦亮火柴，照了照眼前的门。

这是一扇非常牢固的板门，颇有监狱房门之感。可我仔细一瞧，竟发现钥匙就插在锁眼里，真是天助我也。我转动钥匙，一点一点打开门，终于闪身溜进了神秘的小黑屋。

呛人的臭气扑鼻而来。或许是长期门窗紧闭，又一直无人打扫，这个房间的空气中弥漫着霉味和动物体味混合的恶心臭味。

我很确定黑暗中有什么活物，所以提起了十二分的戒心，擦亮第二根火柴，准备查看屋里的情况。就在我高举火柴的一刹那，一团黑色的东西从右手边的阴影中窜了出来，掠过我的面前，又消失在左手边的黑暗里。火柴被它带起的风吹灭了。不仅如此，它还猛撞到我的左手，把我手里的火柴盒撞掉了。

四周一片漆黑，没了火柴寸步难行。于是我弯下腰在地上摸来摸去，然而摸到的尽是尘土，棉絮般的灰尘几乎能淹没半截手指。这间屋子恐怕已经好几年没打扫过了。火柴盒大概也埋在了灰尘中，找了半晌也不见踪影。

我找火柴的同时，那个活物好像就在黑暗中观察着我的一举一动，粗重的呼吸声阵阵传来，我甚至能感觉到温热的微风拂过脸颊。

我焦急万分地拼命寻找,好不容易摸到火柴盒,里头却空空如也。肯定是刚才那一撞把盒里的火柴撞散了一地。屋里的灰尘那么厚,连火柴盒都难找,细小的火柴棍就更不可能找到了。可我还是缓缓前进,边挪动边在灰尘中摸索,只求能碰到那么一根。

一尺,两尺……走着走着,我的手忽然碰到了某个温热而柔软的东西。我提心吊胆地摸了摸,发现那是活物的皮肤。

皮肤表面随脉搏有节奏地跳动。之前听到的呼吸声突然变得剧烈,可见活物的情绪愈发激动了。

佝偻少年

我的心提到了嗓子眼，差点撒腿就跑。然而观望片刻后，我发现眼前的活物并没有要扑过来的迹象，反而显得很软弱。

我稍稍松了口气，再次伸手去摸，感觉那活物虽是四肢着地趴着，却不像野兽，反而像人。屋里明明不冷，他却全身瑟瑟发抖，仿佛很怕我。既然对方如此胆小，我又何须惧怕。于是我轻声说：

"喂，你是谁？别怕，我是来救你的！"

他却好像完全没听懂似的，一言不发。莫非对面不是人，而是某种长得像人的动物？我再次轻抚对方全身，确定他的确是人，穿着一身破破烂烂的衣服，背上有个巨瘤一般的突起物。难道这人患有严重的佝偻病？

就在我边抚摸边琢磨时，那人突然将我用力推开。这一下来得太突然，我下意识地向后伸手撑地，没想到刚好按到一根火柴，真是歪打正着。

我立刻用手上的火柴盒划亮火柴，一双闪着凶光的眼珠霎时映入眼帘，接着是一头蓬乱的头发和满是污渍的面孔，乌黑的下唇无力地耷拉着，露出一口大黄牙。他的确是人，却是个相当怪异的人。

我正想先跟他打听打听，身后却传来"咚咚咚"的脚步声——有人进屋了。要是被发现就糟了！我连忙吹灭火柴，回头望去却发现自己是白费心思，因为对方拿着明亮的蜡烛。进屋的正是冒牌医学士和白发老媪，我本以为他们在楼下聊得正欢。

医学士提着一把明晃晃的日本刀挡在门口。老太婆缩在他身后朝屋里看，好一只纸老虎。

我不禁浑身紧绷，站起身来。医学士见我如此，吓了一跳，差点要跑。他大概压根没想到我会溜进这里，还以为是屋里的人在乱动，所以上楼训人来了。手里的日本刀肯定也是吓唬人用的。

一见到医学士，小黑屋的房客吓得不轻，瑟瑟发抖地躲到了我身后。那一瞬间，我借助烛光看清了他的样貌，发现他是个不足二十岁的佝偻病人。他的脚上挂着镣铐，厚重的铁链则躺在房间的另一头，一定是锁链不知怎么的突然断了。

难怪刚才医学士嘟囔着"得把链条拴紧点"，我明白为什么了。

他怯懦地打量着我说：

"咦，屋子里多了位绅士，阿婆。"

说完，他回头望向老媪。

"是刚才那个小年轻！送甚三回来的就是他！"老媪的嗓音还是跟乌鸦似的，口气却与孩童无异。

"是这样啊。这么说来，刚才半路上喊我'医学士'的也是您喽？您说您要回 M 站，怎么'回'了这里？哈哈哈哈哈……"

他用过分恭敬的口吻对我冷嘲热讽。

"那么说只是为了让你放松警惕。我一开始就想来这儿瞧瞧！"

他们有把柄在我手里，我大可表现得强势一些。

"哈哈哈哈哈，原来如此，原来如此……还会用计谋蒙骗敌人，你小子挺机灵嘛。话说回来，你到底是哪位？刚才报给我的肯定是假名吧。你是侦探呢，还是入室行窃的毛贼？"

"随你怎么想！我既然看见了你们做的坏事，就不能坐视不理。我要带走这个可怜的孩子！请你让开！"

如果对方真是穷凶极恶之徒，恐怕早就挥刀砍过来了，但眼前的医学士根本没有那样的胆量。他是恶徒不假，却对自己的腕力毫无自信，只有满肚子的坏水和三寸不烂之舌。

"哎呀，你真要走，我也不会阻拦。但这毕竟不是我的房子。你也知道，房主这会儿受了重伤，昏迷不醒。要是事后他追究起来，质问我为什么要放走擅闯他家的人，我都不知道怎么跟人家交代，所以得先把你的身份问清楚。"

激我还要绕半天的圈子。

"好，我可不是藏头露尾的人，干脆留张名片给你吧。日后房主若有意见，我随时恭候。"

"是吗，那你快走吧。到了楼下再给我名片就好，到时我还有句话要跟你说。"

医学士领着老媪优哉游哉地走出房间。谁知他前脚刚迈出去，后脚就"啪啦"一声关了门，紧接着便传来上锁的声音。

不好！中了他的计！他嘴上从容不迫，让我放松警惕，却看准机会将我囚禁在了小黑屋里。

海报之眼

我立刻冲到门口,猛砸牢固的门板,吼道:

"喂!喂!为什么锁门啊!快开门!"

医学士似乎还没走开。我话音刚落,冷笑声便从门板后传来。

"哈哈哈哈哈……你好像很心疼那个残废嘛。那我就成人之美,让你们一起住几天呗。"

真是岂有此理。我不禁攥紧拳头吼道:

"卑鄙小人!快把门打开!你不开是吧!不开我就砸门了!"

我继续砸门,双手更用力了。

"哈哈哈哈哈……那就请你砸砸看吧,不知道先烂的会是你的手还是门板。这倒是个不错的余兴节目。"

他说得对,我没有徒手把门砸开的信心。这扇门是用一寸多厚的木板做成的,犹如监狱牢房的大门。

"喂!你给我站住!我不会逃跑,也不会躲躲藏藏。别用这种下三滥的伎俩!你要指控我擅闯民宅,我就跟你去警局。你要决斗,我就陪你决斗。总之先把门打开!"

我明知这是白费唇舌，却还是放缓语气，试图说服对方。

"呵，还想决斗？气势挺足的嘛。可现在决斗，我肯定打不过你呀，过个四五天再说吧。你就先在这儿待着吧。我告诉你，再强壮的人也敌不过饥饿。到时你再发表高见也不迟。"

好狡猾的家伙！他说的每一个词都长着扎人的毒刺。难怪秋子说养虫园有吃人的毒蜘蛛。

"你真要关我四五天吗！"

"对呀。我只能先告辞，等你没力气反抗了再来喽。"

"喂！你也太卑鄙了吧！嘴上说着让我走，使我放松警惕，却把我关在这种地方！既然都做了坏事，敢不敢爷们点儿！"

"可这招是你刚才教我的呀。你不也是谎称要回车站，却溜进了别人家里？我们明明是半斤八两嘛。哈哈哈哈哈……"

"少跟我耍嘴皮子！我不跟你吵，就问你一句话！到底开不开门！"

"好，那我也回你一句话——我、偏、不、开。"

该死的畜生，"偏不开"这三个字还加了重音。

话音刚落，室内突然变暗，仿佛这句话释放了某种信号。只怪我粗心大意——医学士留在房中的蜡烛刚好在这一刻燃尽了。

他大概是透过锁眼看到烛火灭了，说：

"阿婆，下楼去吧。我把烛台留在房间里，是为了让那家伙放松警惕，可他要是用蜡烛放火就麻烦了，所以我才要冷嘲热讽，拖延时间，确保蜡烛熄灭。那家伙真是傻得可以……好了，走吧。"

说罢，两人便离开了，留给我的唯有"嗒嗒、嗒嗒"的脚步声。这家伙太奸诈狡猾，这样的恶徒我根本招架不住，这场较量是我一败涂地。

烛火已灭,两个坏人也走了。此处只剩死寂与黑暗。

我一筹莫展。医学士说要关我四五天,可细细一想,这真是关我四五天就能解决的问题吗?我知晓了这栋房子的秘密,他又怎么会随随便便放我回去?或许他会关我十天、二十天,等我活活饿死,再去后院的松树下挖个坑,把我的尸体埋掉……

如果事情真的发展到那一步,我就永远成了失踪人口,也不会有人帮我报仇雪恨。因为没人知道我来了养虫园。那我不就白死了?太可恨了。三浦荣子已经失踪许久,要是我再消失,幽灵塔的怪谈一定会变本加厉。到时候,舅舅恐怕也没法在钟塔公馆住下去了。

但我最担心的还是秋子。我要是不在了,孤立无援的她要怎么办?由于我贸然闯入,这些恶棍一定会加紧实施他们的计划。秋子会被怎样针对呢!我明明发了誓要保护她,自己却失踪了。秋子要是知道了,会恨我吧。不,她一定会嫌我太不中用。这才是最让我懊恼的。

我告诉自己别再胡思乱想,一个大男人不该把牢骚抱怨挂在嘴边。等天亮了,说不定会想出好办法,今晚就先好好睡一觉养精蓄锐吧。

于是我想躺下睡觉,然而地上都是尘土,根本没法睡。就没有稍微干净舒适一点的地方吗?我一点点摸索着往前走,发现正对着房门的墙上有一道紧闭的纸门。看来隔壁还有一个房间。我拉开纸门,试探着走进去。这个房间比隔壁干净多了,地上铺的也不是木板,而是像样的榻榻米。

我还摸到了茶柜、梳妆台之类的东西。蹑手蹑脚走了几步之后,发现房间里竟然还铺着被褥。棉花已经变硬了,但套子摸着像真丝的,还有天鹅绒做的衬里。莫非这是用来关押"上宾"的房间?

无论如何,有被褥总归是好事。我连衣服都没脱,直接往褥子上一躺，微弱的气味扑鼻而来，但并非灰尘的气味或动物的体味，而是某种清爽宜人的香味，而这香味我好像在哪儿闻到过……然后我想起来，每次走进秋子在幽灵塔的居室，都会闻到这种味道。那是秋子常用的香料散发的幽香。

根据老媪之前的话，曾有人把秋子带来这栋房子。那应该是很久以前了，照理说当时的香味不可能留存至今，可我总觉得秋子也睡过这床褥子，刚才闻到的就是她留下的气味。

尽管处境艰难，但一想到我被关在秋子住过的房间，躺在她睡过的被褥上，心情便轻松不少。在清新香味的陪伴下，我不知不觉坠入梦乡。

再次睁眼时，清晨的阳光透过装有牢固铁栅栏的小窗洒入房中。虽然昨晚的睡眠时间不长，但我好像睡得很熟，体力完全恢复了。带着明快的心情环视四周，只见房中的确摆着布满灰尘的古旧梳妆台和茶柜，另一头的角落里甚至有个刷成红色的衣架，显然是女人的居室。老媪昨晚说过，被带来家里的女人只有一个，其他都是男孩，可见当年住在这里的人就是秋子。

我望向壁龛。普通人家通常会在这儿挂字画，眼前的壁龛却贴着一张恶俗的美人石版画：啤酒公司的大幅海报，上面是几乎与真人等大的美人，拿着啤酒杯莞尔一笑。

我只瞧了一眼便感到不对劲，因为画中美人的双眸如活人一般闪着光，炯炯有神地俯视着我。

如果是名家之作也就罢了，区区一张海报如此有生气，实在不可思议。而且鼻子、嘴巴这些部位死气沉沉，唯有眼睛灵动鲜活。我起了疑心，不禁站起身来细看那海报。可我一动，原本闪着灵光的眼睛顿时生气全无，变回了平凡的印刷美人。难道刚才是我没睡醒导致眼花看错了不成？

我不再管神秘的海报，想先去瞧瞧那位佝偻少年。我拉开纸门，走去隔壁房间。他还在那儿，蜷缩在房间的角落，像个叫花子，比昨晚借助烛光看时显得更脏了。

"喂！你为什么会被关在这种地方？你家住哪儿啊？"

无论我怎么问，他都一声不吭，只是用一双空洞的眼睛看着我。这孩子可能是个哑巴。可照理说，哑巴也能对问题做出些许反应。或许他不光身体残疾，智力也有缺陷。

真可怜……我打量着佝偻少年，忽然想起曾听说过，某些有名望的人家过分顾及颜面，一旦生出残疾的孩子，就会把孩子送去偏远的地方寄养，由本家支付孩子一辈子的费用。这里正好还有个冒牌医学士，这么一联想，说不定这才是养虫园的"主营业务"。

只要寄养的孩子还有一口气，便会像猫狗一样被囚禁着；若是死了，也不会有人上报，而是会被埋到那棵松树下。岩渊也好，冒牌医学士也罢，都可能因为贪欲做出这种丧尽天良的事。之所以在屋里饲养蜘蛛，一定也是为了不让生人接近，防止不正当的"生意"被人撞破。

我愈发可怜这个少年了。细细打量他的脸，却发现他嘴角粘着白色饭粒。看来他们趁我睡着时给他送了一人份的饭。想到这儿，我一边觉得他们卑鄙，一边顿感饥肠辘辘。两人明明置身同一个房间，一人好歹能吃口饭，另一人却只能在旁边干瞪眼，这太残忍了。一想到这样的日子还要持续两三天……不，是十天、二十天，我便不由得心惊胆战。

可是，为什么他蜷缩在角落里一动不动呢？原来他们在我醒来之前重新用锁链拴住了他的脚。铁圈牢牢扣住他的右脚，粗重铁链的另一头拴在房角的柱子上，与对待动物园里的猴子无异。

不过，医学士昨晚那么怕我，今天却大摇大摆进了房间给少年上锁链，这实在说不通。我当时是睡得很熟，可如果我醒着，断然不会让他毫发无伤地离开。莫非他躲在某处观察我的一举一动，确定屋里安全以后才进来的？那样的话，房里一定有偷窥用的小洞。会在哪儿呢？

我知道了，肯定是那张海报！多么奸诈狡猾的机关。我还纳闷为什么海报上的美人唯有眼睛鲜活灵动，细细琢磨就会明白，是他们在眼睛的位置开了洞，专门用来偷窥。医学士会时不时走到墙后，偷看屋里的情况。如此看来，也不知道这房间里还有多少阴险的机关。

恐怖陷阱

少年一直蜷缩在角落里盯着我看,我于心不忍,便掏出随身携带的小刀,百般尝试后总算帮他解开了镣铐。

少年露出非常欣喜的表情,对我笑了笑。然后他从破烂的衣服里掏出了什么东西,手伸到我面前时才摊开。也许他虽然痴傻,却想用他的方式表达心中的感激。我低头一看,躺在他掌中的竟是七根火柴,也不知是什么时候捡的。

干得好!我轻抚少年的头,感谢他的好意,接过火柴,然后立刻掏出烟来点着,以暂时忘却饥饿的苦楚。

过完烟瘾,我决定回到铺着褥子的房间调查一番。我想着,要是能逃出去,最好还是带着坏人的秘密一起走。

房间角落里有座不到两米宽的橱柜。打开板门,里面几乎是空的,映入眼帘的净是蜘蛛网和灰尘。唯有上层的架子摆着三个小瓶,都是茶色的玻璃瓶,分别贴着标签,原本像是用来装药品的。我拨开蛛网,仔细读着标签上的字。其中一张写着"鸦片酊"。鸦片酊……这不是毒药吗?旁边的瓶子上没写药名,只有一行字:"发作时服用"。最后一个瓶子上写着"兴奋剂"。

这些药品似乎不简单。有医学知识的人看了或许能猜出它们的用途,可我根本不知道这三种药品意味着什么。

架子下层的角落里好像塞了几件揉成团的衣服。我掏出来一看,衣服霉迹斑斑,又湿又潮,显然是很久以前被人塞进橱柜,就此遗忘了。

我将衣服摊开,发现其中两件是廉价的铭仙绸和服。一件应该是年轻姑娘穿的,花色艳丽。不知是不是错觉,我好像又在领口周围闻到了那种清新宜人的香味。这也许是秋子住在这里时穿过的。另一件花纹稍显朴素,剪裁得非常宽大,可能是肥田夏子穿过的。此外,还有一件像是护士工作服的白衣。这样看来,或许秋子在这儿生过病,请了护士照顾?

当我以为这些就是全部时,发现衣服堆里还裹着一件,面料是不太常见的红褐色纯色棉布,满是污渍。无论秋子还是夏子,应该都不会穿这么奇怪的衣服。我盯着它看了一会儿,突然心头一凛:

监狱中的女囚,穿的就是这样的衣服。一般人断然不会选择如此不吉利的颜色。虽然我并不熟悉囚犯的穿着,但这剪裁,还有这偏短的衣长,都让我不由得联想到囚衣。

我越想越觉得不对劲。秋子不可能穿过这种衣服。十有八九是肥田夏子的。因为她心肠歹毒,蹲过大牢我也毫不意外。

为了不放过任何线索,我还检查了几件衣服的衣袖。翻着翻着,我在那件看着像秋子穿过的艳丽和服中找到了一张名片。

上面印着"医学士 股野礼三"。翻到背面,只见铅笔写的蝇头小字:

救世主住址如下。我已提前打点妥当，小姐只身前往即可。对方已知悉详细情况。勿忘当场付清酬金。

东京市麻布区今井町二十九号 芦屋晓斋老师

这里面的"小姐"很可能就是秋子。不过，这个"救世主"到底是要"救"什么呢？莫非"救世主"是什么宗教的人？可是什么宗教会"当场收取酬金"啊。我越想越觉得，这段看似简单的文字背后隐藏着某种恐怖的含义，心中愈发忐忑了。

毒药瓶、女囚衣和神秘名片，每一件仿佛都饱含着地狱而非人世的邪恶智慧，三件东西之间仿佛也有着令人浑身战栗的联系。

我又怎么可能知晓它们背后藏着什么样的深邃秘密呢，只是隐约察觉到阴森之气朝自己逼来。

我将名片塞进口袋，以备不时之需。之后又逐一检查了茶柜、梳妆台等家具，却一无所获。时间过得飞快，不一会儿就到了中午，再一眨眼便是傍晚。

饥饿感愈发强烈。话说那个少年在做什么呢？我去隔壁房间查看，发现他瘫倒在灰尘中，没精打采，好像很饿的样子。肯定是因为我一直醒着，连累他也没饭吃了。

"喂，坚持住，我这就救你出去！"

明知少年听不懂，我还是忍不住跟他说话，只因一个人太寂寞了。我坐到少年身旁，靠着柱子，有一句没一句地说着，既称不上"对话"，也不算"自言自语"。

大概是说太多话累着了，我打了个瞌睡。醒过来时，四周已是一片漆黑。屋里的空气凉飕飕的,估计夜已深。

我伸手去摸少年之前躺着的地方,却什么都没摸到,不知他上哪儿去了。我掏出一根宝贵的火柴擦亮,迅速点了根烟,然后借着火光查看周围。

环视整个房间,都不见少年的踪影。我十分纳闷,忙望向纸门后的另一个房间——哦,他在那儿呢;钻进了我昨晚睡的那床被褥,睡得正香。毕竟他的智力不如常人,不知道自己的处境有多糟,能够毫无顾虑地睡得一脸宁静。我竟有些羡慕他了。

火柴燃尽时,我发现有红色的亮光透过窗口的铁栅栏照进来。怎么回事?我走到窗边往外看,原来是院子里摇曳的烛光。那个白发老妪端着蜡烛给地面照明,冒牌医学士在烛光下不停挥着铁铲挖土。

他们在干什么?我认真地辨别,才看清他们头顶那团茂密得漆黑的东西是高大松树的枝叶。他们是在松树下挖坑呢。

我立刻回想起昨晚偷听到的可怕对话。在这座养虫园,把人埋在松树下似乎是常事。看来又到埋人的时候了。这次被埋进坑里的会是谁呢?还用说吗,当然是我。医学士说要关我四五天,但他等不及了,一定是准备今晚就把我彻底解决掉。

畜生,我岂会任由他们宰割!有种进屋试试,到时就知道自己惹错了人!

我攥紧小刀,在黑暗中绷紧全身,准备随时迎接他们的袭击。

然而我还是太愚蠢了。对方是卑鄙下流的恶徒,又怎会发动正面袭击呢。他们肯定还有什么狡猾至极的伎俩。

过了一会儿,我再次探头张望,发现冒牌医学士挖得飞快,松树下已有一个足以容纳三个我的大坑。

忙完之后,他们互相点头示意,默默走回宅子。很好,时候到了。这些恶棍究竟会怎么攻过来呢?我保持高度警惕的状态,眼观六路耳听八方。

可就在这时,里屋不知为何传来一声巨响,声音大得仿佛是柱子断了、房子轰然倒塌一般。

我大惊失色,连忙望向纸门的方向,然而四周一片漆黑,什么都看不清。

"喂!出什么事了!"

我朝睡着的少年喊道,但没有回应。不管怎么样,得先借着火光看个清楚。我只好擦亮所剩无几的火柴,却发现房间并没有破损。我穿过纸门,将火柴举向被褥的方向,想看看少年怎么了。

可少年不见了踪影。不光是他,那床被褥也消失了。原本铺着被褥的地方,竟然变成了个一张榻榻米大小的窟窿!

我望着那个窟窿,半晌没反应过来。直到冷风透过大窟窿吹进屋里,我才恍然大悟。

多么可怕的阴谋!铺着被褥的地方设有巨大的陷阱。可怜的佝偻少年一定是连人带褥子掉进了陷阱之中。

我蹑手蹑脚走向大窟窿,探头往下看,只见一片漆黑,唯有阵阵冷风掠过脸颊,甚至看不清下面有多深。

于是我擦亮一根火柴,扔下去试了试。火柴在两丈多深的地方突然熄灭了。有水!这陷阱跟水井一样蓄着水。他们不仅挖开了一层的地板,还在地面挖了个深坑。

可他们为何要如此残害一个无辜又痴傻的少年呢?太让人费解了。不,他们的目标不是他!因为我昨晚睡在了那床被褥上,他们便认定今晚我也会睡在那儿。房间里十分昏暗,透过海报上的小孔往里看无法分辨睡着的人到底是谁。可怜的残疾少年就这样成了我的替死鬼,一命呜呼。

事已至此,我也不能再磨蹭了。要不了多久,他们就会发现自己的错误,不知会对我做出什么事来!摆在我面前的路只有一条——找一处墙体相对薄弱的地方,用尽全力砸破,逃出这小黑屋!

我开动脑筋,认为贴着海报的壁龛的墙面应该比较薄。毕竟屋外的人能在墙面凿洞偷窥,这样的墙壁应该不至于牢不可摧。我立马踩进壁龛,手握小刀,开始用蛮力破墙。

果不其然,这面墙并不结实。很快,墙土片片剥落,露出细竹做成的墙芯。我用力将竹条弄断、扒开,终于弄出了一个够自己钻出去的洞口。

我穿墙而出,漆黑的走廊映入眼帘。走廊的地板是向下倾斜的坡道,我是从夹层出来的,也许这条走廊直通一楼,没有台阶。无论如何,唯一的选择便是"前进"。

我一门心思地往前走,转了个弯,走廊便到了头。前方似乎有一道门。无论门后等待我的是什么,好不容易走到这儿,除了开门已别无选择。我下定决心,拉开厚重的板门。

油灯的亮光刺入双眸。油灯下方铺着被褥,我清楚地看见躺着的岩渊稍稍抬起身子,手举凶光闪闪的旧式六连发手枪,枪口死死对准了我。我真是倒霉,偏偏闯进了养虫园之主的病房!

芦屋晓斋老师

岩渊甚三半躺着抬起一只手,将枪口对准我,用沙哑的声音吼道:"是谁!不许动!不然我就开枪了!"

见对面是岩渊,我稍稍松了口气。因为我觉得他就算再恶毒,也不至于立刻忘记我的救命之恩。

"是我啊,是我。别拿枪指着我啊,你就是这么感谢恩人的吗。"

我尽量用平静的语气说。岩渊认出我后,到底还是有些难为情。

"原来是你。股野医学士没告诉我关在那房间里的人是你……"

他含糊其辞,却没有放下举枪的手。

他刚才提到了"股野医学士"。看来,在女囚衣里找到的名片果然是冒牌医学士的,名片背后那几行不知所谓的文字也一定出自他手。

"你无论如何都不该拿枪指着我吧?快把枪放下。我有话要跟你说。"

"哦?那你说吧。不过这枪不能放下。如你所见,我是个连起身都困难的病人,这玩意是我唯一的依靠啊。"

岩渊依然将枪口对准我,眼珠子贼溜溜地转,好像在竖起耳朵听屋外的动静。他一定是在等冒牌医学士来搭救。

然而冒牌医学士此刻正忙着跟老媪一起把沉入水坑的人埋去院子里呢,没有个十几分钟肯定过不来。不过岩渊的手枪实在是个麻烦,毕竟他是居心叵测的恶人,一言不合扣动扳机也完全有可能,所以我必须先想办法把枪夺过来。

于是我装出毫不在乎手枪的样子,说出令他意外的话:

"你以为我们是碰巧坐了同一辆车吗?我告诉你,那根本就不是巧合。我就是幽灵塔现在的主人。你应该也听过'北川光雄'这个名字吧?我就是北川。"

这一招果然奏效了。一听到我的名字,岩渊大惊失色:

"什么?你就是……"

岩渊语塞,惊愕分散了他的注意力。

我看准机会,猛扑向他的右手,夺下了他手中的枪。

"这玩意太碍事了。在我们谈完之前就由我保管吧。"

"啊!北川,你太卑鄙了!竟用枪胁迫一个伤员……"

"哈哈哈哈哈……放心吧,我不会胁迫你的。你看——"

为了让他放心,我把手枪塞进口袋。

"好吧,你到底要跟我谈什么?难怪秋子那丫头变固执了,原来是因为勾搭上你了啊。"

岩渊苦笑着调侃道,表情很是凶恶。

"你少废话,先听我说。"

"我不听也得听啊。伤成这样,武器也被缴了,只能任由你摆布。"

"那就给我听着——我要你对天发誓,等你养好了伤,就立刻到中国去,再也不要回来。路费不够的话,我给。总之我要你别再接近秋子半步。如果你不答应，就别怪我不客气。我会把那个陷阱的事上报警局，让你们统统进监狱！"

"原来如此……你想用钱打发我，让我永远都别回来是吧？哈哈哈哈哈……看来你还不了解秋子的底细呀。"

岩渊发出难听的奸笑，说出令人不解的话来。

"秋子的底细？"

"对啊。对秋子而言，我在不在日本根本就不重要。事已至此，我就一五一十告诉你吧。世界这么大，只有一个人真正掌握着秋子的命运。秋子幸或不幸，全在他的一念之间。"

岩渊的话听得我一头雾水。但他的口气一本正经，实在不像在胡扯。

"我告诉你，只要那个人不想秋子受罪，无论谁跳出来说什么，都动不了她一根毫毛，这跟我在不在日本毫无关系。但要是那个人不点头，你费再大的力气去救秋子都是徒劳。反正对秋子来说，那个人就跟神一样。她的命运啊，完全取决于神的旨意。"

岩渊说得愈发玄乎了。一时间我实在难以相信，盯着他沉默不语。可他竟更起劲了，继续说道：

"你有没有听秋子说过她有个神秘的使命？如果没听说过，大概就听不明白我的话了。可你要是听过，应该能想明白的。"

哦？他居然知道秋子的"秘密使命"？

"听是听过。"

"那你应该很清楚我没骗你。为了完成使命，秋子甚至愿意搭上自己的性命。不过是谁赋予她那个使命的呢？是她的神呀，就是我刚才提到的那位。放眼世界，只有他能随意摆布秋子。生杀予夺，随心所欲。即便秋子死了，神也能赐予她新的生命，让她死而复生。我真没撒谎。你要是怀疑，大可直接跟他见上一面，是真是假一问便知。"

我越听越困惑，却在岩渊那严肃的语气和神情的影响下不自觉地反问：

"你说的神究竟是谁？"

"这可是我的秘密，不能白白告诉你，要开条件的。"

"什么条件？说来听听。"

"去告发我也好、赶我去国外也好，在那之前你必须去见他一面。"

"我去见他，难道对你有什么好处？"

"当然了。你只要见了他，听他讲述事情的来龙去脉，就会明白欺负我岩渊毫无意义。你根本就不需要打发我走，也不需要报警。"

"哼……这听着太玄乎了，不过既然你说到这个份儿上了，我就去会会那位'神'。可要是我见到他之后，发现你是胡说八道呢？"

"要杀要剐悉听尊便。你瞧瞧，我都伤成这样了，在你见过他回来之前，我逃也逃不掉，躲也躲不了啊。"

这倒是。当初是我把他从火车底下拽出来的，深知他的伤势有多重。他不可能在遍体鳞伤的状态下躲躲藏藏。反正我先做好上当受骗的心理准备，去见见那个人，再考虑要怎么处理岩渊等人也不迟。

"那就把那位'神'的姓名地址报给我吧。"

"你真要去？"

"我跟你们这种满口谎言的人可不同。"

"那我可说了啊——秋子的神叫'芦屋晓斋'，住在东京麻布区今井町二十九号。"

我本想掏出笔记本记录地址，却意识到自己无须多此一举。因为"神"的姓名地址都写在那张囚衣里的名片上,而且我能感觉到名片上那几行字的弦外之音——"除了他,没人救得了你"。岩渊称他为"神",未必是信口胡诌。

"北川,你要知道,我让你去见芦屋老师是吃了大亏。要是老师让秋子再一次重获新生,我就动不了她分毫了,白白损失一棵摇钱树啊。"

眼前的恶人垂头丧气,咬牙切齿嘟囔道。

毒草

我下定决心，无论岩渊说的是真是假，都要先见见那位"芦屋老师"。久留无用。趁冒牌医学士还没找到这里，我迅速离开可怕的蜘蛛屋，沿着拂晓将至的夜路赶往车站。

冒牌医学士和老媪捞起坑底的尸体，却发现死的不是我而是佝偻少年，一定大失所望，这会儿恐怕正捶胸顿足呢。

所幸一路上都没有追兵，我很快便到了车站，坐上头班车。

等我回到钟塔公馆，发现看门的书童脸上阴云密布。

"老爷都等您好久了！家里又出怪事了……"

书童的声音很轻，像是怕被旁人听见。看来在我被困的这段时间，家里又发生了什么。

"秋子呢？"

比起舅舅，我更记挂秋子。

"好像说是病了，闭门不出呢。"

书童没好气地说。秋子在佣人间原本很有人望，书童怎么这个态度？我愈发觉得奇怪了。

我立刻赶去秋子的居室，敲门说道：

"秋子，是我！怪我出门也没留个信儿，害你担心了。我这就回来了。"

房门没开，只是里面传来冷淡至极的声音。

"哦，是北川先生啊……我这会儿不太舒服，你就别管我了。"

"出什么事了？先开门好吗！"

秋子不再应答。我试着去拧门把手，却发现内侧上了锁，无法打开。

无奈之下，我准备去找舅舅打听。正要走，却听到门后无比哀伤的啜泣声。

秋子在哭！究竟是怎么了？

等我走到舅舅的房间，竟发现他卧床不起，仿佛生了重病。穿着白色工作服的护士守在床边，还有个穿白大褂的人，像是大夫。

见我要进房间，大夫举起双手拦住我，把我领了出去。

"病人睡得正熟，不能惊扰。"

"这样啊……敝姓北川，病人是我舅舅。请问他到底怎么了？我刚出了趟远门回来，什么都不知道。"

"您见过小姐了吗？"

他口中的"小姐"应该是秋子。

"呃……她说她不舒服……"

我边说边打量他的侧脸，只觉得此人很面熟，却一时想不起是谁……啊！我看出来了！虽然他精心乔装过，但我确定自己没认错。

"能否跟我来一下？"

我领着大夫去了另一个房间，请他坐下。

"您要跟我谈什么？"

对方正襟危坐，一幅惶恐的医务助手的模样。

"哈哈哈哈哈……森村探长，您连我都要瞒吗？您这是要做什么呀？"

假扮大夫的正是森村。在后院池塘捞出无头女尸后，他认为案子的关键线索在长崎，于是离开公馆，此后音讯全无。他的伪装再精巧，也骗不过我的眼睛。

"北川先生眼力了得啊！虽然我不太擅长乔装易容，却还是头一回被外行人识破。"

探长对我一通夸赞，仿佛是在掩饰尴尬。

"快告诉我出什么事了！您不会无缘无故假扮医生守在舅舅床边，莫非……"

"没错，公馆中又发生了犯罪事件——有人企图下毒谋害儿玉先生。幸好儿玉先生只喝了少许有毒的葡萄酒便察觉异样，所以没有生命危险。医生报警后，我们对葡萄酒杯进行了检测，发现酒中含有之前您中过招的格拉尼尔。"

格拉尼尔提取自印度的毒草，先前刺伤我的短剑上也涂有这种毒药。

"是谁干的！我出门这段时间，家里有没有来过可疑人物？"

"没有，也没有任何证据表明投毒者来自公馆之外。"

探长盯着我说道，语气十分坚定。

"您的意思是，下毒的人就在家里？"

不用照镜子我都知道，自己一定脸色大变。

"实不相瞒……我已经锁定了嫌疑人。"

"是谁?您在怀疑谁?"

"秋子小姐。"

探长压低声音,严肃地说。

"嗯?秋子?怎么可能是她!您肯定搞错了!还是说……您找到了什么证据?"

"种种线索都指向她。最关键的是,让您舅舅喝下毒酒的人正是秋子小姐。当时除了他们,房间里并无他人。"

"可……葡萄酒是从哪儿来的?也许秋子拿给舅舅的时候,并不知道酒里有毒。"

我拼命为秋子辩解。

"问题是葡萄酒瓶中并没有检测出毒物,只有儿玉先生的酒杯里有毒。只可能是秋子小姐在斟酒时悄悄把毒下在了酒杯里。事情发生在儿玉先生的书房中,并无其他人服侍。"

"可是……可是……秋子没有毒害舅舅的理由!她为什么要杀死善良的养父呢?舅舅对她只有恩情,从未做过招她记恨的事情!"

"可惜……秋子小姐恰恰有作案动机。"

"您说她有动机?怎么可能!"

"北川先生,您知道儿玉先生在不久前立了遗嘱吗?他在遗嘱中写了,如果他有个万一,遗产将由您和秋子小姐平分。"

"知道,舅舅跟我说过。可……"

"您别着急,先听我说完。遗嘱是立了,但您出门的这段时间里发生了一件事,让儿玉先生改了主意,决定重写遗嘱。"

"怎么会这样?"

"因为住在公馆附近的长田长造先生给儿玉先生写了一封信,讲了什么关于秋子小姐身世的重大内情。我没看那封信,不了解具体内容,只听说儿玉先生看了大为震惊。他立刻把秋子小姐叫到跟前,问了个清楚。

"问完话后,他就做出了改遗嘱的决定。这是儿玉先生亲口告诉我的,不会有错。谁知他还没来得及改就出了大事。"

长田长造与下落不明的三浦荣子已有婚约。这个阴森得像蛇一样的人,肯定在信里添油加醋,说尽了秋子的坏话。

"长田到底告发了什么?舅舅怎么会相信那种人……"

"不,长田先生倒没有恶意。儿玉先生也说,人家仗义通报是为了他跟秋子小姐好。而且秋子小姐也亲口承认长田先生所言不虚。"

"她承认什么了?"

"您听了可得沉住气啊——秋子小姐承认,她有前科。她说自己的确坐过牢。"

我惊得站了起来。

天哪,果然是这样!如果是头一回听说秋子坐过牢,我万万不会相信,然而刚在蜘蛛屋见过极有可能是秋子穿过的囚衣,我无法立刻出言否认。

"她有什么前科?难道……"

"具体的我也还没弄清楚。不管她犯过什么事,当务之急是解决眼前的毒杀未遂事件。我的想法是,秋子小姐有前科的秘密被人揭发了,以至于无缘继承遗产,这就是她的作案动机。等儿玉先生醒了,我就跟他打个招呼,然后立刻上报警署。"

"您是说……警方会逮捕秋子吗?"

"很遗憾,应该会。"

怎么会这样！我感觉腋下冒出冷汗，心跳的节奏都乱了。

退一万步讲，就算秋子真有前科，善良如她也绝不可能毒害舅舅。然而她有动机，种种线索也都指向她，洗脱嫌疑谈何容易。难怪秋子会深陷绝望，把自己关在房间里。

"请等一下，我还有一个问题！"

我大脑全速运转，好不容易发现了一缕曙光。

"犯人用的毒药是格拉尼尔，这很可疑！在无头尸那个案子里，刺中我的剑上也涂了这种毒药，警方当时也怀疑过秋子，后来又查明此事与她无关。那起案件的凶手还没落网。

"我听说格拉尼尔是很罕见的毒药，绝对无法在药店买到。无头案的凶手用了它，秋子也用了它，这太说不过去了吧？秋子一定是无辜的！必须先查明无头案的真相，两起案件必定出自同一人之手！"

"嗯，您的思路果然清晰。其实我也认为两起案件背后是同一个犯人，只是无法断言这个犯人不是秋子小姐而已。"

"您说什么？莫非您认为那起无头案也是秋子干的？"

"目前还无法下定论。但我认为警方有必要对秋子小姐进行一番审讯。毕竟无法排除她有共犯的可能性。"

事已至此，我无力再争辩。探长说的每一句话都合乎逻辑。

仔细想来，秋子的举动从一开始就非常可疑。初次见面时，她为何独自一人徘徊在世人避之不及的幽灵塔？与我偶遇后，她又主动说起自己知道怎么给大钟上弦。如果这都是偶然，那未免太巧了。难道从头到尾，都是她精心设计的阴谋？

她先是成功赶走了碍事的三浦荣子，然后靠花言巧语巴结上舅舅，成了他的养女，还骗得我向她求婚，眼看着目的就要达到，知晓她身世的人却突然现身,向舅舅告密。见舅舅有意改写遗嘱,她决定先下手为强,毒死舅舅……这套解释可谓合情合理。

我无言以对,垂头丧气地沉思了许久,终于下定决心,抬头说道:

"森村探长,您的推论的确很有道理。我自认为了解秋子,可听完您的一席话,也不知该如何为她辩解才好。但我还有最后一线希望——我要去见一个人,没人比他更清楚秋子的身世了。我有种预感,只要见了那人,也许就能找到证明秋子无罪的证据。"

"那个人是谁?"

探长用同情的眼神打量着苦苦挣扎的我,声音低沉地问。

"现在还不能说出他的名字。但是请您相信我!我这就去东京找他。您可否答应,在我回来之前先不拘捕秋子?"

"哦?您说的那个人在东京吗?"

"对,就算我立刻出发,一来一回至少也要三天。可否请您暂缓三四天,先不要上报警署呢?我绝不会骗您,就算在东京没找到为秋子洗清嫌疑的证据,反而是找到了她明确的罪证,我也一定会赶回来,老老实实向您汇报。森村探长,能否请您相信我,给我几天时间呢?"

我万分热诚地恳求。

"那可不行。我是警署的人,您说得再诚恳,我也不能擅自拖延,不按规矩办事。不过我上报警署后,或许要过个三四天才能拿到逮捕令。我可没答应您哦,不过您要是抓紧时间去东京,再及时返回,也许能赶在警方逮捕秋子小姐之前。我只能说到这个份儿上了。"

探长似是对慌乱无措的我起了恻隐之心,说得意味深长。

"好!我立刻出发!舅舅就拜托您了。现在出发的话,明天一早就能到东京。见了那个人,再坐傍晚的火车,能在后天赶回来。还请您一定等我回来！"

"哎，北川先生，您别误会。我可没答应等您回来！"

"嗯，我明白，我明白。事不宜迟，我先告辞了！"

我振作精神，向探长草草道别后冲出房间，开始打点行囊。

镜厅

收拾东西时，我没有忘记将支票簿与印章塞进箱底。如此一来，万一需要用到很多钱，我也能去东京的总行提取存款。

准备就绪后，我先去了舅舅的房间，想探望一下他的情况，然而他仍在熟睡中。医生也叮嘱"让病人尽可能多睡一会儿"。于是我没有叫醒他。

接着，我又去了秋子的房间，无奈房门依然紧锁。任我如何敲门，她都不肯开。

"秋子，我要出一趟远门，想先见你一面，求你开门好不好？"

我边敲边哀求。也许是"远门"二字发挥了功效，我总算听见了门锁转动的声响。

我甚至等不及房门完全打开便冲了进去，急切得仿佛与秋子已一年未见。映入眼帘的她与平时一样美丽不可方物。

她穿着丧服一般的黑色礼服裙站在那里，苍白脸颊带着泪痕，身影纤弱可怜，却有一种神秘幻想般的美丽。

"父亲怎么样了？他们不许我去探望……"

秋子一开口便问舅舅的情况。

"他没事,这会儿正睡得熟。事情的来龙去脉我都了解清楚了。别担心,我来处理。我这次出门也是为了帮你洗清嫌疑,后天就回来。在那之前,你千万不要冲动!请你相信我,我一定会带好消息回来的!"

我把手搭在她的肩膀上,仿佛这样就能抚平她的悲伤。

秋子凝视了我许久,眼中蓄起泪水,顺着光洁的脸颊滑落。她不再故作坚强,也抛开了平日的冷静,只是猛地抱住我,在我胸前失声痛哭。

啊……这样楚楚可怜的秋子,怎会有犯罪前科?怎会下毒杀人?几分钟前,我还对她隐隐约约抱有疑念,然而此刻她的泪水、她的呜咽,已经令我的疑念烟消云散。我为自己卑劣的心竟然怀疑过她而自责。

我们就这样一动不动地拥抱着,整整一分多钟的时间里,我们不再是一男一女两个个体,而是仿佛彻底融合在一起,听着对方的心跳,心有灵犀。我感觉秋子的心仿佛触手可及。或许秋子也是这样,感受到了我真切的心意。

过了一会儿,也不知是谁先松的手,我们才分开,相视而笑。秋子脸上的泪水已经干了,脸颊也多了几分赧色。她莞尔一笑:

"我已经没事了,不用担心,尽管去吧……"

完全是把命运托付给我了的语气。

"那我先走了,一定要等我啊!"

我们都不再说话。因为无须开口,我们也很清楚对方的意思。

我陪秋子坐回沙发,随后走出房间,轻轻关上房门。在逐渐变窄的门缝中,我看见秋子没有看向我,只是面带微笑地靠着沙发。

二十个小时的颠簸与煎熬之后,我终于在第二天早晨抵达了阔别已久的东京站。在那个时代,根本没有飞机可坐。

我在车站酒店用了早餐,然后立刻打车赶往麻布区今井町。没想到司机将我带到了一栋复古的红砖洋房门口。两根砖砌的门柱之间是一扇紧闭的铁门,上面饰有藤蔓花纹。就是这个门牌号,门口的名牌也写着"芦屋晓斋",不会有错。于是我下车按了门铃。一位身材结实的老人立刻现身,一身黑色的立领西服,背着手走过来,颇有些大公司安保队长的架势。

"您有何贵干?"

老人完全没有要开门的意思,只是透过门缝上下打量我,用冷淡的语气问。

"请问芦屋老师在家吗?"

我如此问道。老人的回答却很奇怪:

"这取决于来的是什么客人。您是哪位?"

如此说来,芦屋显然在家。

"我大老远从长崎过来的,介绍人是老师的熟人。"

说着,我把名片从门缝递了进去。老人接过瞧了瞧,兴许是没看出什么可疑之处,便默默打开了院门放我进去。

"您说'大老远'从长崎过来,但远道而来的客人在这里可不稀罕。北至北海道、桦太,南至台湾[①],还有人专程从朝鲜、中国、印度过来拜访老师呢。"

---

① "桦太"即库页岛。作者写作时库页岛、中国台湾均被日本占据。

老人一面向我炫耀，一面打开玄关的门，领我走进一个房间。

"请在此稍候，我去通报。"

说罢，他便向里屋走去。

这是个古色古香的房间，与建筑的外观十分相称。昂贵的波斯地毯上摆着橡木雕花桌椅，油光锃亮。天花板上挂着形似牵牛花的水晶吊灯。房间一角的橡木角柜上摆着人的头盖骨，空洞的眼窝直愣愣瞪着我。

然而比头骨装饰更加诡异的是，房间的四面墙壁与天花板上装了十几面角度各异的大号镜子，就像是一间魔术表演会用到的"镜厅"。

我试着走到其中一面镜子跟前，背面、侧面等各种角度的我乌泱乌泱挤在镜子里，看着令人不适。对面的镜子里也有好几个"我"层层叠叠着。

我沿着不同角度的镜子一点点看过去，发现某堵墙壁与天花板的交接处有条大约五寸宽的缝隙。说不定每一面镜子都是反射的接力棒，而房主能透过那条缝隙看到屋里人的一举一动——这些镜子让我不由得产生了这样的感觉。或许此时此刻，芦屋老师正在里屋仔细观察坐在房间里的我。想到这儿，我背脊一凉。

不过……如果他能通过反射看到我的模样，我说不定也能看到他！于是我在镜子跟前踱起步来，试着寻找能看到里屋的角度。然而屋主设计时似乎没有留下这种粗心的漏洞。我把一面面镜子看了个遍，却全无收获。

我准备坐回椅子上，刚迈出一步，就看到面前的镜子上有个人影一闪而过。那是个身材矮小的男人，身着黑色西装与条纹西裤，腋下夹着个盒子，步履匆忙。

这个人看着十分眼熟，可惜光凭背影，我辨认不出他的身份。对了！说不定其他镜子会照到他的正面……我赶忙环视屋里的其他镜子。啊！有了！矮个男子的正脸被照到了。那不是黑川太一律师吗！秋子曾说只有他能保护自己。

"黑川律师！黑川律师！"

我不禁站起身，朝镜中的人影喊道。然而一眨眼的工夫，人影就从镜面消失了。我急忙拉开房门查看走廊与玄关，却也没发现他的踪影。刚才看到的毕竟是镜中的倒影，也许真人在离得极远的地方。我一激动把这事忘了，竟对镜中的人影大喊大叫。

不过黑川怎么会来这里？莫非他也认识芦屋老师，为了解救秋子特地跑了这一趟？看他方才的神色，应该是已经办完事，正要离开。唉！搞不好我又被他抢了先。他胳膊底下夹的那个盒子里究竟装着什么？

我正胡思乱想着，方才的老人出现了，说道：

"老师同意见您了，这边请。"

在他的引导下，我走过迷宫般昏暗的走廊，七拐八拐，来到宅子最深处的一个房间。

地底密室

　　这里应该是芦屋老师的书房，十分宽敞，足有十来坪。四面墙都摆有高达天花板的书架，上面塞满了西洋书籍，看着像德国的医书。一张榻榻米大小的书桌稳稳地摆在房间中央，后面是一把哥特风格的高背椅，颇有罗马教皇宝座的韵味。白发白须的老者坐在椅子上，威严十足。

　　炯炯有神的双眼，高挺的鹰钩鼻，与年龄不相符的红润双唇……无论是肤色还是骨架，都让我不由得怀疑他有白人血统，并非纯正日本人。

　　更加不可思议的是，老人的容貌让我隐隐约约产生了一种联想——他好像戴着面具。初见秋子时，她过于完美的容貌也令我生出了"莫非她戴着橡胶面具"这种诡异的怀疑，没想到看见芦屋老师的面容时，我的心头竟涌起完全相同的疑念。

　　然而他怎么可能戴着面具呢。他说话时，双唇开闭自如，每时每刻的情绪也通过面部肌肉展现得淋漓尽致。即便如此，我仍然总觉得他戴了面具。这究竟是为什么？

难道，秋子是这位老人的女儿？因为是父女，两人的容貌才会令人产生类似的联想……不，不可能。要是秋子有如此厉害的父亲，又怎会独自受尽煎熬。看来他应该不是秋子的父亲，只是她的"神"。

我琢磨芦屋老师容貌的同时，他也在上下打量我。片刻后，他严肃地开口了：

"听说你是我的熟人介绍来的，请问是哪位熟人呢？"

这下可好，我该如何作答呢……犹豫片刻后，我意识到自己只能报出那个讨厌的名字。

"是岩渊甚三先生向我介绍了您……"

老人面露疑色，眼神也顿时警惕起来。

"啊？岩渊？我从没听过这个姓氏啊……"

说着，他死死盯住我。糟糕，看来芦屋老师认识的并非岩渊，而是那个自称医学士的股野！我意识到自己误会了，连忙改口：

"呃，岩渊先生是股野礼三先生的好友……"

听到这话，老师终于面露微笑。

"嗯，股野与我很熟。那你有他写的介绍信吗？"

话音刚落，我便心中一凛——我手里哪来的介绍信啊！

"我并没有介绍信……"

"那可麻烦了。我向来不接待没有介绍信的客人……"

这如何是好……不过这位老人真是万分谨慎，戒心如此之重，难道因为干的是违法勾当？

就没有办法闯过这道难关吗……我高速运转的头脑里灵光一闪：口袋里不是有股野的名片嘛！那张囚衣中发现的旧名片应该还在。伸手一摸，果然。就用它蒙混过关吧。

"我有股野先生的名片。他给了我一张这么旧的名片,说只要出示它,就算没有介绍信也能见到您。名片背面有几行铅笔字,他说您应该还有印象……"

我编出一套说辞,递上名片。芦屋老师接过去,仔细打量着名片的正反面。过了一会儿,他似乎打消了疑虑,说:

"嗯,我记得很清楚。名片上提到的'小姐'是个叫野末秋子的女人。你认识她?"

啊……果然如我所料。这也意味着那件囚衣确实属于秋子。然而我还不知道这背后有什么出人意料的隐情,只想快点问出来。我强压心中的激动,注视着芦屋老师犀利的眼睛回答:

"嗯,我和她很熟。实不相瞒,我就是为了她才……"

不等我说完,芦屋老师便露出颇为怀念的表情,自言自语起来:

"野末秋子……是个美丽的姑娘。因为她生得太美,高明如我也不知该如何在她身上施展秘术,生命的置换也许有不完美之处。直到现在,我还时常担心自己是不是多少留下了些祸根……"

芦屋老师抒发了一番令人不解的感慨,随即将尖锐的视线转向我,几乎要将我的脸钻出洞来。

"不过你也给我出了道难题啊。你的面容与秋子同样难得,正适合我施展本领。你不必担心,因为我对人的拯救是深入根本的。秋子就是最好的例子。虽然我不清楚秋子后来境遇如何,但她的确视我为再生父母。"

"没错,正因为她视您为再生父母,我才会千里迢迢来这里求您帮忙。"

"好,我答应了。谈好条件就动手吧。"

芦屋老师自顾自下了结论，我却还是一头雾水。又是"施展本领"，又是"动手"的，听起来就像他要拿我的身体做些什么。再加上房间的摆设与老人的态度都缺了点人气儿，看着他那一张一合的红唇，我渐渐觉得背脊发凉。

"啊……今天真是特别的日子。野末秋子这么一个在记忆中尘封已久的名字，竟然有人接连提起。在你之前来的人也提到了她。"

芦屋老师还是一副自言自语的样子。

"您说的是不是黑川太一律师？我跟他很熟，他肯定也是为秋子来的，不知他向您提了什么请求？"

"我不能回答这个问题。我必须替委托人保密，否则就无法履行职责了。如果你的父母兄弟事后找上门来，问你求我办了什么事，我也会告诉他们自己一无所知。你明白了吗？"

原来如此，这倒是合情合理。这番话也略微加深了我对芦屋老师的信任。

"是我冒昧了，不该多嘴打听这些。这么说，无论陷入什么样的困境，您都能施以援手吗？"

"当然。不过在接受委托前，我要先听委托人讲清事情的来龙去脉。若有丝毫隐瞒，就只能请他打道回府了。"

"我本就打算向您和盘托出的。"

"你听好了，救助者与被救助者必须一条心，如果双方不能互相信任，我无法做好自己的工作。你这种情况嘛，大概是触犯了什么法律，眼看要被逮捕了，才来向我求救的吧？"

"嗯……差不多。现在的情况是虽然无辜，却无法辩白……"

"我猜也是。在这个时候遇见我算你走运，放眼世界，也只有我能从这样的深渊里救人了。"

听到这里,我仍然不明白芦屋老师在说什么。他要如何拯救一个触犯法律的人呢?

"真的吗?"

我不禁再次确认。

"放心吧。只要我出马,便能让人脱胎换骨,变得清清白白,不留一丝罪孽,宛若重获新生。"

重获新生……岩渊甚三也用过这个词。他那时还说,芦屋老师手握生杀予夺之权,无异于秋子的"神"。看来他没有骗我。

"来,告诉我吧,你究竟犯了什么罪?你得先跟我坦白,否则不好开工啊。"

原来这位老人真以为我犯了罪。难怪他说了半天,我都听不明白。

"不不不,我并不是想请您救我。"

"啊?不救你?那是要我救谁?"

"我方才提到的野末秋子。"

"你是要我再救秋子一回?啊,我还真没遇到过得救同一个人两次的情况。因为只要救过一次,就等于挽救了那人的一生。照理说从我这儿出去的人,是用不着再来找我的。"

"您的意思是……您没法再出手救她了?"

"那倒不是。救个两三回也不成问题。"

"那就请您再救秋子一回吧!此刻她深陷绝境,普通人根本救不了她!"

"是吗?那真是太可怜了。我当年就感叹世上不会有第二个命运如此坎坷的女子了,没想到她竟会再次陷入绝境,真是苦命啊。我这一回当然也不会袖手旁观。"

老师斩钉截铁地说。

"太感谢了！怎么做才能救她呢？还请您赐教！"

听到这话，老人的语气变得正经了些：

"怎么做才能救她？哈哈哈哈哈……这个啊，得谈好了报酬才能告诉你。这是我的工作性质决定的。"

"没错，我差点忘了……请问我需要支付多少报酬？"

"我的要价可不便宜，毕竟救人一命嘛。一口价，一次五千[①]。"

对方开价之高令我暗自惊讶，好在父亲留下的遗产足够支付这笔钱，于是一口答应下来。

"嘁，其实成本的费用还不到十分之一，但我做的毕竟是让人逃出法网的危险工作，一不留神，自己就会被当局盯上，惹祸上身。所以这也算是给我的'风险费'了。而且，我不确定警察会不会假扮委托人来刺探我的秘密，所以无论是谁，我都会先要一笔警察付不起的报酬。你应该不是警察，但小心驶得万年船嘛。所以，在报酬到手之前，我不会再多说。"

"好，我在东京的银行有些存款，支票簿也随身带着。我这就填好给您。"

说着，我正要掏支票簿，老人却抬手制止了我。

"我不收支票。能否劳烦你跑一趟银行，取了现金拿回来？"

真是再谨慎不过了。

于是我叫了辆人力车，去银行取了五千现金，再回到芦屋老师的

---

① 原注：相当于今天的两百万日元。

住处。去书房的路上,管家寸步不离,美其名曰"陪同",其实一定是奉芦屋之命监视我的一举一动。芦屋老师的疑心真是深不见底。到书房后,我告诉他自己带来了现金,他才总算放下戒心,起身说:

"那就赶紧开始行动吧。"

他带我来到更靠里的一个房间,面积大约是书房的一半,四面墙依然立着塞满西洋书籍的书架。然而更引人注目的是一个烟囱状金属筒,透过天花板正中央伸下来,一直到书桌上方。这是用来做什么的?我无措地看着它。芦屋老师得意扬扬地解释道:

"这是我的居室。你瞧见了吧,那个奇怪的筒是我的观测镜。只要用上它,会客室里的一切都能看得清清楚楚。我刚才也仔细观察过你,确定你不是可疑之人才让你进了书房。因为你一见到黑川律师就慌慌张张冲了出去,完全是外行的行径,更不可能是警察了,所以我才敢见你啊,哈哈哈哈哈……"

镜厅里的情况竟然能投射到这里?这套设计实在精妙。

"那我就在这儿把酬金交给您吧?"

我如此问道。芦屋老师却摆摆手说:

"别,这里可不行,不够隐秘,下人平时也能自由进出。报酬啊,得去更安全的地方交接。"

说着,他从书桌下拿出一座复古样式的烛台,插上蜡烛点燃。大白天的,他点蜡烛做什么?我正感到疑惑,芦屋老师左手举着烛台,走向一面墙前的书架,抽出两本放在中层的洋书,又把右手伸进空出来的地方摆弄了几下。只听见"嘎吱"一声,整个书架竟然动了起来,像门板一样向前开启。

这原来是巧妙伪装过的密室入口。芦屋老师真是慎之又慎,设置了这样的机关……我感慨万分地看着入口，芦屋老师说：

"随我来吧。台阶有些陡，小心别踩空了。"

他率先走进漆黑的洞口。我紧随其后走了两三步，发现里面有一条十分狭窄的楼梯通往地下。

他带我去地下室做什么？我不禁有些打怵。然而事已至此，又怎么能打退堂鼓。我只能强压着背后的阵阵寒意，跟着芦屋老师一路向下。

两副人脸模具

一进地道,我就闻到一股潮湿的泥土气息,仿佛身处幽冥地府。老师手中蜡烛的红色火焰一跳一跳的,从后面看,他花白的头发周围散着黄色的光晕,透着一股难以形容的怪异,不知该说他身披圣光,还是阴气缠身。

我借助微弱的烛光打量四周,只见台阶、天花板和两侧的墙壁都用红砖砌成。这条通道怕是有些年头了,裂缝随处可见。走着走着,还有冰凉的水滴落在脖子上,感觉仿佛是传说中的山蚂蟥从枝头落到身上,恶心得很。

走完十二三级台阶,往左拐进一条隧道一样的走廊,又往前走了五六米,便看见正前方有一扇布满红锈的大铁门。

"过了这扇门,就是我的工作室了。"

说着,芦屋老师从口袋里掏出一把小钥匙,打开铁门。门后一片漆黑。

"稍等,屋里装了很亮的瓦斯灯。"

芦屋老师走进门去"嘎嗒嘎嗒"倒腾了几下,刺眼的亮光顿时溢出铁门。

门后是个很宽敞的房间。右手边摆着各种奇异的器械,仿佛化学家的实验室,又像外科医生的手术室。中央摆着个像是手术台的东西,上方装有明晃晃的瓦斯灯,形状奇特,配有反射镜与透镜,发出刺眼的紫光。

我毕竟是外行,看不出门道,只觉得到处都是很像X光设备、电疗器、牙科手术设备的工具,还有一张宽敞的化学实验台,上面摆满了试管、显微镜、曲颈瓶之类的东西。一面墙边放着药品柜,里面全是大小不一的药瓶。另一面墙边则是一座玻璃柜,装有各种闪着银光的外科器具,每一件的形状都与它们的主人一样稀奇古怪。这里简直像是中世纪炼金术师的作坊。天哪,白发白须的老"炼金术师"准备在这奇怪的作坊施展怎样的魔法呢?

待会儿,那些闪着凶光的手术刀会不会撕开我的皮肉?我的五脏六腑会不会被掏出来,扔进那个巨大的曲颈瓶反复熬煮?我只觉得全身汗毛倒立。

"发什么呆呢。来,这边坐。"

我被芦屋老师的声音吓了一跳,回头看见他坐在门口左手边的桌前,让我坐到他的对面。那个区域的布置和房间右边不同,没有任何奇怪的器具,也没有多余的装饰,只有个镶在墙体中的大号金库,颇有些小会客室的感觉。

我刚按吩咐坐下,他便催促我:

"那就把约好的钱拿来吧。"

我将五千现金递了过去。老人顿时换上守财奴的面孔,一张张仔细清点,然后装进大号信封塞进口袋。

"这就行了。那就先让你见识见识我的技艺多么出神入化吧,我有证据。我会用鲜活的样品告诉你,上一次是如何救了秋子,秋子被我拯救之前又是什么样子。只需看上一眼,你自然会明白我绝无虚言。"

他又在说这种令人心里发毛的话了。鲜活的样品?被拯救之前的秋子?我一头雾水。但他要给我看的,必定是某种实质存在的东西。天哪……他究竟要给我看什么呢?

"随我来吧。"

芦屋老师站起身,领我走到大号金库前,接着抓住密码旋钮来来回回转了一番。片刻后,轻微的响声传来:"咔嚓!"巨大的库门随之朝左右两侧开启。

我向里看去,发现门后竟然并非金库,而是漆黑的地窖。没想到,芦屋的密室里还别有"洞"天。

他从桌上拿起仍未熄灭的烛台走进地窖。惊愕令我彻底丧失思考能力,只得默默跟在他身后。

门后是一条大约五六米深的细长走廊,左右两边层层叠叠摆了好几排一尺见方的小盒子,仿佛银行出租的保险柜,加起来可能有数百个。

芦屋老师先走到离入口很近的地方,打开一个小保险柜的门——只有这个柜子的形状与众不同。他掏出装有纸币的信封,小心翼翼地塞进去,再把门关上锁好。

接着他取下挂在门口柱子上的一大串钥匙,挑出一把递给我。

"来吧,是时候给你看证据了。这是钥匙。你按照钥匙牌上的编号去找相应的柜门,打开就是了。"

啊……这一刻终于来临了——我不得不见证让人害怕的未知事

物了。秋子的神秘面纱即将被揭起，我却不知道自己应该高兴、哀伤还是恐惧。难以名状的情绪朝我袭来，使我无法立刻按芦屋老师说的去做。

"还愣着做什么？快去找这个号码的柜子呀！"

芦屋老师再次催促道。我失魂落魄地穿过细长的走廊，视线扫过两旁的柜子。最终，我在靠近走廊尽头的地方发现了钥匙编号对应的柜门。

"怎么啦？身子不舒服吗？"

跟在身后的人在我耳边突然说话，吓得我一激灵。

"好吧好吧，我帮你开。钥匙拿来。"

他一把夺过我手中的钥匙，三两下便打开了柜门。我却只想闭上眼睛，好像看一眼里面的东西便会万劫不复。可好奇心还是战胜了一切，我向柜中看去——

然而，柜子里并没有放什么可怕的东西，只是摆着两个带盖的桐木盒子，比砚盒略大一些。

"打开看看吧，秋子的'前世'与'今生'就在里头。先开下面的盒子。"

老师将木盒递给我，还把烛台拿近了些。

我全身的毛孔都在冒冷汗，手指不住地颤抖，仿佛疟疾发作一般，好不容易才打开盒盖。

里面放着一个扁平的东西，用白绢悉心盖住。我感觉整颗心都冻住了，却不得不揭开这块白绢。

"咦，这不是秋子的脸吗？"

一副蜡制人脸模具映入眼帘。我一眼便认出那五官是秋子，可这意味着什么呢？

"没错，那正是秋子的脸。我用制作死亡面具的法子，直接在她脸上取的模。"

"那……这是做什么用的？"

我有些泄气，忍不住追问。

"它的用途嘛……得打开另一个盒子才知道。快，打开看看吧。"

老师的声音压得更低了，仿佛耳语一般。他似乎也被某种不寻常的情绪笼罩，手中的烛火微微摇晃起来。

我完全想象不出第二个盒子里放着什么，但与此同时，又感觉有个声音在心底的角落低语——你不是很清楚那里头是什么吗？

手指依然颤抖不止，令我汗颜。我打开盒盖一看，发现里面和第一个盒子一样，也放着盖有白绢的东西。我鼓起勇气，揭开绢布……展现在眼前的是另一副蜡制人脸模具。

借助淡淡的烛光，我目不转睛地凝视着这张脸。它是如此眼熟，可看着看着，我逐渐意识到自己根本不认识这个人。这是何等诡异的感觉啊——乍一看无比熟悉，但看得久了，这种印象便逐渐淡去，最终变成一张完全陌生的脸。

我这辈子从未有过如此奇怪的体验，这背后一定有什么古怪。我能感觉到，蜡模中藏着某种超乎想象的神秘力量。

"你看出来了吗？这就是被我拯救之前的野末秋子啊。"

老人的低语在我耳边阵阵回响。

我不明白这句话究竟是什么意思，但仍然感觉到寒气从心底油然升起，勾起莫名其妙的恐惧。

昏黄闪烁的烛火在下方的两张脸周围勾出阴影。烛影摇曳中，蜡模的各个部位时隐时现。这两张脸好似幽冥界的怨灵,令我不禁怀疑它们正带着悲哀、怨恨与激愤交集的思绪凝视着我。

难道这些蜡模上附有活人的灵魂?难道它们已经脱离秋子,独立存在,在漆黑的地窖门后相互诅咒,活在永恒的地狱中?

我无法再多看蜡模一眼,只想尽快逃离这噩梦般的世界。我将手中的桐木盒子放在地上,摇晃着站起身,胡乱地嚷嚷道:

"老师!我们快出去吧!去亮一点的地方,亮一点的地方……"

这个挤满怨灵的黑暗世界,几乎要令我窒息。

"好吧,那就出去吧。出去了再跟你细说这里面的秘密。"

芦屋老师搂着我的肩膀,仿佛是在安抚幼童一般领着我往外走。

脱胎换骨

芦屋老师盖好两片盒盖，把盒子小心翼翼地夹在腋下，随后走出金库，将铁门关好。转动旋钮上锁后，他在桌前的椅子上落座，示意我也坐下。

"你似乎受了不小的惊吓啊，不过盒中的两张脸确实属于同一个人，一张是秋子的'前世'，另一张则是她的'今生'，也就是现在的秋子。

"怎么样？知道我的魔法有多厉害了吧？我能让一个人脱胎换骨，重获新生。对委托人而言，我几乎就是造物主、活神仙，哈哈哈哈哈……"

老师十分得意，低沉地笑道。

可我无论如何也无法相信，那张怎么看都是陌生人的脸竟属于曾经的秋子。世上怎会有如此荒唐的事？如果真的能够脱胎换骨，那犯了罪的人、身处窘境的人岂不是都能求助于芦屋老师，借他的力量变身成另一个人，从头来过了吗？这简直是天方夜谭，痴人说梦。

"哈哈哈哈哈……你还是一副不敢相信的表情。那我再细细解释给你听。

"不过真要细讲我的技术，写十本书恐怕都不够，绝非一朝一夕能讲清楚的。更何况要理解我的学说，你首先得有医学、电学、化学方面的专业知识，还有啊，要是没有深厚的数学功底，你也听不懂我的讲解。所以我只能挑些最常识性、最皮毛的东西，结合各种比喻讲给你听……

"总而言之，将我的脱胎换骨之术概括为'集整形外科、眼科、牙科、耳鼻喉科、皮肤科、美容术为一体的综合技术'，应该是最简明易懂的了。

"长久以来，这些技术都相互独立，致力于改变人的'某个部分'。比方说，眼科医生可以通过简单的手术把天生的单眼皮改造成双眼皮。耳鼻喉科的医生则会用石蜡、象牙等材料施展隆鼻术，天生的塌鼻子想垫多高就能垫多高。

"而整形外科的医生能随意改变人的外形。比如他们可以帮乳房过度丰满的女士切除脂肪，使胸型更为美观。或是切下小腿肚的肉，让双腿轮廓更为纤细。除此之外，他们还可以通过植皮术、植毛术让某个部位长出毛发。切开皮肉，削去内部的骨骼也是小菜一碟。

"问题是，医生们只在自己的专业领域施展技术，而且更侧重于治疗疾病与伤痛，而非改变人的样貌，所以脱胎换骨的可能性早已存在，只是一直以来都无人察觉。

"我原本主修外科，不过在学生时代，我忽然灵光一现——若能综合各方面医学，将一个人的面容改造成完全不同的模样，不是造就了一门伟大而独立的科学？不，这是远超科学的神迹啊。我心想，如果能实现这个构想，那我岂不是能与造物主平起平坐了？

"于是我之后的职业生涯都在钻研改造容貌的手术。凡是脱胎换骨可能需要的学问，我都研究了一遍。我做过代诊牙医，也做过美容师的徒弟，刻苦钻研十余年，终于开创了一门全新的科学。

"整形外科旨在治疗病患，所以不太重视美观。虽然医生会注意切口、缝合的位置，尽可能不留伤痕，但手术痕迹总归明显。而我开创的'容貌改造外科'绝不容许留下任何伤痕。即使有无法避免的痕迹，我也会想办法把它藏进头发或耳后。

"于是我一头扎进了电解剖刀的研发工作。功夫不负有心人，我终于发明了一款特殊的电刀。用它做手术，即便伤到了脸，痕迹也会在几个月后消失得无影无踪。迄今为止，我已经为这种整形手术发明了十余种工具，不过这款特殊的电刀是我最得意的作品。我甚至敢说，没有这种电刀，我的容貌改造外科就不可能站得住脚。

"怎么样？你应该能大致听懂吧？也就是说，把凸出的颧骨削平，将鼻子垫高或压低，彻底改变牙齿的排列，把眼睛变大或变小，改变发际线……只要拥有我的技术，这些都能随心所欲。

"你瞧，这就是我的容貌改造作坊。委托人至少要在我家待上半年，在这间作坊接受数次手术。"

说着，芦屋老师用手指了指右侧那个恐怖的手术室。

原来如此。听到这里，我也觉得他说的并非全无可能。单看结果，你会觉得那是魔法，是神的杰作，但将既存的整形外科术推至极端，这类"魔法"就有可能成真。

"你大可再对比对比这两张脸。"

芦屋老师打开桌上的桐木盒子，将秋子的两副面容摆在我眼前。

"这场手术让我绞尽了脑汁。毕竟如你所见，这个女人天生丽质，容貌本就完美。要使她变得丑陋，当然轻而易举。可我是用双手挑战自然的战士，不想败在自然脚下。与造化之神正面对决，再高奏凯歌，正是我的夙愿啊。

"于是我想尽办法，既要彻底改变她的容貌，还要与她天生的美丽不相上下，甚至更胜一筹。

"事情发展到这个地步，已经超出了医学的范畴。这是艺术。我必须效仿在画布上凭空绘制出美的画家，在活人脸上创造全新的美。

"其实这很艰难。虽然困难重重，但也乐趣纷呈。在那一年时间里，我仿佛变成了一个艺术家，守在这作坊中，与那张绝美的脸正面'较量'。

"可惜，我没能大获全胜。这场改造令我深切地感受到自然的力量是何等伟大，我的人工之力无法再造的美在她脸上随处可见。我实在不忍心彻底破坏那一处处天然美，心中充满莫名的恐慌。所以最后的成品难免残留了几分对自然的敬畏。不得不说，我的技术还是太粗糙了。

"你可以对比一下两张脸的鼻子。原本的鼻子肉更多些，显得丰满柔和，是一种巧妙的美。这样的鼻子该如何改造才好？我几乎想破了脑袋。

"思来想去，我还是决定将肉稍稍打薄，增添几分犀利感，打造知性美。但最后的成品还是远不及天生的柔美线条来得动人。

"你仔细对比一下。这两个鼻子的形状完全相同，只是肉的厚度略有差异，对不对？在整张脸上，鼻子和下巴是保留原型最多的部位。

"其他部位都在我的改造之下实现了彻底的蜕变。首先是发际线。你瞧，原来的发际线几乎呈现出富士山的轮廓，而我将额头拉大，给人以更为理智的印象。

"我还将月牙形的眉毛改成了平直眉,把天生的双眼皮改成了单眼皮。脸颊骨也稍稍削去了些,将原本丰盈的双颊收敛得更为紧致。牙齿也往内侧收了收,使嘴唇稍往里靠。这些都是比较大的改动。除此之外,我还调整了法令纹的位置,拉紧了两个嘴角,为她的面容增添了坚强感……还有许多肉眼察觉不出的巧思。

"即便如此,这两张脸乍看之下仍有几分相似,这只能归咎于我的技术还不够精湛。就像我刚才所说,鼻子与下巴几乎保留了原样,此外眼球的颜色与眼神也是无法改变的,整个头盖骨也基本保持了原貌。

"所以单看每个部位,你会觉得这是两张完全不同的脸。但若只是不经意看一眼,却会产生两者非常相似的印象。因此我心里也留下了疙瘩。我始终担心,原先与她熟识的人第一眼看到她时,是否会察觉往昔的影子。"

听到这儿,我恍然大悟。初次见到秋子时,舅舅因惊愕过度当场晕厥;而长田长造第一眼见到秋子时,也露出了惊骇无比的表情。这一定是因为他们在看到秋子的一刹那,在她的脸上看到了往昔的蛛丝马迹。

可是……那岂不是意味着舅舅和长田都熟识原先的秋子……那在变身为"秋子"之前,她究竟是什么人?

"老师,您说的我都听明白了。现在,我也越看越觉得这两张脸有几分相似。可秋子之前究竟是谁?您应该了解她的身世吧……"

我的腋下流出了冷汗,局促得双手时而握拳,时而松开。此时此刻,我终于鼓起勇气,抛出了这个问题。

芦屋老师一脸讶异地盯着我。

"咦，你连秋子的身世都不了解，却跑来这里请我再救她一回？"

他带着极其困惑的表情喃喃道，沉思了片刻后又说：

"罢了，都告诉你这么多了。你应该也不是会用这个秘密要挟她的人。"

他一边嘟囔，一边死死盯着我的脸。

"我绝对干不出那种事来！我一心想救秋子，才会千里迢迢来拜访您！老师，请您告诉我吧！秋子到底是谁？"

芦屋老师又犹豫了片刻，但还是轻叹一声，低声说：

"你若想知道，就把她之前的那张蜡模翻过来，看看它的背面吧。上面有简单的记录。"

原来是这样！我早该把蜡模翻过来了。

我急忙拿起那张蜡模，正要翻面，手却莫名僵在了半空中，动弹不得。

因为我害怕。只觉得下一刻，那个潜藏在我内心深处的女人的身影，那个无比可怕的女人的名字便会跟秃头妖怪似的赫然现身。这种预感锁住了我的手。

可再抗拒也不能不看。我不正是为了查明她的身世，才从长崎赶来这里的吗？

我强行驱动不听使唤的手，费好大劲才把蜡模翻过来。在芦屋老师眼里，我的动作一定慢得滑稽。

聚焦困难的视线落在蜡模的背面。上面好像贴了张四四方方的纸，纸上写着钢笔字。我的眼睛拒绝接收那些字，故意模糊了焦点，就像高度近视的人，看到的一笔一画都朦朦胧胧，一时间竟无法掌握它们的含义。

然而，眼球的反抗只能是暂时的，眼前的笔画逐渐清晰起来。不愿去读懂的大脑也终于放弃抵抗，进入解读状态。

才刚看懂，蜡模便从我手中滑落。我面无血色，双唇干涩，吐不出一个字。腋下不断渗出冰凉的汗来，教我遍体生寒。

因为贴纸上写着一段令人惊骇的文字：

和田吟子

明治四十二年五月，因谋杀养母于长崎地方法院被判有罪，处以终身监禁之刑。

大正元年八月十日，经股野礼三介绍，由黑川太一陪同前来，称其于同月三日因故出狱。

同日开始改造，大正二年六月二十八日大功告成。

可怕真相

读完的我几乎难以呼吸。

"和田吟子——"

天哪,怎会是这样!我所爱的野末秋子的真实身份,竟是那个残忍杀害了养母的和田吟子!

我面色煞白,狠狠瞪着芦屋老师。

"老师,您是不是搞错了?和田吟子已经病死在牢里,墓碑都立了不知多少年了。她早就不在人世了啊!"

然而,老人不慌不忙。

"那只是假象。表面上,她当然已经入土为安。可要是有人掘开她的墓,就会发现里面只有一口空棺材。她宁可为自己立起墓碑,也要让别人认为她已不在人世,然后偷偷脱胎换骨成另一个人——借助我的力量。"

"可,这也太……"

我无论如何都不敢相信这可怕的事实。它就没有什么逻辑死角吗?我在脑海中拼命搜寻。

"您有证据证明这张脸是和田吟子吗？万一背后的贴纸是您随便写的呢？"

"哈哈哈哈哈……看来你没见过和田吟子。你但凡见过她一次，就不会产生这样的怀疑。好，你想看证据，我就拿证据给你看。"

老人走到房间的角落，打开文件柜的抽屉，取出一本古旧的剪报簿，翻到其中一页摆在我面前。

"这是当年大阪一家报纸刊登的报道。你仔细瞧瞧上面的照片。"

这篇文章报道了幽灵塔铁婆谋杀案的庭审情况，正中央刊登着了杀人犯和田吟子的大幅照片。我看看桌上的蜡模，又看看报上的照片，仔细对比良久。然而，无论从哪个角度看，这两张脸显然都是同一个人。

挣扎到最后，果然是这样吗？那个暗藏在我心中的朦胧影子，那个怪物般的影子，果然才是她的真面目吗？

我失望透顶，彻底失去了思考的能力，只能呆呆地凝望着虚空，如石像般一动不动。

"怎么样？这下信了吧？"

老人脸上浮起微妙的浅笑。他又开始盯着我，不等我问便自己说了起来：

"那我就跟你大致讲讲和田吟子是如何摇身一变，成为野末秋子的吧。

"事情要从三年前说起。大正元年七月末，长崎的律师黑川太一拿着我的老相识股野医师的介绍信找上门来。我此前已通过报刊得知，这位黑川律师曾为杀害养母的和田吟子积极辩护，便推测他的来意十有八九与那起案件有关。果不其然，黑川委托我替一名年轻女子改变容貌。哈哈，我一下子就猜透了他的心思——他这是要帮和田吟子越狱啊!

"我说我答应了，黑川便兴高采烈地回去了。又过了半个多月，就是纸条上提到的八月十日，黑川趁着夜色，带来了一个美得叫人心惊的少年。

"那人正是和田吟子。他慎之又慎，将吟子乔装成少年，把她从长崎带了过来。

"正如我先前所说，在接受委托前，我一定会把委托人的情况问清楚。所以我对吟子的身世也是刨根问底。黑川起初还想用谎言搪塞，但最后意识到纸包不住火，对我和盘托出了。

"他告诉我，因为有当时在长崎监狱当狱医的股野礼三相助，吟子才能顺利越狱。

"按照股野的吩咐，吟子先谎称生病，住进了监狱医院。院中一位老护士恰好是股野的心腹。有她在就万事俱备了。"

啊……原来股野礼三就是当年帮秋子越狱的狱医。那老师口中的"老护士"，想必就是岩渊甚三的妹妹肥田夏子了。正因如此，岩渊才会与股野、肥田串通一气，要挟秋子，因为他们掌握了足以胁迫秋子的惊天秘密。

难怪蜘蛛屋的密室中藏着女囚衣和护士服。后者一定是夏子照顾吟子时穿的衣服。

就像阳光下的朝雾一般，萦绕在我心头的迷雾渐渐散去。与此同时，我无比抗拒的可怕真相也显现在眼前。野末秋子……和田吟子……杀害养母的十恶不赦的罪人……我不辞辛苦从长崎赶到此地，竟是为了沉入绝望的谷底。

芦屋老师继续说：

"我曾告诉股野，可以用产自印度的毒草提取出一种名叫格拉尼尔的秘药。股野便心生一计，用这种秘药让吟子进入假死状态，把她作为一具死尸运出监狱医院。

"格拉尼尔是种可怕的毒药，用量一旦超过界线便会立即致死。但只要稍稍减少用量，就能发挥神奇的功效：服用者会进入假死状态，脉搏与呼吸都完全停止。大约一天后，人便会自然苏醒，就像醉酒后醒来一般。股野正是利用这种奇妙的毒药，才骗过了有关部门。"

我顿时联想到，在幽灵塔的书库刺伤我的短剑上不就抹了格拉尼尔这种毒药吗？好在药量不大，我才捡回一条命。当时我全身无法动弹，那就算不是老人说的"假死状态"，至少也到了离假死咫尺之遥的地步。

"当然，用格拉尼尔进入假死状态是非常危险的。剂量稍有误差，或是服用者的身体存在什么医师没检查出来的病灶，可就真的一命呜呼了，不可能死而复生。所以这是一步险棋。

"不过吟子似乎是胆量过人，据说面不改色地服下了毒药，顺利进入假死状态。当时恰逢盛夏，股野便以'尸骸易腐败'为理由在内部多方奔走，而黑川律师又用巨额贿款打通了关节，终于将尸体运出医院，甚至申请到了下葬许可，将和田吟子安葬在了幽灵塔所在的村子。所谓的'安葬'只是做做样子，其实不过是在地里埋了口空棺材罢了。

"给吟子服用的剂量可能刚刚好。没过多久，她便清醒过来。后来，她就女扮男装，随黑川来了这里，在这地下室一躲便是整整十个月，同时接受我的手术，变成了今日的野末秋子。

"待手术大功告成，吟子脱胎换骨，黑川便安排在监狱医院照顾过她的老护士做她的随从,送她前往上海,计划在当地编造些像模像样的履历后再回国。我还记得她是大正二年六月从我这里出发的。

"也就是说,和田吟子自那时起便从这个世界消失了,另一个名叫野末秋子的女人横空出世。费了那么大的功夫才重获新生,我本以为她断然不会再触犯法律了,没想到本性难移,她居然再次犯下需要我出手相救的罪行,真是作孽啊……

"哎呀,我本不该对这些评头论足的,替委托者做手术才是我的本分。那就这样吧,你随时带她来就是了。在这儿待上几个月,她又能改头换面啦。"

老人说完了,我却依然沉默无言,整个人就像丢了魂似的,望着眼前的空气,久久无法动弹。

怎么会这样?我奉若神明、圣女的秋子,竟是杀人犯、越狱犯!

听完老人的叙述,迄今为止的种种谜团都褪去了神秘外衣。秋子为何祭拜杀人犯,为何在杀人犯的墓前流泪?原因再简单不过了。因为葬在墓中的不是别人,正是她自己。

她熟知幽灵塔大钟的上弦方法,也没什么不可思议,因为她是幽灵塔主人铁婆的养女。

难怪当年审判过和田吟子的舅舅,以及同样被铁婆收养的长田长造,第一次见到秋子时都如此惊愕。因为秋子是吟子脱胎换骨后的成果啊。连我看着这两副蜡模,都能看出秋子脸上还有几分吟子的影子。

至于岩渊甚三为什么让我来找芦屋老师,我也完全想通了。奸诈如他,一定是指望我一旦查出秋子如此狠毒便会彻底死心,不再阻挠他们胁迫秋子。

如今,秋子下毒谋害舅舅一事已毋庸置疑。因为舅舅正是判处和田吟子终身监禁的人,是她恨之入骨的仇敌。秋子之所以接近舅舅、想方设法成为他的养女,并非因为她忘记了当年的仇恨,而是想通过夺取儿玉家的财产间接完成复仇,顺便为自己谋利。这是何等的"深谋远虑"。

然而长田长造揭发了她的前科,让舅舅产生了改写遗嘱的念头,于是她一不做二不休,决定毒死舅舅。她本就对舅舅怀恨在心,这样的发展正中其下怀。这么想来,她总把自己身负"秘密使命"挂在嘴边,也许就是在暗示终有一日要向舅舅复仇。

将种种蛛丝马迹串联起来,便知整个案件的真相从一开始就显而易见。可我被爱情蒙蔽了双眼,竟愚蠢到如此地步,被耍得团团转。一桩桩恶行摆在面前,我却偏要站在对秋子有利的角度去诠释,最后还傻乎乎地赶了半天路来到东京。没想到最后没能找出她无罪的证据,反而发现了她确凿的罪行。我自己都觉得离谱。

不过秋子这个女人实在太可怕了。没人比她更配得上"毒妇"二字。古话说,"貌似菩萨,心如夜叉"。此时此刻,我无比深刻地领悟了这句话。美丽的容颜,优雅的举止,正因为她有如此强大的武器,才能不费吹灰之力地骗过所有人。

见我陷入沉思,一声不吭,芦屋老师不解地问:

"怎么啦?还有什么想不通的吗?"

"不,您说的我都听明白了,有种如梦初醒的感觉。"

"如梦初醒?难道你……"

"没错。我远途赶来,原本是为了找出秋子清白无辜的证据。可听您讲完事情的来龙去脉,我才知道自己完全搞错了……"

"哦……原来是这样。可惜在我这儿就不可能找到清清白白的人。

你一开始就找错了方向。"

"是的,是我完全想错了。"

"看来我不用再给秋子动一次手术了。不过我可不能把刚才的酬金还给你。秘密都告诉你了,等于是让你抓住了我的把柄。"

"嗯,我本来也没打算向您讨回来。"

我抬起绝望的双眼扫视整张桌子,两副可恶的蜡模并排仰视着我,仿佛在嘲笑我的愚蠢。一看到它们,我便猛然下了决心。

"老师,我不会让您退回报酬,但我想用那五千块买下这两副蜡模。"

我一把抓起它们狠狠摔在地上。蜡本就极脆,立时碎了一地。

我用脚猛踩碎片,觉得心里好像舒坦多了。

"哈哈哈哈哈……如此一来,就没有东西可以证明和田吟子与野末秋子是同一个人了。粉碎我的美梦的可恶证据终于从这个世上彻底消失了!"

见我跟发了疯似的大吼大叫,芦屋老师惊得瞠目结舌。他抬头看看我,又低头看看地上的碎片,却没有要发怒的样子,只是苦笑着说:

"唉,看来你还没从迷惘的梦中醒来。你以为只要毁了这两副蜡模,就能让秋子变回清白之身吗?

"罢了,虽说它们是宝贵的纪念品,我就当你花了五千块把它们买走,不追究了。不过保险起见,我还是得提醒你。要是你觉得只要毁了这两副蜡模,便没有任何证据能够证明秋子的真实身份,从而保她周全,可就大错特错了。

"其实,那位黑川律师委托我复制了一套一模一样的蜡模给他,我刚把东西交给他呢。"

原来刚才出现在镜中的黑川，拿的就是秋子和吟子的人脸模具的复制品。

"这样啊……不过事到如今，我不打算再包庇秋子。那我就不打扰您了，再见！"

我感觉自己的心思都被芦屋老师看透了，逞强了一下，就狼狈告辞了。

手腕上的伤痕

　　离开芦屋老师的洋房时已是黄昏。开往下关的下行列车要半夜才发车，在那之前，我哪儿也没去——没有拜访熟人，也没有去商店购物，只是梦游一般走在东京陌生的街上。

　　等到上了车，我便立刻倒在卧铺上沉沉睡去，第二天早上也是最后一个醒来的，完全陷入自暴自弃的状态。从东京到下关，再坐轮渡去长崎……寂寥的旅程漫长而单调。我本已下定决心不再想她，也已不能再爱她，但她仍一遍遍出现在我的脑海中。

　　回到公馆之后，我又该怎么办呢？森村探长应该会信守承诺，没有立刻拘捕秋子，静候我回去。所以我一到家，探长必然会立刻逮住我问个究竟。"请您拘捕秋子吧。"到时候，我岂不是只能这么回答？

　　然而，我哪里有勇气说出这句话呢？就像芦屋老师一眼就识破的，我内心深处对秋子仍有无限眷恋，即使如山的铁证摆在眼前，没有任何辩解的余地，我的心依然不愿意相信。

　　我不忍看到秋子被警方逮捕。我甚至不敢回家见她一面。与她相对时，我该说些什么才好？难道我要告诉她，自己看到了那该死的蜡模吗？我根本做不到。羞辱她，咒骂她是蛇蝎毒妇，就像板子打在我自己身上一样疼。我想再给她一点时间。如果可能的话，我甚至想忘记蜡模的存在，继续坚信她是个清白无辜的女子。

思绪的天平朝着懦弱的方向不断倾斜。想着想着，我突然记起了黑川律师。他为什么要特地去找芦屋老师索要蜡模的复制品呢？莫非是秋子不肯听他的话，所以他一气之下，便想出了用蜡模胁迫秋子的主意？一定是这样，蜡模不会有除此之外的用途。我绝不能袖手旁观。回家之前，必须先去长崎市的黑川事务所一探虚实。黑川对秋子的了解比我深得多，见了他或许会有意外收获。

就这样，我决定拜访黑川律师。在长崎市下车时，已是夜里十点多。虽说时间有些晚了，但黑川把事务所设在自己的住处，所以只要他从东京回来了，我就一定能见到。当时镜中的他显得很匆忙，一副急着回去的样子。如果他离开芦屋家后立刻搭乘中午的特快列车，那抵达长崎的时间大概会比我早十小时。

黑川事务所位于冷清的住宅区。周围的人家好像都睡下了，街上也空荡荡的，安静如深夜。

因为离车站不远，我没有坐车，而是沿着昏暗的街道快步走去。走到事务所附近时，只见一个黑色的人影伫立在大门前。

看起来，那应该不是偶然路过的人，却也不像是专程来拜访黑川的，十分可疑。不会是小偷吧？我故意踩出响亮的脚步声，走向门口，按下门铃。

我的脚步声惊动了那个人，吓得他鬼鬼祟祟逃跑了。擦肩而过时，我瞥了一眼，是个个子很高的男人，三十四五岁的模样。他用鸭舌帽盖住半张脸，还戴着硕大的墨镜，竖起外套的衣领遮住嘴边。实在太古怪了……就在这时,事务所的玻璃门开了,黑川的书童请我进屋,于是我便把他抛到了脑后。秋子的事占据着我整颗心,我哪有工夫去管一个可疑男子。

走进玄关,只见换鞋的地方摆着一双高跟女鞋。黑川尚未结婚,这个时间怎会有穿高跟鞋的时髦女郎前来拜访?我觉得有些奇怪,便问书童:"府上有客人吗?"可能是黑川提前叮嘱过,书童含糊其辞道:"没有呀……"

他领我去了会客室。片刻后,黑川一脸不悦地走了进来。

"哎哟,这不是北川先生吗?这么晚了,有什么急事啊……"

"不耐烦"三个字都写在他脸上了。前不久在公馆的温室里,他就想逼秋子就范,却被半路杀出来的我阻止了,他肯定怀恨在心。

"嗯,深夜打扰实在抱歉。因为我有点急事一定要当面跟你说,就直接从东京赶过来了。"

"啊?你是从东京过来的?"

黑川一脸不解地反问。

"是的,我去东京拜访了芦屋晓斋老师,刚回的长崎。"

"什么?你去见芦屋老师了?"

黑川惊得差点跳起来。他脸色铁青,看来是个沉不住气的人。

"没错,跟你正好前后脚。秋子的身世,老师都告诉我了。"

"跟我前后脚?你怎么知道我去过?"

"哈哈哈哈哈……因为镜厅的镜子照到了你的背影。不仅如此,我还知道你拿走了那两副蜡模。你究竟想做什么?胁迫秋子?"

黑川呆望着我,仿佛忘记了该怎么说话。不过片刻后,他好像定了定心神,苦笑道:

"唉，既然你都打听得这么清楚，我也不瞒你了。没错，我是带了蜡模回来，也确实要用它威胁秋子。回长崎之后，我就托人把两副蜡模送去了幽灵塔，拿给秋子看。"

天哪……事已至此，恐怕无法挽回了。黑川律师行事如此迅速，这回轮到我大惊失色了。

"那……结果呢？"

"结果正如我所料。"

对方摆出胜者的姿态，冷冷地撂下这句话。

"可是黑川，你就不心疼秋子吗？你不觉得这么做对秋子太残忍了吗？"

"哈哈哈哈……也许是有些残忍吧。但逼我走这一步的人不是别人，正是你啊。都怪你招惹了秋子，害得我只能出此下策。"

"什么叫我招惹了秋子？"

"难道不是吗？她本就该嫁给我的。你明明已经知道了，帮她越狱的是我，让她脱胎换骨变成野末秋子、重获新生的也是我。我当然有权利娶她为妻。可她只是感念我的恩情，我每次表白爱意，她都顾左右而言他。

"既然她对我无意，我本也不愿勉强，只想继续真心待她，等待时机成熟。没想到半路杀出了你，夺走了秋子的心。早知如此，我就不该让秋子接近你舅舅的，现在回想起来真是悔得我捶胸顿足。"

我只觉得心头一阵悸动。难道秋子是爱我的，所以黑川才会这样说？一想到这儿，我便欣喜莫名。我已查清她的身世，不可能与她结婚，也不能再爱她了，却还是无法阻止涌上心头的喜悦。我感到自己脸上发热，便故意摆出愤怒的姿态遮掩。

"就算事情确实如你所说,你也不该用这般下三滥的手段去要挟她!这样算什么男子汉大丈夫!"

"如今我可不想听你讲大道理。当务之急是明确秋子究竟属于你,还是属于我。"

"这并不是我们两个能决定的事!"

"当然能,一句话就能解决。你只需要回答我一个问题——既然你已经知道秋子的身世,可还有勇气娶她为妻?"

我无言以对,沉默了下来。遗憾的是,我无法断定自己还愿意娶她。

"你倒是说话啊?你敢不敢告诉你舅舅:这个女人是杀害铁婆的凶手,进了监牢还大胆越狱,但比起我们家的声誉,我更爱这个女人,决心要跟她结婚?你敢当着他的面这样坚定地说吗?"

被他如此诘问,我只得坦白:

"我已经不再奢求能娶秋子,但我对她的爱没有丝毫改变。听完芦屋老师的话,我的美梦已经碎了,甚至觉得自己活着也没有意义,因为我已看不到希望。"

"别说这些,如果你不能娶她,那就失去了与我竞争的权利。因为这意味着你先放弃了秋子。但我不一样——只要她肯点头,我明天就能光明正大地公布我们的婚事,举办盛大的婚礼。即便因此名声扫地,地位不保,我也毫不介意。你明白了?你的爱与我的爱,就有如此之大的差距。"

"不,你这种爱是无视道德的禽兽行径。再说,她不是随时可能被捕入狱吗?你要如何……"

正说着,旁边突然有轻微的响声传来。我转头望去,顿时惊得说不出话来。

通往隔壁房间的门不知何时打开了。我们争论的焦点——秋子正伫立于门旁，面色惨白得像幽灵，怨恨地凝望着我。

这么说，刚才在玄关口看到的女鞋竟然是秋子的？要是知道她就在隔壁，我一定不会那么大声地提起蜡模，提起她的身份，提起我不能娶她。

她肯定在隔壁听到了我们的每一句话，见我们越吵越激烈，实在忍不住了，这才出来阻止。

然而，光是迈进这个房间似乎就耗尽了她的全部力气，她尽力抓着房门，眼看着就要倒下。

"啊！秋子！"

我不禁大喊一声，站起身来。只见她整个人一软，瘫倒在门前，就这样可怜地晕了过去。

我立刻朝秋子奔过去，但黑川却拦在我面前：

"给我站住！你不是放弃秋子了吗？你已经没有权利再碰她了！我会照顾她的，你让开！"

他一边拼命朝我吼着，一边跪在秋子身边，怜惜地帮秋子理好凌乱的裙子，接着取来沙发靠垫给她当枕头，还轻抚她的后背唤她的名字："秋子……秋子……"

我因为黑川的阻拦没能及时过去，现在只能傻站在一旁，失神地望着昏迷不醒的她，望着她那依然教我心动的圣洁容颜。

她真的杀害养母，还逃出了监牢？不可能，难以置信！即便有一百份、一千份证据摆在我面前，只要看她一眼，所有证据都会失去效力。如果她真的心如蛇蝎，哪怕做手术改变了容貌，心中所想也会体现在脸上，再美丽的容颜也会透露出邪恶之感。

然而此时此刻，我从秋子脸上感受不到一丝邪恶，能感受到的只有神圣的美。

看着这样的秋子，强烈的悔意汹涌而来。而看着黑川把秋子当成自己的所有物一般照顾，又让我产生了难以忍受的嫉妒。

"黑川，是我说错了。我是一时糊涂，才会说出无法娶她的话来。我不能把她让给你。请你让开！"

这番话脱口而出的同时，我冲过去，也想跪在秋子身边。这实在是痴情之举，没想到黑川更甚。

"呵，这就后悔啦？不说什么男子汉大丈夫啦？你已经没资格照顾她了，证据就在这里，你敢看吗？睁开眼睛看吧！"

说着，黑川抬起秋子无力的左手，一把拽下了她的长手套。

为了守住手腕的秘密，秋子煞费苦心。长田长造看到她的手腕时吓得几乎晕厥；三浦荣子更是在看到手套下的秘密后神秘失踪了。

黑川竟能若无其事地揭开秋子拼命保守的秘密，还强迫我去看。

我抗拒着，却不能不去面对。我终于看到了那个可怕的伤痕，位于手腕外侧，呈月牙形，深达腕骨。据说铁婆遇害时口中还有咬下的肉，可见情形的惨烈。

我不禁移开视线。那疤痕太可怕了，我不敢继续直视。

"看到没有，你还敢说自己爱着秋子吗？不敢吧？但我连这伤痕都敢爱！因为从我为秋子辩护以来，正是这道伤痕给我带来了各种帮助她的机缘啊。

"芦屋老师曾说他可以将伤痕一并修复，但我瞒着秋子拒绝了。我甚至威胁，如果他敢擅自修复，我就不支付报酬了。如果这道疤没了，我行使权利的筹码也就没了。

"所以对我而言，这道伤痕才是将我们联系在一起的神灵啊。也许你觉得它丑陋，可是在我眼里它是那么美，我对这疤痕也倾注了爱！"

说着，黑川双手捧起秋子的手腕动情地吻上那月牙形的伤痕，响亮地吻了一次又一次。

不速之客

黑川洋洋自得，继续说：

"北川，秋子已经是我的了。你刚才的话她都听得一清二楚，知道你变了心，失望透顶，才晕了过去。

"秋子是个自尊心很强的人，受了这样的屈辱，绝不会再回头了。而我明知她过去的罪行，却对她一往情深，她一定会被我打动。你等着瞧吧。没人比我更了解她了。"

听到这话，我只觉得跟被判了死刑一样难受。我也深知秋子的自尊心有多强，或许她再也不想和我说话了。

我不能与杀人犯结婚，更不能爱一个无望走进婚姻的女人。道理我都懂。我在心里严厉地命令自己："不能爱她。"然而，爱情这个东西又岂会屈从于道理与良心。见到秋子之前，我气她蒙骗我多时，认定自己彻底死了心；然而现在见到昏倒的她，见到容颜依旧动人的她，我又没出息地动摇了，情感就这样战胜了理智。

"黑川，你这个卑鄙小人！你为什么不告诉我秋子来了？你故意把她藏在隔壁，只为了让她听到我说那些话！"

黑川的阴险令我怒火中烧。

"哈哈哈哈……我可不是故意的，都是碰巧啦，碰巧。"

黑川全然不惧我的怒气，摆出一副胜利者掌握大局的样子。

"那你告诉我，秋子怎么会出现在这里！"

"她是我请来的。事到如今，说出来也无所谓了。换作平时，秋子一定不会答应我的邀请，她之前就一直讨厌我。但是今晚，她无论如何都得主动来我这儿一趟，因为我上午一从东京回来，便匿名把那两副蜡模送去了幽灵塔。

"你也能想象出秋子见到蜡模时有多担惊受怕吧？'我知道你的真实身份'——对秋子而言，没有比这更可怕的威胁了，更何况她还不知道是谁送的，哪里还坐得住。

"问题是，当秋子遇到这种情况时，唯一的选择就是来找我商量。就算这世界再大，秋子也找不到第二个可以谈这件事的人了。所以大事当前，她再讨厌我，也不得不来找我。

"早在一个多小时前，秋子就已经在这里了。你懂了吗？总之，我的计划完美奏效了。"

我早就料到是这么回事了。不管怎么说，黑川不过是想让秋子主动来找他而已，却为此千里迢迢赶往东京索要蜡模……这份执着着实令人瞠目结舌。

"等等！她好像醒了！"

我刚要说话，黑川便将手指竖起在嘴边，制止了我。

转头望去，只见秋子已经睁眼，有些惊讶地打量着我们。

"咦……我这是怎么了……"

她不好意思地嘟囔着，随即担心地望向自己的左手。即便是在这种时候，她也惦记着手腕的秘密。万幸黑川已经给她戴上了手套。见没有异样，她似乎松了口气。她可能不会想到，有人趁她失去意识时看了那可怕的昔日伤痕。

我一把推开黑川，跪去秋子枕边，扶着她的肩膀想要把人抱起来。

"秋子，你终于醒了！是我啊，北川！"我唤着。

话音刚落，原本全身无力的她仿佛触电了一般直起身来，脸色可怕地瞪着我说：

"别碰我。我是和田吟子。"

仿佛是自尊心为她注入了异乎寻常的力量一般，她一边说着一边站起来，摇晃着要离开。

"秋子，请等一下，我可能说了让你伤心的话，可那未必是我的真实想法。请给我一个解释的机会！"

我已成痴情的俘虏，笨拙地与她纠缠。

"不，我什么都不想听。请放过我。再见，我永远都不会再见你了。"

她面色铁青，挂上了我已许久未见的冷峻神情。啊……她这辈子都不会原谅我了。

我呆呆地目送她离去，却突然察觉到一个可怕的事实，只得厚着脸皮再次追了上去：

"请你等一等！好，我不会再辩解了，但必须提醒你，你现在的处境非常危险！快逃吧！否则后果不堪设想！森村探长已经准备逮捕你了。我再三请求他延迟两三天，等我从东京回来再作打算。

"我们得先讨论一下对策啊。黑川，你也快想想办法。必须赶紧让秋子逃去警察抓不到的地方！"

谁知我话音刚落，会客室的房门突然开启，一个男人大步流星走了进来。

"北川先生,时限已到,你们再商量也是徒劳。"

我们三人都大吃一惊。突然出现、挡住我们去路的不是别人,正是森村探长。

"北川先生,堂堂绅士怎能做出这样背信弃义之事呢?要是我相信您会遵守诺言,稀里糊涂地在幽灵塔等您,那局面可就难以收拾了。

"我一直在暗中监视嫌疑人。见她悄悄溜出门去,我便从幽灵塔一路跟踪过来,然后就一直守在这栋房子门口。没过多久,便看见您也进了房子。我立刻觉得这过于可疑,便擅自闯了进来,在这道房门外偷偷听了好一阵子。哈哈哈哈哈,看来人还是不能做坏事呀!"

这么说,刚才出现在黑川家门口那个戴墨镜的人,就是乔装打扮过的森村探长?

早知道是他,我就该更加小心些。

由于事出突然,我们三个一时都说不出话来。探长得意地环视着我们,随即换上严肃的表情走到秋子跟前。

"野末小姐,请您随我走一趟吧。您应该很清楚其中的缘由,不需要我多做解释。走吧。"

森村探长平时很是通情达理,此刻却仿佛成了法律的化身,威严得令人害怕。

这下真是走投无路了……秋子将被关进大牢,永不见天日。我再也见不到她美丽的脸庞,听不到她温柔的声音了。

要救秋子,必须当机立断!黑川与我都被冲昏了头脑,竟在关键时刻"英雄所见略同",迅速交换了一个眼神。

在共同的敌人面前,片刻前的仇人顿时变成了并肩作战的战友。

我们一句话都没说，却默契地明确了分工。

黑川个头小，所以将体力活交给了我，自己则松鼠般敏捷地冲去门口，把房门一关，整个人挡在门前。

而我向来以大力士自居，欣然接受剩下的任务，猛扑向森村探长，与他一对一搏击起来。

虽然探长的力气也相当了得，但不是我的对手，毕竟我在学生时代练过柔道。最终，我将探长按在地上，又骑在他身上勒住脖子，免得他喊出声来。

"好极了！干得漂亮！北川，给我按住了，我这就拿工具来了结他。"

黑川放出狠话后飞奔去了隔壁房间。了结……他该不会打算杀了森村灭口吧……我有些后怕，可事到如今也不能松手了。我故意不看森村探长因为充血而通红的脸和熊熊燃烧着愤恨之火的眼睛，双手一刻都不敢放松。

不一会儿，黑川带着守门的书童一起回来了，手中拿着细绳和白棉布。

"快，快去帮北川先生，按住那人的脚！我这就把他捆起来。先把嘴堵上……"

他半开玩笑地说着这些话，在探长周围走来走去，仿佛逮住猎物的蜘蛛。一眨眼的工夫，他就用棉布堵住了探长的嘴，又用细绳在探长的手脚上缠了好几圈，真是个精明的家伙。

"这样就行。探长，只能请您在壁橱里委屈一阵子了。"

黑川指挥我跟书童把探长抬去隔壁房间，他打开墙上的板门，让我们将人丢进漆黑的壁橱。

"探长的问题算是解决了,是时候商量该让秋子逃去哪儿了。"

黑川平时从来不碰体力活,这时难免气喘吁吁。他一边掸着西服沾到的灰,一边走回会客室。我也整了整衣服,跟在他身后。

可是当我们走进房间却发现,片刻前还在的秋子竟然不见踪影。

"咦,人呢?秋子!秋子!我们已经把探长解决掉了,别担心,快出来吧!"

黑川把整个房间找了个遍,才恍然大悟地回头对我说:

"糟了,秋子逃走了,你看!"

房门确实是敞开的,刚才黑川为了阻止探长逃走明明关上了它。

我们立刻跑到玄关,那里的玻璃门也敞开着,地上的高跟鞋不见了。

秋子一定是趁我们忙着制服探长的功夫偷偷溜出房间,不知去了哪里。如此拙劣的打斗闹剧,她如何看得下去。

我走到门外,然而夜深了,四周漆黑一片,鸦雀无声,放眼望去连个人影都没有。我目不转睛地凝望着黑暗,莫名的悲凉之感油然而生。唉……我这辈子可能都见不到秋子了。

"黑川,你说她会不会做傻事啊……"

"自杀?"

"嗯。"

"我觉得不会。虽然她此刻处境艰难,但这种程度的困难,她这几年已经经历过许多次了。如果她心性软弱,早就寻短见了。

"我倒觉得她应该是回幽灵塔了,因为她在那儿还有没完成的事啊。"

黑川一副胸有成竹的样子,格外平静。

"是吗？可她要是有个万一……"

我的眼前不由得浮现出面色青白、不幸死去的秋子，十分不安。

"如果你实在担心，我就派书童去车站打听打听吧。她肯定坐末班车回 K 镇了。"

"不，我亲自去吧。不亲眼看到她，我放心不下。"

"那就随便你吧。不过，确认她回了幽灵塔以后，请你务必回来找我。我有很重要的事与你商量。如何处置森村探长也得好好合计。"

不等黑川说完，我已冲进黑暗之中。

我拼命跑了四五町才到车站，赶到检票口时，前往 K 镇的末班车刚好要发车。幸好我有从东京到 K 镇的通票，赶紧出示车票，飞奔向站台，扫视着唯一的二等座车厢。啊……我看到了！她在那儿！秋子抬脚迈上阶梯，正要登上车厢连廊的身姿清清楚楚地映在我眼底。

也许是我的错觉，她一晃而过的侧脸有些苍白，不过并没有显得特别慌乱。我终于松了口气，只要她回幽灵塔去，只要黑川继续关着森村探长，就不用担心她突然被捕了。

我有一种随秋子上车的冲动，然而我还没和黑川谈妥，更不能逃避对探长施暴的责任。所以目送秋子离去后，我便依依不舍地离开车站，返回了黑川事务所。

奇怪交易

我回到事务所时,黑川正靠在会客室的沙发上,淡定地等着我。

"秋子是回幽灵塔去了吧?"

他的脸上仿佛写着"一切尽在掌握"。

"我看着她上了去K镇的列车,可还是担心,就算她回了幽灵塔,也不能保证不会出事……"

"你还怕她会自杀?"

"没错。即便她没有走到这一步,也完全可能远走高飞,销声匿迹。你怎么这么沉得住气。"

"因为我坚信她不可能自杀。当然,这并非无凭无据。我说,北川,你觉得一个压根没犯过罪的人,会因为一口扣在头上的黑锅就自寻死路吗?"

黑川盯着我,耐人寻味地笑着。

"什么?黑锅?你的意思是……秋子是冤枉的?"

"正是如此。实话告诉你吧,她没有犯任何罪,完全是清白的。"

"那是肯定的,我也不相信秋子会毒害舅舅。问题是她与和田吟子确实是同一个人,而和田吟子不是杀害铁婆的凶手吗?即便给舅舅下毒的不是她,她也无法逃脱当年那起旧案的罪责啊。"

"关键就在于那是个天大的误会。我也是最近才查明真相的,还没跟任何人提起过——杀害铁婆的人并非和田吟子,真凶另有其人。所以即便秋子的身份暴露了,也没什么好怕的。这件事连秋子都还不知道呢,是机密中的机密。"

黑川隔桌探过身子,仿佛在揭露什么重大秘密,连说话的声音都压得特别轻。

然而我毫无思想准备,一时间难以相信。

"可是六年前,我舅舅也参与了案件的审理。法院经过严密的调查,才最终认定和田吟子是凶手的!"

"但那场审判本就是个可怕的错误。正如你所知,我当时担任了吟子的辩护人。为了救她,我煞费苦心,不计一切代价搜集能证明她清白的证据。可惜我当年就是无法推翻控方的论据。

"首先,左手腕处的伤口与铁婆口中的肉片形状完全吻合。这是无法撼动的铁证。再者各种旁证也都指向了她。就算我辩护水平再高也束手无策。

"当时我因工作需要,时常前往狱中探望吟子。她自始至终坚称自己并非凶手,丝毫没有畏惧之色。尽管如此法院还是判了她终身监禁。接到这可怕的判决后,她说自己实在不甘心,痛哭了许久。

"'警方没本事查出真凶,那我就自己去查!无论多么艰险,我都要把真凶揪出来!求您帮帮我吧!'她趴在我膝上边哭边说。自那时起,找到真凶便成了她的一个使命。

"于是我便请当时在监狱医院工作的股野礼三相助,帮她逃出大牢，又送她去芦屋老师那边做手术。不过我完全不觉得自己做了错事。因为虽然没有确凿的证据，我却坚信吟子是无辜的。

"没想到苦苦寻觅这么久的'确凿证据'，最近终于被我发现了。真凶果然另有其人，他的身份和住址，还有他的犯罪动机和行凶手法，我都查得一清二楚了。"

黑川言之凿凿，应该不是在骗我。啊！原来是这样！和田吟子本就是清白无辜的！难道不是吗？在看到蜡模的那一刻，我就该明白，有着这样一张纯真可爱的脸的人怎会犯下杀害养母的滔天大罪呢？

我心头的乌云全部散去，身心都轻盈了许多。秋子，秋子……请原谅我曾对你有过那么一丝丝的怀疑，我会用十倍、百倍的感情来弥补。

我正欢喜得忘乎所以，却突然发现黑川露出了别有居心的奸笑，顿时又绷紧了心弦。

"可你为什么不把这件事告诉秋子呢？按理说，你应该先告诉当事人，而不是我这个不相干的人。你要是早告诉她，森村探长也不用受这番罪了。"

"关键就在这儿，北川。我有不得已的苦衷。我必须先告诉你，与你约定好，否则没法告诉秋子和其他人。"

黑川的话听得我莫名其妙。

"不管你有什么苦衷，都该先向警方检举真凶！如此一来，秋子的清白不就不言自明了吗？"

"话是没错，不过我是否检举真凶，全在你的一念之间啊。"

我愈发听不明白了。看来还不到放心的时候，他说这些话到底是什么企图？

"什么叫'全在我的一念之间'?"

我不客气地反问。黑川眯起眼睛盯着我的脸,说出奇怪的话来。

"我得先问你,你是真心想救秋子吗?"

"哈哈哈哈哈……这还用问吗?事到如今,这不是明摆着的吗?"

"看来你是真心想救她啦?"

"那是当然。"

"可是北川啊,你若想救秋子,就必须做出一个痛苦的决定,不知你办得到吗?"

"只要能救她,无论怎样的痛苦我都甘之如饴。"

"说话算话?很好,你这么说我就放心了。那你听好了——明天早上回到幽灵塔后,你立刻去见秋子,跟她说你不容许一个有前科的杀人犯住在自己家里,请她立刻离开。听清楚了吗?也就是你必须让她明确地知道,你对她已经没有一丝一毫的爱意了。"

这个人在胡言乱语什么?他不会是疯了吧?

"这是什么意思?"

"没什么,这只是为秋子洗刷冤屈的第一步。"

"我不明白,你为什么要我做这种事?必须给我个理由!"

"理由嘛……"黑川眼睛眯得更细了,视线再一次落在我脸上,"因为你不这么说,就无法彻底熄灭她对你的爱啊。你还不明白吗?她刚才是说了要跟你一刀两断,可她的情意并没有断,那只是气头上的话罢了,跟打情骂俏没有本质区别。正因为她对你有情意,才会对你生气。这与真正的死心有天壤之别。

"爱情真正不复存在时,是不会有愤怒或怨恨这些情绪的,不理不睬、彻底无视才是人之常情。明白吗?我就是希望你能让她彻底无视你。不，光无视还不够，要达到厌恶的程度才行。"

"我还是不太明白，秋子的自尊心那么强，我要是对她说了那种话，她恐怕一辈子都不会再瞧我一眼了。"

"没错！要的就是这个效果。我就是想让她一辈子都不愿搭理你，否则我绝对不会出手救她。"

"黑川，你没疯吧？"

"我清醒得很。要是我真疯了倒好，可惜我很正常，只能委屈你了啊。"

"委屈我？你这人到底是……"

"好了，好了，先别大惊小怪。说白了我就是想让秋子做我的妻子。她若不嫁给我，我就绝不会出手相救，到手的证据也会束之高阁。我已经做好思想准备了，无论谁来劝，怎么劝，都不会改变主意。这就是你必须与她一刀两断的理由，这下我说得够明白了吧？"

我这个急性子听到这话顿时怒上心头，不由得攥紧了拳头。然而打他几拳又有何用？或者，干脆去警署检举真凶另有其人？那也是徒劳。毕竟这个房间里只有我与黑川两人，没人能为我的说法作证。只要黑川一口咬定他没说过那番话，我就束手无策了。

"黑川，你简直荒唐！就因为她不肯嫁给你，你就眼睁睁看着一个无辜的人蒙冤入狱吗？我不知道你竟是这样的卑鄙小人！"

然而面对我的责难，黑川一点也不为所动，还搬出了一套更加荒唐的说辞。

"哈哈哈哈哈……或许我是个卑鄙小人。可你跟我半斤八两啊，也是个卑劣又冷酷的男人！"

"我？我哪里卑劣了！"

"你怎么不卑劣了？你拒绝我的要求，不也等于是在说'不能娶她为妻，我就见死不救'吗？只要你放弃秋子、让她对你彻底死心，她就能在我的帮助下获救，可你偏偏不愿意。这不正说明了你只想成全自己的爱情，秋子是死是活都无所谓吗？站在这个角度看，你明明跟我一样罪孽深重。哈哈哈哈哈……这间屋子里的坏人可不止我一个哦。

"怎么样？你若真能不顾自身、为秋子着想，放弃这段感情就是理所当然的选择。这才叫真正的爱啊。只要你痛下决心，我随时能为秋子洗清冤屈。是让她当一辈子的罪人，还是还她清白之身，全在你的一念之间。这下你明白了吧？"

我总觉得自己被他巧妙的说辞绕进去了，只是我不善辩论，一时间也不知该如何反驳才好。

我仿佛跌入了越挣扎就陷得越深的泥沼。黑川精心搭建的逻辑无懈可击。论力气，我有自信不输给任何人，但他用三寸不烂之舌玩弄诡辩，我拿他毫无办法。

况且仔细一琢磨，我觉得黑川所言也不无道理。他的确心思险恶，全然没有绅士之风。但不管他如何，单单看我自己的话，我也不是完全没有私心。也许正如他所说，我的爱也并不够纯洁。

如果我真的只为秋子着想，难道不应该牺牲一己私情，让她重获清白吗？真正的爱情难道不该如此吗？如果我不肯退让，秋子很快就会被捕，再次饱尝牢狱之苦。让她白白受那样的罪，未免太可怜了。

"黑川，如果——我是说'如果'——如果我明确告诉你，我不可能说那些话和她一刀两断，你准备怎么办？"

我心乱如麻，不禁问出这个发牢骚一样的问题。

"不怎么办，到时我自会死了这条心。我可不会像你这样优柔寡断、磨磨蹭蹭，只会向你道声贺，转身走开。"

"那样你就心满意足了吗？"

"当然。因为，虽然我会失去秋子，却能在复仇之战中笑到最后。"

"复仇？"

"哈哈哈哈哈……放心吧，当然不是直接报复你们。因为老天爷会替我向你们复仇的。就先假设你们成功躲过警方的追捕，携手躲进遥远的深山老林，过上了夫妻生活吧——毕竟除此之外，也没有其他安全的法子了。

"然而，就算我不开口，森村探长也对秋子当年的'罪行'一清二楚，一定会立刻派人去追。你们永远无法高枕无忧，每天都要担心警方会不会找上门来。白天一看到陌生人便心惊胆战，夜晚则要忍受做不完的噩梦。过着这样的日子，再多的美好快乐都会化作乌有。你们会忘记欢笑为何物，无休止的恐惧将在你们脸上刻下丑陋的阴影。要不了多久，你们就会迅速衰老，变成一对憔悴落魄的老头老太太，生无可恋。

"到了那个时候，你又会做何感想呢？光是想想都让人不寒而栗啊。你会欲哭无泪，日日哀叹：'唉……早知深爱的人会受这样的折磨，当初为什么不听黑川的话呢，那样她的容颜就不会受到惊恐的荼毒，她还能证明自己是清白无辜的，美丽的脸上没有阴霾，一直是社交界瞩目的焦点……'

"想到这些我便心满意足了。到时你们两人会多么凄惨，惶惶不可终日，因恐惧而憔悴……只需想象你们的惨状，我心头的伤痛便可痊愈。

"你明白了吗？你们最幸福的结局也不过如此啊。稍有差池，秋子便会立刻被关入阴冷的牢房，你们连一天夫妻都做不成，想说句话都难。实在想说话，只能隔着监狱的小窗，在狱卒的监视下看着对方被泪水打湿的苍白面容，互通心意个三五分钟。唉，真是太悲惨了。

"北川，即便如此，你还是不愿意放弃秋子吗？"

听着听着，我觉得整颗心跌进了冰窟窿。他巧言描绘出的悲惨末路确实可怕，但他那怨灵一样的执念更是瘆人。光是被那双眯成细缝的眼睛盯着，我就阵阵发冷。

他就是这样一个人。如果有朝一日我真的与秋子结婚了，他一定会从第二天就着手报复。到时等待我们的会是多么凄惨的下场啊，我自己受罪也就罢了，可是为了秋子，也绝不能与他为敌。

好吧。事已至此，我只能选择用最真挚的爱去爱秋子了。寄希望于交换条件的爱并不真挚，我要拿出的是别无所求、勇于牺牲的爱。

"好，我答应你。秋子是你的了。"

我强忍着悲痛说道。

然而听到这话，黑川的表情竟然没什么变化，不过是一双眯缝眼稍稍睁开了些。接着，他像是从一开始便料到我会让步似的，用公事公办的口吻说：

"嗯，这才是我认识的北川。做这个决断是挺不容易的。不过你可别反悔。你要是反悔，秋子当天就会被送进大牢。希望你别忘了。

"那我们一言为定。再过两三个小时就有下行列车了，不过你肯定也累坏了吧？我让下人帮你铺个床，就在我这儿休息休息吧。等你回了幽灵塔，请务必履行方才的承诺，听见了吗？你要立刻去见秋子，装出对她十分鄙夷、多说一句话都嫌脏的样子，用我刚才教你的话与她断绝感情。

"你可不能心软哦。秋子的后半生是幸还是不幸,全系在你身上了。请你务必端正态度,演好这场戏。千万别忘了这是为秋子的幸福着想。你要是不甘心,就想象一下秋子被关在牢里的惨状,明白了吗?"

"知道了,我不会毁约的,但也请你尽快证明秋子的清白。说实话,我真的很想弄清楚当年的真凶究竟是谁。可我就算问了,你应该也不会告诉我,不然就等于是把最重要的武器拱手让给了我,所以我也不打算逼你说出来。但请你千万不要忘记今日的约定。如果我发现你在说谎,绝不会善罢甘休。诉诸法律太磨蹭了,我没那份耐心。到时,我会直接采取行动,你这条命恐怕是保不住的。"

"哈哈哈哈哈……你尽管放心吧。只要秋子点头答应,我就立刻向有关部门检举真凶。即使那人拒不认罪,我手里也有确凿的证据,法院判他有罪不过是时间问题。

"到时候又会发生什么呢?你可以想象一下。秋子会成为忍辱负重的奇女子,受到全社会的追捧,得到人们的尊敬。你心爱的女人将从罪恶的谷底一跃登上荣耀的山巅,还有比这更让人欣慰的吗?到时候,你会打从心底里庆幸曾经的忍痛割爱。"

黑川好似玩弄老鼠的猫,舔着嘴唇,眯缝眼的眼角甚至挤出了恶心的皱纹,尽情折磨败下阵来的我。

我紧咬下唇,承受着这份痛苦,强忍着不让泪水夺眶而出。

"秋子……秋子……正因我深爱着你,才甘愿忍受这样的痛苦和折磨……秋子……秋子……"

我在心中反反复复呼唤她的名字。

绿盘的秘密

与我完成残忍的交易后,黑川律师命人在另一个房间为我铺床,建议我稍作休息。可我怎么睡得着呢。

我竟不知人世间有如此痛苦而悲惨的处境。为了坚持对恋人的爱,唯一的选择就是舍弃她——不告诉她自己有多大的苦衷,硬是斩断情丝,让她主动离开,否则黑川律师便不会出手相救,他会将只有自己知道的有力证据雪藏起来,到时她就只能背负可怕的罪名,在监狱中哀号。

杀害养母、越狱还有这一次的毒杀养父未遂,条条都是重罪,如妖魔般压在秋子纤弱的肩头。她明明是无辜的,却毫无辩解之法,仿佛被命运诅咒了一般,这是何等不幸。我若想救她,唯有狠心抛弃她这一条路可走。这是多么残忍的逻辑啊!

但最终,我还是放下了私欲,决定救她于水火。我吞下眼泪,将心爱的恋人让给可恶的黑川律师。

"千万别忘记昨晚的约定。回了幽灵塔见到秋子之后,你就明确地告诉她,你这辈子都不想再跟她说话了。这才是唯一能救她的方法,明白了吗?"

直到送我出门时,黑川还在没完没了地叮嘱。我左耳进右耳出,草草辞别后便赶往车站,搭乘最早的列车回家。

从长崎坐火车到 K 镇大概需要一小时。清晨六点多,我就下了车,在车站门口包了辆人力车回钟塔公馆。为谨慎起见,车夫跑起来之后我问起了秋子。车夫答道:"您说钟塔公馆的小姐呀?她昨天很晚才回来,恰好是我拉的。"太巧了,我刚好坐上了昨晚拉过秋子的人力车。

"你肯定送她回了公馆吧?"

"不瞒您说,她没回公馆。"

车夫一边跑,一边迅速回头看了我一眼,意味深长地笑了。

"没回公馆?那你送她去哪儿了?"

"是个挺奇怪的地方……您知道乌婆开的千草屋吗?"

"嗯,知道。"

千草屋是一家阴森可怕的花店,坊间盛传老板娘乌婆暗中售卖毒药。我见过帮乌婆跑腿的男孩,还从他口中得知了之前那封假电报的发报人是肥田夏子。

"送到千草屋门口,小姐说'到这里就行',然后就下车了。"

"你就这样回去了?"

"是啊……从千草屋到钟塔公馆还得有七八町呢,周围黑黢黢的,走夜路多危险,所以我还说在门口等她办完事出来,但她让我别等了。"

秋子为什么要去那家恐怖的花店?深更半夜,她总不会是去买花。把车夫打发走也很反常。要不顺路去千草屋打听一下吧。

出了镇子,便是宽阔的田间土路,清晨宜人的空气扑面而来。山头紫烟袅袅，山脚朝雾摇曳。车夫沿着唯一一条白色丝带般蜿蜒的道路奔跑，身后的车座随之上下颠簸。

走到半路，我忽然发现路边站着个脏兮兮的孩子。咦？这张脸好眼熟。就在我细细打量他时，孩子也抬头望向车上的我，窃笑起来。啊！原来是他！那个常给千草屋跑腿的孩子。前些天，也是他特意赶来长崎告诉我假电报的出处。来得正好，逮住他打听打听吧。这小子贪心得很，给他一块银圆，他就什么都能说。

我下车走到远处，免得说话被车夫听见，随后招招手让那孩子过来。

"大叔，你是不是要打听钟塔公馆的小姐？"

他跑到我跟前，一句话就猜中了。这孩子真是狡猾极了，长大了肯定是本地一霸。

"没错。你知不知道她昨晚去过千草屋？"

"知道呀，我还亲眼看到了呢。"

"那你知道她去千草屋做什么吗？"

"知道啊，但我不能随便告诉你，因为那好像是小姐的秘密。"

"你这孩子……得了，这个给你，快告诉叔叔，小姐去那儿干什么了？"

我掏出一枚五十钱银币[1]递给他。男孩一把夺了过去：

"才五十钱，有点少啊……算了，卖你一个面子吧。我看见小姐付了点钱给千草屋的乌婆，买走了什么东西。"

"买东西？她买花了吗？"

---

[1] 原注：相当于现在的一百日元。

"不是花,看着像什么药,装在一个棕色的小瓶子里。乌婆递瓶子给她时,还四下张望了好一会儿呢,肯定是见不得人的东西。"

听到这话,我不禁心头一凛。那肯定是毒药——秋子深夜拜访乌婆,偷偷购买了违禁的毒药。她要做什么?当然是为了自尽啊!天哪,难道无法弥补的惨剧已经发生了吗?黑川跟我打包票说秋子绝不会自寻短见,可她毕竟是个女人。说不定她终于下了最后的决心……

总之,我得尽快回幽灵塔瞧瞧。一是肥田夏子还在那儿,二是万一真出了什么事,最先接到消息的肯定也是幽灵塔。

我心中焦急,正要回人力车上,男孩却抓住我的外套,不放我走。

"大叔,我还没说完呢。你就不想知道小姐接过瓶子以后做了什么吗?"

"原来你知道啊,怎么不早说!她之后做了什么?"

我忙催问道。男孩却格外淡定,再次伸出右手。

"那你得再给点儿呀。我接下来要说的才重要呢。"

于是我又给了他一枚五十钱银币,抓着他的肩膀催他快讲。

"我心想,小姐都把车夫打发走了,难道她要走漆黑的夜路回公馆去吗?于是便躲在树影里偷看。

"不一会儿,我便看见小姐匆匆忙忙走出花店,一副完全不怕黑的样子。啊不,应该说是'跑',那可真是快得不行啊,我费了老大的劲儿才跟上呢!"

"你的意思是……你跟踪她了?"

"对呀,因为我觉得这是个捞钱的好机会嘛,嘻嘻嘻嘻……我跟了小姐一路,发现她是回了钟塔公馆,但这个回法相当的奇怪。我告诉你啊大叔,小姐昨晚是翻窗进屋的,就跟做贼似的。"

"什么？翻窗？窗子后面有人吗？"

"应该没人吧，因为那个房间黑漆漆的，灯都没开。"

"你就看到了这些？"

"不止呀，还有呢。大叔，你还想听吗？"

男孩咧嘴一笑，意味深长地抬头看着我。真是个烦人的家伙。

"得，再给你五十钱，赶紧说下去！"

"才五十钱啊？大叔，我接下来要说的绝对值一两哎。"

我的心思都被他看透了，虽然窝火，却也只能听他的。无奈之下，我又掏出一枚银币塞给他。

"那我就说啦——小姐的举动太奇怪了，所以她翻窗进屋之后，我也没急着走，就站在外头继续盯着漆黑的钟塔。过了一会儿，大钟正下方的那间房里突然有了亮光。

"但那团光很暗，显然不是开了灯。我仔细一瞧，才发现那是蜡烛的光。是小姐拿着蜡烛走过了那个窗口。"

"然后呢？"

"没有然后了。毕竟人在房间里，我看不清楚呀。我觉得她应该是在那个房间里停留了一会儿，就爬上了钟塔。因为我看见烛光一点点往上升，最后消失了。"

嗯……深夜偷偷从窗户潜入，有电灯却不开，非要点着蜡烛爬上钟塔……这究竟意味着什么？莫非……天哪……难道她……

我彻底慌了神，撇下男孩坐回车上，催车夫加快脚步，以最快的速度赶回幽灵塔。

一到家，我便立刻逮住看门的书童问起秋子，他却告诉我"小姐昨天出门去了，至今未归"。看来秋子像小偷一样翻窗回家的事还无人知晓。事态越发危急了。

我又径直赶往舅舅的病房，可护士说他的情况已经稳定，无须担心，只是这会儿正在小睡。我不愿惊扰病人，便去了肥田夫人的居室。

我问她知不知道秋子在哪儿，可她竟面露忧色，给出了和书童相同的回答，说秋子是悄悄出门的，都没跟她交代去处，到现在也不见人影。虽说肥田夫人平日里谎话连篇，但这次好像并未撒谎。

难道我的预感成真了……我不顾一切地冲上三楼，来到我自己的居室。按那个男孩的说法，昨晚的烛光正是出现在这个房间。我进屋一看，只见桌上有本摊开的书，是那本旧圣经。奇怪，我不记得自己在桌上放过这种东西。病中的舅舅也不可能上楼来。那么知道放圣经的暗格位于何处的就只有秋子了。

啊……对了！也许是秋子拿出了这本圣经，向我暗示自己的行踪。说不定她是为了让我察觉她进了钟塔的迷宫，才摊开了相当于路标的圣经。翻开的封面内侧用歪歪扭扭的字母写着几行咒语。

待到钟鸣，待到绿动。须先上后下，便至神秘迷宫。

之前找到圣经后，我并没有对这段咒语多加研究，所以至今也看不懂。不过秋子说过，当年的大富豪渡海屋市郎兵卫是为隐藏金银财宝建了迷宫，而这段咒语应该是指引后人进入迷宫的关键。

按男孩的说法，秋子昨晚就回了幽灵塔。但我找遍每个房间，都不见她的人影，写有咒语的书又被摊开放在了我的桌上……还会有别的可能吗？结合种种迹象，我只能得出一个结论：秋子孤身踏入了可怕的迷宫。

她应该是要在迷宫里喝下在千草屋购买的小瓶中的可疑液体，从此结束自己的生命。为了不让尸身暴露在众目睽睽之下，死后再受屈辱，她选择了迷宫作为人生的终点。毕竟别人连迷宫的入口都找不到。

按列车到站的时间推算，她回到幽灵塔的时间不会早于昨晚十一点。可是从昨夜到现在已经过去六七个小时，恐怕是来不及了……秋子也许已经变成冰冷的尸体，静静地躺在公馆深处的迷宫之中。

然而这只是我的想象。就算来不及，我也得亲眼看到才能确认，更何况我还是有可能见到活着的她的。总之，当务之急是找到迷宫的入口。

我当然不知道迷宫的入口在哪儿。首先迷宫的存在本来就是个传说，这年头几乎已经没人相信这里藏有宝藏了。

但是至少秋子对传说深信不疑，她经常劝我多研究研究圣经封面内侧的咒语，想必它也对发现迷宫的入口有所帮助。

秋子仿佛蒸发了一般消失在这栋公馆中，令我不得不相信迷宫的存在。迷宫的入口究竟开在哪里？不对，恐怕入口并非"开"着，而是"关"着的。公馆中肯定有一条极其隐秘的通道，平时甚至看不出它关着。

我正琢磨，忽然想起千草屋跑腿男孩的话。他说秋子拿着蜡烛往上走，而不是下楼去了。从这个房间"往上走"，岂不是只有大钟的机械室吗？啊……难道前往迷宫的秘密通道隐藏在机械室的那些诡谲机关中？

待到钟鸣，待到绿动。

咒语里也提到了"钟鸣"！公馆里会报时的钟就只有钟塔上的那个大钟了。那"绿动"又是什么意思呢？这么说来，我记得机械室里好像装了一块涂成绿色的金属板。

我此前对迷宫毫无兴趣，自然也没把咒语放在心上。然而此时此刻，想救秋子的急切心情促使我迅速破解了谜题。没错，一定是那里！我立刻冲向大钟的机械室。

我推开小门，来到机械室外面。里面大约八张榻榻米大，应该还有各种复杂的机械结构，但一眼望去整面墙都盖着生了红锈的铁板，完全找不到入口。

铁板下方接近中间的位置有一块直径三尺左右的圆形铁盘，像窗户的盖子一样紧闭着。它当年应该被刷成了鲜艳的绿色，只是涂料在岁月的侵蚀下逐渐剥落，如今只剩下依稀可辨的痕迹。

我仔细看着，竟发现绿色铁盘下方夹着片一两寸长的布条，而且这布条的花纹跟秋子昨晚穿的洋装一模一样！看来秋子就是从这儿进了迷宫。

我试着用力去推绿盘，可无论是往里推还是往外拉，它都纹丝不动。难道它是横向滑动的？我又开始寻找门把手，却一无所获，锁眼什么的也没找到。既然绿盘夹到了洋装，那就说明它是可以开闭的，但到底怎么操作，我全然没有头绪。

"秋子！"

我急得不禁大声呼唤她的名字，但当然不会收到回应。

莫非我看到的布条不是钩下来的洋装碎片，而是秋子就倒在这绿盘之后？我只觉得厚重的铁板仿佛忽然变得透明，好像能清楚地看见脸色惨白的秋子的尸体一动不动地蜷缩在那里。

"秋子！"

明知是徒劳，我却忍不住喊了两三声。

话音刚落，耳边忽然传来齿轮的嘎吱响声，仿佛是呼喊的回声。"咚！"像敲钟似的声音响彻房间。大钟开始报时了。

一下，两下，三下……现在应该是八点整，钟肯定要响八下。

谁知在钟声响起的同时，我发现眼前也出现了变化。油漆剥落、锈迹斑斑的绿色圆盘竟在缓缓移动。大钟每敲一下，圆盘就横向滑动一寸左右，生出漆黑的空隙。眼看着空隙便变成了两寸、三寸、四寸……越来越宽了。

啊，这就是绿盘的秘密？它是一扇暗门，只有大钟敲响时才会打开。我明白了，终于明白了。咒语里不是说了"待到钟鸣，待到绿动"嘛！

机械室的囚徒

绿盘逐渐滑动，昏暗的缝隙随之变宽，两寸、三寸、四寸……布条也随之移动。我探头一瞧，原来绿盘内侧装有无数尖锐的钉子，洋装正是被钉子钩破的。我看到的果然是衣服的碎片，只是圆盘后面并没有倒地不起的秋子。

这么说，她一定顺利闯过了绿盘这关，深入机械室，正在迷宫深处游荡。

就在这时，时钟敲完了第八下，而绿盘挪出的缝隙也不过八寸多宽。我心想，这么窄怎么过人啊，便双手抓住绿盘使劲推拉。可惜绿盘只听机关驱使，人力奈何不了它。我与厚铁板角力了整整一分钟。突然，绿盘推着我的手猛地滑回原处。一眨眼的工夫，黑暗的缝隙就被封上了。我的手指差点被铁板夹住，酿成惨祸。

奇怪，开口如此狭窄，秋子是怎么进去的？刚才的开口呈半月形，最宽的地方也不过八寸，她再苗条也不可能钻进去啊……

啊，对了！现在是八点，所以圆盘只开了八寸。每过一小时就多开一寸，如此说来，开口到了十点就会变成一尺宽，到了十二点则会有一尺两寸宽。秋子是昨晚十一点多回来的，所以极有可能在午夜十二点的钟声响起时钻了进去。一尺两寸宽的开口，别说是秋子，我这样的大个子也足以通过。

要是我知道大钟怎么调，就能立刻将时针拨到十二点的位置，让钟敲十二下，绿盘的缝隙开到最大。只怪我之前把大钟的事统统丢给秋子，完全不上心，现在才束手无策。如今我只能等待正午十二点的钟声响起，除此之外想不出任何可行的方案。

不过，我打算迈入的是一个无比可怕的地方，当年钟塔的建设者甚至也被困在里头活活饿死。为防万一，我必须做好万全的准备。距离十二点还有四个小时，我不能干等着。

于是我走下钟塔，先去探望了舅舅，委婉地与他道别，然后把自己关在屋里，写了一封近似遗书的信。我在信中道出了秋子的身世，还交代了我为救她进入迷宫，如果我也被迷宫困住、无法脱身，请务必砸开钟塔解救我们。

不过这些准备工作的前提都是"秋子仍然活着"。如果她已变成冰冷的尸体，我也不打算活着走出迷宫了。我与黑川有约在先，就算与秋子双双生还，也无法再继续爱她。一想到这儿，我便觉得死了反而轻松。在世间罕见的迷宫中殉情，倒是我求之不得的结局。

写完"遗书"，收拾好东西，时间也差不多了。我提前吃了午饭，还打包了一份面包与冷肉以防万一。香烟、火柴、水壶、蜡烛之类的东西也统统备好了。当我带着全部装备再次回到钟塔的绿盘跟前时，已经是十一点五十五分。

如果我的命运与渡海屋市郎兵卫同样悲惨，这就是我最后一次看到外面的世界。想到这里，我还是不免有些害怕。但是转念一想，秋子也在迷宫之中，无论生死，我总能再见到她的……于是我将恐惧抛之脑后，焦急地等待那一刻的到来。

片刻后，齿轮转动的嘎吱声传来。响亮的钟声令我的胸腔跟着嗡嗡作响，眼前的绿盘开始一寸寸滑动。果不其然，第十二下钟声响起后，眼前的开口达到了一尺二寸左右。我侧着身子迅速爬了进去。这种感觉格外奇妙，仿佛整个人被铁巨人一口吞噬。

眼前十分昏暗，什么都看不见，但能感觉到四周都是凸起的铁块，空间十分狭小，转个身都很困难。我伸手四下摸索，却没有摸到任何像是通道的东西。这里不可能是尽头，秋子必定通过什么密道离开了这里。

就在我因黑暗仓皇失措时，身后传来"咣当"一声，绿盘恢复原位。我彻底与外界绝缘，光线也被挡在外面，机械室中变得一片漆黑。不过我早已料到这样的情况，安心掏出随身带来的蜡烛点着。

红褐色的火光将机械室的内部照亮。映入眼帘的景象十分离奇。钟塔毕竟建成于明治之前，各种结构与现代的机械装置大不相同，其中还掺杂着木质齿轮等零件，乍看十分粗糙古旧。打个浅显的比方，就像是把闹钟的机械结构放大了千百倍。

大小不一的齿轮相互咬合，粗重的铁链纵横交错，支撑齿轮芯轴的铁托架旁逸斜出。每个部件都布满油污，散发着机械工厂的气味。

如此巨大的齿轮，真能用发条驱动吗？还是说是靠摆锤，没有发条也能用重力驱动？不过现在可不是研究时钟机械结构的时候。我得尽快找到迷宫，明确秋子的位置。这才是我唯一的目的。

我左照照，右照照，仔细查看每一个角落，希望能找到密道。然而除了刚才进来时通过的绿盘洞口，再也找不到第二处能过人的通道了。我四处摸索，时而推拉，时而敲击，却没找到一个能活动的部分。

我逐渐焦躁起来。说不定在我受困于此、磨磨蹭蹭的同时，秋子她……一想到这儿，我快急疯了，明知是徒劳，还是禁不住四处敲打，以至于双拳都流血了。

不知不觉中我折腾了快一小时，又过了一会儿，齿轮转动的嘎吱声再次传来，代表一点的钟声震耳欲聋。与此同时，我有了新的发现。

我惊讶地看见右手边的石壁竟然动了。因为完全没想到厚重花岗岩砌成的墙壁会动，之前我几乎没注意到那边。现在仔细看就发现石墙上端嵌入了厚重的铁圈，铁圈上拴着长长的锁链。锁链穿过天花板上的滑轮，与另一头的绿盘一角相连。

有了这套机关，当大钟敲响、绿盘滑动时，绿盘滑开多少，石壁就会被相应地吊起多少。届时石壁下方便会出现洞口。现在是一点，所以绿盘的开口与石壁下方的开口都只有一寸左右。我把双手插进缝里，试着抬起石壁，但它纹丝不动。

啊，多么小心谨慎！即使有人过了绿盘那关，还有这第二道关卡等着他。也不知该说迷宫设计者幼稚还是执着，其思虑之周全让人害怕。

这么说，我必须有等待绿盘开启那样的耐心才能通过石壁。至少要到今晚十点以后，才会被吊起到足以让人通过的位置。就算我想用爬的，也得等开口的高度超过一尺，否则绝对钻不进去。

我最快也要在这里等上九个小时，而且现在也出不去了，要想穿过绿盘，我也得等十多个小时。此时此刻，我已被彻底困在巨大的齿轮之间，成了动弹不得的囚徒。

啊……之后的九小时该多么漫长，我甚至觉得那像长达数日，不，是长达数月的囚禁，让人难以忍耐。

我害怕蜡烛燃尽，便将火吹灭，在伸手不见五指的黑暗与寂静之中听着自己的呼吸与心跳，一分一秒地熬着。即便身陷窘境，五点的钟声敲过不久，胃中还是响起了哀鸣。我用手抓着面包和冷肉，就着水壶里的水，大口大口吃了起来。

吃完之后，我面对的又是无尽的黑暗。外头应该已经天黑了。虽然里外都是黑的，我却感觉到空气有些潮湿。

九点的钟声敲响后，雨点激烈拍打屋顶的声音隐约传来，后来又多了些许呼啸的风声。我甚至能感觉到机械室时不时地在摇晃——后来才知道，那晚下了数年难得一遇的猛烈雷雨。

不久又有闪电亮起来。虽然我所在的空间看起来是密闭的，但强烈如闪电的光还是能透过细微的缝隙照进来。漆黑的机械室中一次次透出微弱的闪光，还伴随着震耳欲聋的可怕雷鸣。

我身在塔顶，又是被关在极度不寻常的机械室中，无法充分感知周围的声响与光亮，于是想象力便开始添油加醋，让我怀疑世界末日是不是来了。

然而惊悚的还不止这些。当雨势稍小，听不到雷声时，机械室下方突然传来凄厉的叫喊："啊——"分不清是人还是动物，一声粗，一声细，最后还有女人的惨叫。看来，不光是上天发怒了，在地上肯定也发生了超乎想象的怪事。

我在这个密闭的机械室都能听得一清二楚，可见事态之严峻。我不由得联想到死亡。那难道不像什么人临死之前的痛苦嘶吼吗？

突然，我想到了在迷宫中徘徊的秋子。天哪，如果那是秋子的声音可怎么办！

我的焦躁、担忧与苦闷可想而知。只是我这个暗室之囚即便听见惨叫，也无法赶去营救，无法喊人来帮忙。啊，我险些要急疯。

就在这样的焦躁与苦恼中，一道闪电突然在我眼前很近的地方划过，像被点着的镁那么亮，仿佛要把天地震裂的雷鸣紧随而来。我觉得自己从头到脚都被震麻了。

应该是钟塔的避雷针被雷电劈中了，我却感觉被劈中的好像是自己，猛扑在地。就在这时，第二道闪电袭来。在那一瞬间，地下深处的景象被照得亮如白昼，一个全然不同的世界赫然烙印在我的眼底。

在此之前，我根本没察觉到脚下是粗大的格栅板，透过它们的缝隙便能看到正下方的竖井，它贯穿三层塔楼，直通遥远的地底。

幽灵塔的墙壁本就建得很厚，在此基础上还在许多地方设置了不必要的厚墙，有些理应是房间的空间却被墙壁包围，整体结构显得非常怪异且不规则。这个竖井应该是将墙后的空间串联起来、直达地底的密道之一。在机缘巧合之下，闪电透过缝隙照亮了竖井底部。

借助转瞬即逝的亮光，我看见下面有个令人吃惊的东西——一个蜷缩着倒在地上的人！由于离得太远，别说是长相了，我连那人穿着什么衣服都看不清，但那绝对是个蜷着一动不动的人，就跟死尸一般。

莫非那是秋子？还"莫非"呢……除了秋子，还有谁进得了这座迷宫。就是她吧……肯定是她。看她那样子，可能已经服下毒药了。啊，救出秋子的希望已经彻底破灭了吗？

倘若真是如此，我就失去了在人世间苟活的意义。我要赶快下到井底去，这样就能抱着秋子的尸骸，然后绝食死去。

下定决心后，我反而无所畏惧了。我唯一要做的，便是下到迷宫的最深处。只要能见秋子最后一面，迷宫再复杂又如何？反正我也没打算活着出来。

待到十点的钟声敲响,石壁应声升起,我便毫不犹豫地爬进了更黑暗的深处。

别有洞天

石墙之后是一条低矮的通道，得弯着腰才能勉强通过。我点了蜡烛照明，发现前方出现了两座楼梯，一座向下，一座向上。

既然要去井底，那当然应该往下走。我下意识地往朝下的楼梯走去，脑海中却忽然浮现出圣经上的咒语，"须先上后下"。好险好险……差点就中了设计者的圈套。似上实下，似下实上这不是迷宫的惯用手法吗？要去下面，就得先往上走。

上行楼梯用木板铺成，又窄又陡，几乎和垂直的梯子无异。这地方已经几十年没人走过了，楼梯上蒙着厚厚一层灰。我举着蜡烛凑近一瞧，发现灰尘上有清晰的脚印，一看便是女子所留。这肯定是秋子上楼梯时留下的脚印。这下好了，我都不用琢磨迷宫该怎么走，只要仔细跟着脚印就行。

沿着楼梯爬了三四米，便到了塔顶阁楼附近。然后通道急转直下，连接着更加陡峭的下行楼梯。往下又走了三四米后，我踏上了一座缓步台。走过缓步台又是同样陡峭的楼梯，接着是另一座缓步台，这楼梯就跟高楼大厦的紧急逃生梯似的，怎么走都看不到头。

过了四座缓步台，走完最后一段楼梯，大概就到了地底。湿漉漉的泥土味扑鼻而来。平坦的迷宫终于出现在眼前。蜿蜒曲折的通道非常狭窄，仅容一人通过，两侧是石块砌成的高墙。通道弯来绕去，没完没了。每走六七米，便会遇到或左或右的分岔口。这座迷宫的复杂程度有些超乎想象。

英国汉普顿宫的扇形迷宫享誉世界。据说它的占地面积仅四分之一英亩，通道却有半英里长。而我身处的这座迷宫面积应该也不大，通道却是九曲十八弯，十分令人惊叹。要不是有秋子的足迹可循，我早就晕头转向了。其实仔细观察秋子的脚印，便知她这一路走得也并非一帆风顺。她有时会停下脚步踌躇；有时要往右走了，又改了主意回到左边的路上；有时则会碰到死胡同，往回退好远。看着地上的脚印，我也切身感受到了她这一路耗费的心力。

我感觉自己在来来回回、兜兜转转的小路走了十五六町，这才走出迷宫，来到一片称得上大厅的空间。这里就是迷宫的"内宫"？我高举蜡烛，环视四周，最先映入眼帘的是个面朝下倒在地上的人影。此人位于广场中央，弯着腰，像在鞠躬一般。

天哪，是秋子吗？我连忙冲了过去。虽然看不见那人的脸，但看衣着应该不是秋子。那肯定是个男人，而且身上的衣服并不常见。一件黄罗纱无袖外褂，像是古人穿在铠甲外面的那种，还有灰色碎花夹袄，浅蓝色的皮袜……这显然不是现代人的着装。啊！难道他是……

我立刻绕到前面，想把他扶起来仔细瞧瞧长相。然而我的手才刚刚碰到他，他的身子便跟燃尽的木炭一般分崩离析。"咔嗒咔嗒……"唯有一颗干瘪的骷髅头伴随着干巴巴的响声滚到我脚边，花白的头发在头顶扎成小小的发髻，但已凌乱不堪，显得分外寒碜。

传说竟然是真的！这位正是数十年前被困在自己设计的迷宫，凄惨地不住呼救，最后活活饿死的巨贾渡海屋市郎兵卫！

真是意料之外，情理之中。现实与梦幻交相混杂的异样感慨将我笼罩。我对散落的骸骨恭敬地行了个礼。这时，我忽然发现他的右手好像紧紧攥着什么东西。我跪到地上去看，发现他握着一把巨大的钥匙。我轻轻取下钥匙放进口袋，觉得要进到迷宫的最深处，说不定需要这把钥匙开门。

啊……太好了，原来不是秋子！这里应该就是机械室的正下方。刚才借助闪电的光亮看到的人影一定是他。

我不由得松了口气，又举起蜡烛观察这座大厅的情况，然后意识到，这里还不是真正的"内宫"，而是另一座迷宫的起点。

这是一个内径大约十米的正六边形，墙壁与地面均以石块砌成，建造风格很像监狱。六边形的每一条边上都有一个黑洞洞的入口，里面像是坑道，形状完全相同。我刚才就是从其中之一出来的，所以只需从剩下的五个里选一个进去就行了，可我完全不知道该进哪个。这座大厅的灵感或许是来自地狱的六道轮回，阴森恐怖的氛围也与地狱绘卷无异。

当然，我并不知道选五个洞口中的哪一个才能进入内宫，不过用蜡烛照亮地面，发现秋子的脚印毫不犹豫地延伸进右侧的一个洞口。我跟着脚印走就对了。

秋子对迷宫的熟悉程度实在超乎我的想象。之前无论她如何劝说，我都懒得研究咒语和图纸。不过她毕竟是铁婆的养女，肯定利用闲暇时间狠下功夫琢磨过，所以才能如此了解迷宫的走法。

进了洞口就看到一条和刚才一样蜿蜒曲折的石墙小路，后来还遇上很多迷惑闯入者的岔路，但我并不担心，一路循着秋子的脚印，终于走出第二座迷宫，来到最深处的内宫。啊！我终于发现了秋子的身影！

"秋子！秋子！是我啊！"

我喜出望外地高声喊道，她却没有任何反应。内宫的正中央铺着几块红毛毡，上面摆着五个古旧的铁甲箱。秋子就俯趴在箱子跟前的红毛毡上，一动不动。

啊！难道我来晚了？我紧张得血液都仿佛冻住了，连忙冲到她身边。

秋子头边放着烛台，蜡烛已经燃尽。我将手中的蜡烛插到烛台上，发现烛台旁边倒着一个褐色小玻璃瓶，瓶塞还在。一定是秋子在千草屋买的毒药。

我捡起瓶子，借烛光一看……瓶中的液体直至瓶口，丝毫不少。这么说秋子是还没喝下毒药吗？那她怎会脸色铁青，倒地不起呢？

我立马抱起秋子，去探她的心脏。啊……还有心跳！虽然缓慢而微弱，但她的心脏的的确确在搏动。她没死，完全有苏醒的可能！

我把她瘫软无力的身体抱到腿上，紧贴着她，用我的体温温暖她冰凉的身躯。

她失去意识的美丽脸庞嘴唇微张，露出可爱的贝齿，纤长的睫毛在紧闭的眼下投出阴影，浓密的眉毛微微皱起，皮肤苍白到透明。

我紧抱着她不愿松开，只求永远记住这一刻。她一旦苏醒，我便不得不履行与黑川的约定，对她冷漠以待。而她若是一直不醒，我就会随她而去，离开这个世界。所以现在我只想一直抱着她，即便此生只有这一回也好。

过了一会儿，她的脸上渐渐恢复了几分血色。片刻后，纤长的睫毛微微颤了颤。她睁开了清泉般的双眼。

"秋子！是我！还认得我吗？"

我更加用力地抱住她，盯着她的眼睛问道。

"咦……我这是怎么了……这是哪儿……"

她缓缓扭头环视四周，意识到自己正身处地下迷宫时，惊讶地望向我，虚弱地喃喃道：

"天哪，你怎么在这儿？你是怎么走到这儿的啊？你还能找对路……难道我是在做梦吗……"

"这不是梦。我是来找你的。我一路跟着你的脚印走，所以才没迷路。走到这儿，看见你晕倒在地，我就把你扶起来，守着你好一会儿了。"

"原来是这样……可我究竟是怎么了……我怎么没死呢……啊！我想起来了。我正准备喝药的时候，一道巨雷劈了下来，声音大得可怕，我吓晕了。

"啊……我得赶紧把药喝了。请放开我。为了父亲和大家的名誉，我必须喝下这药。"

她挣扎着去拿那瓶毒药。我连忙按住她，将药瓶迅速藏进口袋。

"我能理解你的心情。你不想损害我们全家的名誉，所以跑来这种地方寻死了是不是？可是秋子啊，你已经不用这样做了，能证明你清白的铁证已经找到了！"

"啊？你说什么？怎么会……"

"是黑川告诉我的。他说他查到了杀害铁婆的真凶，企图毒杀舅舅的恐怕也是那个家伙。黑川已经说了会为你洗清冤屈。你已经用不着那瓶毒药了。走，跟我回去吧，这就去找黑川。"

"这……这是真的吗？"

"谁会拿这种事开玩笑啊！再说了，黑川可是不折不扣的法律专家。如果没有把握，他绝不会说出这番话来。"

"这样……如果真是这样，那可就太好了……"

秋子似乎还有些将信将疑，不过好像捕捉到一缕曙光，看到了卸下心头巨石的希望，双眼炯炯有神起来，脸色也明朗了许多。

这样的好消息当然值得高兴。然而秋子越是欢喜，我就越是忧伤。因为我马上就要与她划清界限了。为何要让她苏醒过来呢？为何不让她就这么去了呢？我不禁在心中荒唐地嘶吼。

"走吧，跟我回去。我是中午十二点进的机械室，说不定这会儿家里人正到处找我呢。舅舅的身子还没好透，我也不想让他太担心，还是赶紧回去吧。"

我握住秋子的手，想把她拉起来。可不知为何，秋子并没有要走的样子，反而问我：

"不，你必须先看看……好不容易来这里一趟，你就不想先看看最重要的宝藏吗？"

"啊？看什么？"

"宝藏啊！不然那个叫渡海屋的富商为什么要大费周章修建迷宫呢？因为他真的把财宝藏在了这里。那个传说是真的。"

我也很清楚传说并非子虚乌有。因为之前我已亲眼见到渡海屋的遗骸。

"你说的宝藏在哪儿？难道已经找到藏宝地点了吗？"

秋子终于又一次笑了，阔别许久、令人怀念的笑声传入耳中。

"呵呵呵呵……你没看见这些箱子吗?它们被悉心安置在毛毡上,里头显然装了财宝啊。

"所以我想打开盖子看看,可是箱子上锁了,打不开。你力气大,能不能试试看?"

原来这里真的是迷宫的"内宫"。铁甲箱也的确是古人首选的容器。

"不需要用蛮力,我有钥匙。渡海屋一直握着呢,应该就是用来开箱子的。"

我走向其中一个箱子,秋子为我举着烛台照明,我将钥匙插进锁孔试着转动。只听见"咔嚓"一声,锁应声开启,不费吹灰之力。

抬起盖子一看,里面装满了麻袋。我取出其中一袋,正想借着烛光仔细观察,谁知袋底突然破了,兴许是年代久远,麻布老化变脆了。哗啦啦……清脆的响声传来,闪闪发光的东西如雨点般散落在地。

"哇,是金币!"

秋子举着烛台,我捏着袋口,一同望着这场突如其来的金币雨不知所措。在烛光下数不尽的熠熠生辉的金币纷纷落下,犹如落叶。眼看着金币在地上越堆越高……

第一口箱子里放着将近二十个同样的麻袋。即便每袋只有一千两,加起来也有两万两,时价高达数十万。而这不过是其中一个箱子,同样的箱子还有四个。换言之,摆在我们眼前的是价值数百万的财宝。

我们都不是贪图钱财的人,可毕竟是头一次见到那么多金币,不由得乐成了童话故事里的开花爷爷[①]。大小不一的金币像秋天的黄叶一

[①] 日本童话中的主人公,曾因为人善良而从土里、木臼里得到大量金币。

样美丽,看得我们眼花缭乱。

"咦,这是什么?会不会是渡海屋的遗嘱?"

我顺着秋子的手指望去,只见箱盖内侧贴着字条。用的是厚实的奉书纸,上面用饱蘸浓墨的御家流[①]字体写着:

今存家财于此,静候战火平息。若后世子孙取之重振家业,实属家门之幸。若无子嗣,则将此家财悉数转赠儿玉青山先生之后,早年先生有大恩于我。

之后附有渡海屋市郎兵卫的签名与花押。

"咦?儿玉青山不是舅舅的祖父吗!"

如此奇缘令我大感惊讶,不禁喊出了声。

"天哪,真的吗?多么不可思议的缘分啊……无意中买下这座公馆,地下却埋藏着传给自己的宝藏,这简直是小说里的情节嘛!"

秋子好像也为养父的天降之喜由衷地高兴,笑得脸都红了。

---

① 江户时代公文使用的字体。

地狱图景

秋子与我置身于地底的洞窟，借着一根蜡烛散发的红褐色微光，打量着堆了一地的各式金币，仿佛误入了梦幻的童话国度，半晌没有回过神来。然而，我们没在做梦，这里也并非童话世界，眼前的情景无疑是真实的。舅舅儿玉丈太郎一跃成了百万富翁。

舅舅成了富翁，黑川律师也打包票会为秋子洗脱可怕的弑亲污名，一切都可喜可贺。除了我，大家都会很开心。为了成全秋子的幸福，我不能再爱她，也不能再让她爱我了，这是何等不近人情的困窘境地。别人沐浴着多少幸福，留给我的就是多少绝望。

如果我是个懦夫，也许会在这无人知晓的迷宫深处利用与秋子独处的机会，践踏人世间的情理与承诺，抱着她强求她与我一同赴死，在地府永远相伴。我甚至能感觉到，这种自暴自弃的欲望犹如夏日的积雨云，在我心中不断膨胀。

然而，我并没有将欲望付诸实践的勇气。不，更准确地说，是我有足够的勇气去克制那股邪恶的欲望。我必须忍耐，为了舅舅，为了秋子，也是为了我自己。

秋子却对我的苦恼一无所知。听到黑川律师已查明真凶的好消息，她大概是松了口气，露出我从未见过的明快表情，同时也为发现这些财宝而喜悦。

"啊……我总算完成了一项使命。光雄，你还记得吗？我在很久以前跟你说过，自己有必须履行的秘密使命。你当时还想刨根问底呢，但我终究没说，只是告诉你时候到了，你自然就会知道。

"我虽然没有向你坦白，却一再劝你好好研究圣经封面内侧的咒语，对不对？因为你是儿玉家的一分子，我盼着你能亲自解开这座迷宫的秘密，找到这些宝藏啊。但你对这件事相当冷淡，一点心思都懒得用。"

秋子因为认定自己洗冤无望，才会决心自杀。我却告诉她有人查出了真凶，而且表现得完全没有怀疑她，也难怪她会如此快活。长久以来，她总是像钢铁一样冷峻，摆出拒人千里之外的态度；然而在这座迷宫中，她忽然变得和寻常女人一样温柔可亲了。

对我而言，这是多么痛苦的折磨啊。与黑川律师的残酷约定将我牢牢束缚，令我甚至不敢对她微笑。她突然变得如此可爱，我却必须装出与她恩断义绝的样子，否则令她如此欢喜、能够证明她清白的证据便会化作泡影，到时她就要再次披上可怕的囚衣。

我将所有的苦楚咽进肚里，不忍再看那张动人的脸，故意用冷漠的口吻回答：

"是吗。我只是没想到公馆中真的像童话一样藏了金银财宝……"

"也对，你这人就是很现实，哪里会冒出小说情节似的想法，我当时很是焦急。好在最后你还是找到了宝藏。不过要不是你及时赶到，我肯定已经没命了。就算醒过来也不会回心转意，早就服下毒药了。

"光雄，你为我做了很多，三言两语根本说不清……我差点葬身虎口的时候，是你救了我；今天你又将我从绝望与服毒的边缘拉了回来。你是我的救命恩人，真不知该如何报答你才好。"

这还不容易，嫁给我就行了——要是在与黑川律师约定之前，我一定会这么爽快地回答，然后与她在这片地底深处的异世界互诉衷肠。看秋子此刻的神情，我甚至觉得她正期盼我这么说。

假使"懊恼"能置人于死地，我兴许会当场气绝。我的立场太尴尬，我面对的折磨又太痛苦！可恶的黑川，可恨的黑川！你简直是恶鬼，是人间的恶魔！可要是不屈服于恶魔的淫威，我就算豁出这条性命，也无法让深爱的秋子过上幸福的生活。

然而，我很坚强，没有失去自制力。我将几乎汹涌而出的热泪拦在眼眶里，冷冷地说：

"快回去吧，得赶紧通知舅舅一声。"

秋子好像吃了一惊，双眼注视着我冷漠的表情。我仿佛看到悲伤在她眉眼间闪过。但她若无其事地说：

"嗯，回去吧。"

说着，她便跟着我往回走。

我们必须借着微弱的烛光穿越地底迷宫，原路返回。不过地上留有秋子和我的两道脚印，只要跟着脚印往回走就不会迷路。

紧张的沉默将我们笼罩。两个人都一言不发，仿佛在试探对方的心思。没用多久，我们便走出迷宫，接着先上楼，再下楼，最后回到了大钟的机械室。

那堵厚重的石墙挡住了我们的去路。激荡的情绪害得我把这事忘得一干二净。

"糟了！大意了……这扇石门十点之后才过得去。"

我回头望向秋子，她却满不在乎地笑了笑。

"不，进来的确要等，但随时都能出去。开门的机关在这儿呢。"

说着，她把手伸进石墙旁边的黑洞，我听到"咔嚓"一声。

那似乎是个用于抬起石墙的开关。哗啦哗啦……铁链摩擦碰撞的响声立刻传来，石墙徐徐抬起。没过多久，底下就能过人了。

她竟然连如此隐秘的机关都查清楚了……我再次对秋子不让须眉的钻研精神产生了由衷的敬佩。

进机械室让我吃尽了苦头，出来却不费吹灰之力。那个绿色圆盘竟然也敞开着。看来，石墙升起确实会带动锁链，使绿盘同时打开。

我们穿过机械室重回人间时，腕表上显示是半夜两点半。

要从钟塔回到楼下，必须先走一段狭窄的楼梯回到公馆的三楼，然后穿过我的居室，也就是铁婆遇害的房间。

从地底带回的烛台上已经换过好几根蜡烛了。我们借着仅有的昏暗烛光，走进一片漆黑的房间。可是才走了四五步，秋子便低声惊呼：

"啊！"

"怎么了？"

我举着烛台回头问道。她指着脚边的地板颤抖着说：

"我好像踩到了什么，地上有个奇怪的东西……"

我将蜡烛凑近地板，发现地上竟躺着一只猴子。

"天哪，还有血！怎么回事！怎么会有这么多血……"

猴子遍体鳞伤，已经断了气。地板上血迹斑斑。

"好像是夏子夫人的猴子。到底出了什么事……"

那确实是肥田夏子的猴子。她平时十分宠爱这只猴子，睡觉的时候都要搂着。

"奇怪……房间里可能发生了什么。"

我将烛台放在地上,快步走向房间的角落,按下墙上的电灯开关。

我们的双眼已经习惯黑暗,白昼般耀眼的光线却将宽敞的房间瞬间照亮。与此同时,地狱般惨烈的景象始料未及地闯入我们的视野。

一个男人倒在我的书桌跟前。他满脸鲜血,表情痛苦,教人多看一眼都心惊胆战。他身上的西装凌乱不堪,有好几处甚至被撕破了。椅子被打翻了,地毯也皱得一塌糊涂,一眼便知房间里上演过一场殊死搏斗。

我与秋子做梦都没想到眼前会出现如此场面,半晌说不出话来,就这样呆呆地站在远处,茫然望着倒地不起的男人。

他的脸实在太丑了。土色的额头下面是一双因憎恶而睁大的眼睛,瞪着天花板。青紫的嘴唇翻了起来,露出两排野兽般的牙齿,仿佛随时要撕咬什么一般。只有穷凶极恶之徒才会有这般令人毛骨悚然的面孔。

他到底是谁?为什么一个陌生人会以如此可怕的惨状死在我的房间?

我深感疑惑,想凑过去仔细检查一番,就在准备迈步时……

"咦,桌子底下好像也有东西!"

秋子紧紧抱住我的胳膊,轻声惊呼,声音微微发抖。

我大惊失色,目光转向死者对面的大书桌下。天哪……那里还有个蜷成一团、躺倒在地的人!

"好像是个女人……"

没错,是个穿着花哨洋装的年轻女子。

245

事出突然，我不禁怀疑起自己的双眼。我是不是产生了巨大的错觉？我是不是正在做噩梦？

不久前，我才在地底的异世界见到渡海屋的骸骨。谁知在人间等待我的，竟是远超地底的恐怖景象、离奇疯狂的地狱绘卷！

倒在血泊中的猴子、面容狰狞的男人与身穿洋装的女人。屋里竟凭空出现了三具死尸。究竟是怎么回事？

十恶不赦

看着这三具尸体，我忽然想起，昨晚被困在钟塔机械室时，我在电闪雷鸣之中听到了两声惨叫，一声粗一声细。当时我以为是塔底的秋子在喊，然而细细想来，秋子明明被雷击吓晕了，哪有大喊大叫的功夫。惨叫必定来自我的居室。粗的那声来自男人，细的那声来自洋装女子。这地方邻近机械室，即使隔着绿盘，也能听得一清二楚。如此一想，眼前的血腥场面顿时多了几分真实感。这并非梦境，亦非幻象。现在可不是发呆的时候！

我先走向浑身是血的男人。谨慎起见，我探了探他的鼻息与脉搏，发现他确实已经死了。接着，我又钻到大桌底下，碰到了洋装女子。她还有体温。脉搏虽然微弱，但仍在跳动。

"秋子！快来帮忙！这个人好像还有救！"

就在我喊秋子的同时，秋子也喊道：

"光雄，这人是长田啊！虽然面貌变化很大，但他肯定是长田长造！"

"啊？你说什么！"

我大吃一惊，连忙爬出桌子，折回男人旁边。

还真是……听秋子这么一说，我重新打量了他的着装与发型，确定此人正是青将军长田长造。不过我还真没想到活人与死人的面容竟会有如此巨大的差异。生前的长田有一张叫人生厌的平板面孔，但好歹称得上俊朗。他死前应该是经历了极度的痛苦，此刻整张脸才会布满丑陋的皱纹，龇牙咧嘴，如同刚从地狱爬出来的恶魔。

秋子的视线仿佛被定在了这张丑陋的死人脸上，随后她本就动人的双眼竟绽放出鲜活的光彩，双颊也霎时涌上了血色。

"啊……我终于把一切都想明白了！光雄，除了寻找到宝藏，我还有一项更重大的使命。我感觉这项使命也要达成了。

"你能体会我此刻的心情吗？我的使命，就是为可怜的和田吟子……为含恨死在狱中的和田吟子洗清冤屈，找出杀害吟子养母的真凶啊！"

秋子激动得忘乎所以，令我不禁担心她是不是疯了。

为自己沉冤昭雪，正是秋子的头号使命。我已知晓事情的来龙去脉，并不觉得这有什么奇怪。问题是要想证明她的清白，不得先揪出真凶吗？秋子是找到真凶了不成？

"那……难道你……"

我被自己脑海中闪过的想法吓了一跳，脸色大变，望向地上那具丑陋的尸体。

"嗯，没错。我之前怎么没想到呢……肯定是亡母在天有灵，指引我发现了真相。而他是遭到了天谴，他丧命的地方，正是六年前行凶的房间。"

"你的意思是，长田长造是杀害你养母的真凶？"

我急忙问道，心头猛地涌起一股喜悦，尽管我还没反应过来自己如此欣喜的缘由。

"嗯，一定是这样！你还记不记得，长田曾在乔迁宴那天晚上突然来访。十二点的时候钟声响起，他大惊失色，吓得浑身颤抖。我总算明白他在怕什么了。

"六年前的案发当晚，我在十二点钟声响起的时候听到了养母在惨叫，赶紧冲去她的房间查看。但是真凶早已逃之夭夭。

"当年屋里还没装电灯，一片漆黑。我只能摸索着靠近养母的床，想去查看她的情况。可她误以为我是凶手，猛地张嘴咬住了我的手腕。

"于是这个伤痕便成了铁证。我明知真凶另有其人，却越描越黑，最终被判有罪。

"但我现在彻底明白了，真凶就是长田长造！不然他为什么要怕十二点的钟声？不，这天谴才是最确凿的证据啊。这恐怖的死法，比任何证据都有说服力！"

秋子的直觉并无确凿的证据支撑。然而她表现出的仿佛被附体般的亢奋，让我感觉到了超乎逻辑的真实，不得不相信她。

长田长造是铁婆的养子，但案发前不久，他一气之下离家出走了，于是才有站得住脚的不在场证明，没有被警方怀疑。可他的"不在场证明"可能另有玄机。

"应该就是这样了。可他溜进我的房间做什么？还有，书桌底下的女人又是谁？把她叫醒以后问一问，说不定就能弄明白了。"

"啊！是啊，我光顾着自己，把她给忘了，真是不好意思。赶紧把她抬到床上去吧！"

于是我们一起用力拽出桌下的女人。没想到电灯的光线才刚照到

249

她的脸,我们便不由得齐声惊呼:

"咦?这不是荣子小姐吗!"

"噢!是荣子!"

多么不可思议的夜晚啊。我们一度以为池塘中的无头女尸是三浦荣子,后来却发现那是"替身"。自那时起,荣子一直下落不明,此刻竟突然出现在我的房间里。

仔细一看,她好像并未受伤,只是晕了过去。我们就先把她抬到了房间角落的床上。

秋子拿起床头小桌上的水壶,往杯子里倒了些水,想要喂给荣子。我拍着她的背,还模仿别人给她做了人工呼吸,并在她耳边大声叫她,用尽了办法。过了一会儿,荣子终于苏醒了。

她一睁眼便开始说胡话:"他呢?他呢?"东张西望的时候看到了惨死的长田长造。

"天哪……他果然……这是天谴!他遭天谴了啊!啊啊啊太可怕了……"

她的自言自语与秋子相似得惊人。说完,她突然哭倒在床上。

"荣子,这些天你都躲在哪里?这房间里到底发生了什么?"

无论我怎么问,荣子都只是如孩童一般号啕大哭,根本无暇回答,哭声中还掺杂着几句"对不起""对不起"之类的道歉。

就在这时,有脚步声从门外传来,接着则是敲门声。

"光雄!光雄!大半夜的,出什么事了?快开门啊!"

是舅舅的声音。靠着走廊的房门被反锁了吗?我连忙走到门口,发现钥匙还插在锁眼中。我立刻转动钥匙,把门打开。

只见书童和女佣一左一右搀扶着大病未愈的舅舅站在门外。之前他也听见了雷鸣中的叫喊,这会儿我屋里又闹出这么大的动静,他实在坐不住,便亲自上来查看情况了。

我与秋子简明扼要地讲述了昨晚到现在发生的种种,包括迷宫中的财宝、长田长造和三浦荣子的情形,听得舅舅目瞪口呆。

"我们正准备跟荣子问个清楚。"

"嗯,我也想赶紧问问。荣子!你究竟是怎么了?你要让我担心到何时啊!"

舅舅走到床边,把手搭在荣子肩头责备着。

荣子在我们跟舅舅说话的时候也许已经哭够,眼泪都快流尽了。她脸色苍白,面容憔悴,双唇也毫无血色,与先前判若两人。

"对不起……对不起……我没脸见你们了……我怎么又活过来了呢,还不如死了算了……

"我说……我这就把一切都告诉你们,说完了任凭你们处置。舅舅,光雄,秋子,请你们慢慢听我说……听我这个罪孽深重的女人向你们忏悔……"

接着,荣子像身患热症的病人一样滔滔不绝起来,消瘦的脸颊稍稍恢复了血色,通过苍白的皮肤,还能看到她额头上的青筋。

"我是被骗了,被那个长田长造给骗了。他是个恶魔。就在刚才,恶魔遭到了天谴。他肯定想不到自己会那样死掉。

"秋子,我是恨过你,恨你夺走了光雄的心。对不起……不跟你道歉,我的忏悔就不真诚了。

"那时我一心想要揭穿秋子的身世,让光雄后悔一辈子。轻泽家的事件发生后,我自知无法留在舅舅身边,便离家出走了。但离家之后,我也没忘记秋子的事,还是想揭发她的秘密。不知该去哪儿时,我偶遇了钟塔公馆曾经的主人长田长造。

"我心想,长田对公馆再熟悉不过了,一定可以帮我拆穿秋子的真面目。只怪我当时认定秋子是公馆当年的女佣赤井时子。

"于是我便主动接近长田,而长田也用花言巧语迷惑了我,让我与他定下了婚约。

"大家应该还记得乔迁宴那晚的事吧。我说服了长田,带着他突然回家,只为揭露秋子的真实身份。我的'偷袭'是成功的,可长田失败了。因为秋子一点都不像那个姓赤井的女佣。

"但长田认为这样就放弃为时过早。他对我说,那个女人肯定还藏着可怕的秘密,关键在于她左手戴的奇怪手套。只要脱下手套看一看,就能查清她是什么人了。他就这样怂恿我去探查秋子手腕的秘密。

"后来就有了那场骚动,接着发生了我从书库消失这种不可思议的事。"

短剑是如何凭空出现的?荣子是如何从门窗紧闭的房间瞬间消失的?看来谜底即将揭晓。我们盯着坐在床上讲述的她,听得专心致志。

"那天我正在书库的隔壁跟长田说话……然后光雄你进屋来了。长田说他不想见到你,就从窗户翻了出去。我以为他回木屋去了,便像往常那样跟你搭话,希望能重归于好。

"谁知我说的那些话都被长田听到了。他假装回去,其实仍躲在墙后的暗格里。除了长田,没有人知道暗格的存在和入口的位置。据说当初设计公馆的人特别喜欢秘密机关,让人建了许多精巧的密道,连建筑专家都瞧不出入口在哪儿。装修的时候大概也没人察觉机关的存在,所以原样保留了下来。

"长田从小在公馆长大,熟知密道的位置。趁着你在看书的时候,他从开在书库墙壁上的入口缝隙，捅出涂有毒药的短剑弄伤了你。因为他嫉妒你。他发现我心里还惦记着你，一气之下就做出了那种事。

"我对此并不知情，只想当着你的面揭露秋子的秘密，便把秋子拉去了隔壁。然后……我看见了她手腕上那道可怕的伤痕。秋子，实在对不起……可你是无辜的。即使你就是和田吟子，你也是清白的。长田都告诉我了，他才是残忍杀害养母的真凶。所以他才遭了天谴。惨死在六年前亲手杀害养母的房间，这不是天谴还能是什么！"

天哪，果然是这样……秋子的直觉没错。一想到这儿，异乎寻常的欣喜再一次涌上心头，让我全身心为之雀跃。

荣子这番话意味着我们无须黑川律师，也能证明秋子的清白。没错！黑川手中唯一的武器，已然变得一文不值！我再也没必要为了拯救秋子服从他那毫无道义的要求了！我也不用装出要与秋子恩断义绝的样子，不用把秋子拱手让给黑川那家伙了！想到这里，我差点不分场合地跳跃起来。

然而，荣子疯狂的忏悔还远未结束。

"我看到了手腕的秘密，所以秋子你当时气坏了……我至今无法忘记你那可怕的表情。然后我们两个像泼妇似的扭打起来。就在我脚下一滑摔倒在地的时候，光雄的呻吟从书房传来，秋子立刻撇下我跑了过去。我摔得很重，忍着剧痛刚要起来，却看见眼前的墙壁悄无声息地打开了。

"我无论如何都没想到墙壁上会有那样的暗门，吓了一大跳，想要逃跑，谁知长田从那个黑窟窿里探出头来，做了个'别出声'的手势，还招手让我过去。

"然后我就从那个房间消失了。我遵照长田的吩咐，在暗格中躲到了深夜。

"长田说,'这是求之不得的好机会,我想到了个好主意。我们顺势演一出戏,假装你被人害死了,再用这个房间的桌布把冒牌的尸体裹起来,沉到后院的池子里。如此一来,警方一定会怀疑到秋子头上,这不正合你的心意吗?'我一时糊涂,同意了他的计划。

"之后的事情你们都知道了。那具无头女尸是长田偷偷弄来的。他用很多钱贿赂了长崎医院的人,从用于解剖实验的尸体中找了一具年纪跟我差不多的,装进棺材运到了这里。"

啊……原来是这么回事。没想到那是做实验用的尸体。不过森村探长真不愧是刑侦专家,当时就表示"破解谜题的关键恐怕在长崎",匆忙离开了公馆,恐怕早就察觉尸体的来源了。

"从那天起,我便是死人一个,要是一不小心被人看见就糟了。这时长田又出了个主意……你们知道千草屋吧?在他的提议下,我躲进了乌婆家的壁橱里。乌婆私底下卖毒药挣外快,长田涂在短剑上的毒药也是在千草屋买的。大概因为有这层关系,乌婆也不好拒绝他藏匿我的要求。

"说起毒药,还有一件更可怕的事。无头女尸的计划败露之后,他又想到了另一个栽赃秋子的法子。这一回,他盯上了舅舅。他企图用短剑上的那种毒药把您毒死!

"现在回想起来,我都怕得浑身发抖。可我当时光顾着恨秋子了,完全没意识到不对劲。不,不仅如此,我还感激长田帮着出馊主意,一心祈求'这一次能顺顺利利'呢,现在想起来都后怕……

"这一回,计划好像成功了。长田暗地里也使了不少手段,向舅舅告发了秋子。我听说那个叫森村的探长已经为逮捕秋子赶到了公馆。

"可长田越发欲壑难填,他打听到幽灵塔的建造者在某处修建了迷宫,藏了各种金银珠宝,便打起了财宝的主意。

"说起这件事,秋子那个叫夏子的随从也是长田的同伙。夏子告诉长田,那本圣经封面内侧的咒语绝不是瞎编乱造的,而且圣经就藏在光雄的房间里。于是长田昨晚就偷偷溜进了这个房间……"

原来是肥田夏子给他带的路。不难想象,她偷了秋子研究迷宫的成果——那个笔记本——试图与哥哥岩渊甚三、股野医学士合谋找出宝藏,却迟迟没有进展,便转而撺掇可以自由出入钟塔公馆的长田,把藏圣经的位置告诉了他,想要借助这个恶人破解迷宫之谜。

"在千草屋的壁橱里待久了,我产生了不祥的预感,疑心渐起,越想越觉得长田的举止不对劲。想着反正夜已深,不怕被人瞧见,于是昨晚我第一次走出千草屋,跟踪了长田,一路跟到这个房间都没被他发现。

"我好奇他想干什么,便躲在房间角落里瞧着。看见长田先把房门反锁——他竟然有光雄房间的钥匙,我也不知道他是从哪儿弄来的——然后坐在书桌前,打开手电筒,开始看桌上的圣经,专心研究上面的咒语。

"他看得正专注,外面却响起了巨大的雷声,还有暴雨的声音。就在这时,黑暗中好像有什么奇怪的东西发出'唧!唧!唧!'的恐怖叫声,猛地窜上了书桌。

"现在回想起来,那应该是夏子的猴子。只是事情来得太突然,我根本没反应过来,只觉得那是特别恐怖的怪物。

"我吓傻了,正在干亏心事的长田就更不用说了。毕竟大家都在传他亲手杀死的养母化作了怨鬼,时常出没在这个房间啊。一见到那怪物，长田便'啊'地叫了一声，站起来躲开，可怪物竟突然扑向了他的胸口。

"现在我猜夏子的猴子应该是不知怎的闯进了这个房间，可长田把门锁上，害得它出不去了。这时外面又打起响雷，猴子被吓得发了狂，只想钻进人的怀里躲一躲。

"之后的事我也记不清了。他们惊天动地地搏斗了起来。我怕得要命，使劲儿往桌子底下钻。长田最后应该是把猴子勒死了，但他自己也因惊恐过度丧了命。其实他得了一种叫'动脉瘤'的可怕疾病，只是一直没告诉别人。他肯定是因为这种病才暴毙的。

"我躲在桌子下面瑟瑟发抖的时候，听到了一声凄厉的惨叫，吓得我整个人都僵硬了，然后就脑袋发麻，晕了过去。多么可怕的天谴啊。可老天爷为什么不取走我的性命呢？是为了让我活着受更多的罪吗？嗯，一定是这样……我还没有接受任何惩罚，从今往后，我必须为自己赎罪。

"舅舅，光雄，还有秋子，我听凭你们发落。请你们惩罚我吧。这是我唯一的愿望。"

荣子用疯癫的口吻迅速说完这一大通已是精疲力竭，接着就把头埋在枕头里，失声痛哭起来。

大团圆

当天早晨,骚动尚未平息,黑川律师便不请自来,显然是为了确认我的"恩断义绝"对秋子产生了怎样的效果。

然而事态已经走向他始料未及的方向,使他大惊失色。真凶长田长造已经不在人世,他唯一的武器就此失去了效力。

听我讲完事情的来龙去脉,黑川脸色铁青,闭目沉思了一会儿,便抬起头,像是放下了心中的执念,毅然决然道:

"北川,请原谅我的卑劣做法。我并非因为失去了唯一的武器才这么说。看到惨死的长田长造,我才深刻地认识到天意是多么可怕。我怎么想对你而言都无所谓了,但我还是决定痛快地放下长年的执念。秋子是你的了。请务必允许我参加你们的婚礼。"

既然他大度地提出了这样的请求,我也欣然应允。

终于守得云开见月明了!秋子曾被宣判无期徒刑,在监狱以泪洗面,之后又假死越狱,甚至接受了可怕的脱胎换骨术,为了洗清冤屈勇敢地抗争。警方曾怀疑她是杀害无头女人的凶手,也曾怀疑她毒害养父未遂。她熬过了欲哭无泪的年头,为了完成悲壮的使命忍辱负重。

如今跌宕坎坷的命运告一段落，她终于迎来了人生的春天。

秋子的幸福自然就是我的幸福。虽然我曾因为她险些被毒剑夺去生命，因为她沦为蜘蛛屋的囚徒，因为她在科学怪人的地下室黯然神伤，但此刻包裹着我们的，是温暖柔和的阳光。

一个月后，舅舅的身子彻底恢复了。我与秋子……不，是吟子的婚礼隆重举行，规模足有昔日那场"养女亮相宴"的好几倍。我们夫妻俩还成了儿玉家的继承人。

忙完婚事，我们立刻踏上了为期三周的蜜月之旅。期间，我还陪着吟子故地重游，来到了上海，并在野末秋子小住过数月的酒店房间度过了两个愉快的夜晚。

吟子改头换面之后曾经旅居上海一年有余，出版了题为《上海》的文集，是小有名气的新锐女作家。我们后来去东京时，文学界同仁为"闺秀作家野末秋子"召开了盛大的欢迎会。再加上吟子的坎坷命运，使她迅速成为各大报刊社会版的焦点人物。当然，我们还想拜访芦屋晓斋老师，然而红砖洋房门口贴出了"吉宅待售"的告示。我们忙向看家的打听芦屋老师的去向，才知道他在几天前携带大量书籍归隐山林了。那神奇的脱胎换骨术恐怕也会随着老师的隐居就此绝迹吧。

舅舅一跃成为百万富翁，不过他向来恬淡无欲，不愿将这笔巨款留作己用。我和吟子当然也尊重舅舅的想法。唯一的问题是，我们得琢磨琢磨如何用这笔钱才更有意思。

蜜月旅行期间，我们时常探讨这笔巨款的用途，也非常享受讨论的过程。吟子从自身经历出发，提议用这笔钱援助全国各地的刑满释放人员。而我觉得，既然渡海屋市郎兵卫如此喜爱机械机关，不如用他的遗产创办科学研究所，也算是告慰他的在天之灵。

数年后，我们夫妻的灵光一现都收获了成果："儿玉刑满释放人员援助协会"在全国各大监狱所在地设立了分支机构，一步一个脚印地推进着。而以幽灵塔为基地、建于公馆一角的"儿玉科学研究所"则为数十名学者提供了研究经费，迄今已催生出百余项造福社会的发明。

幽灵塔的故事就这样迎来了大团圆结局。三浦荣子在那场骚动之后彻底洗心革面，成了援助协会的得力干将，取得了惊人的成绩，还被人们叫作"改造之母"。黑川太一的律师事务所也生意兴隆。结案后不久，森村探长便辞职创业，开了家私家侦探社，成了享誉全国的名侦探。肥田夏子则悄悄溜出了钟塔公馆，据说她跟哥哥岩渊甚三以及冒牌医学士股野礼三不敢继续待在国内，便远走高飞去了上海。另外，千草屋因私售毒药遭到惩处，整家店都被拆了，乌婆也就此销声匿迹。

自注自解

《幽灵塔》在《讲谈俱乐部》的连载始于昭和十二年一月号，终于昭和十三年四月号。第八卷《白发鬼》与这篇《幽灵塔》改写自黑岩泪香的翻译小说。执笔前，我已征得泪香之子黑岩日出雄先生的同意，并奉上了酬金（此事在《白发鬼》的后记中有所提及）。《白发鬼》的原作非常明确，为科雷利（Marie Corelli）的《复仇》（Vendetta），因此我也有幸拜读，然而我始终没能查到《幽灵塔》的原作。泪香版序文中明确写到原作是美国作家本迪森夫人（Mrs. Bendison）的《幽灵塔》（The Phantom Tower），奈何我翻遍了美国侦探小说史与通俗小说史，都没能找到姓本迪森的作者。如此有趣的小说竟没有被廉价通俗小说的研究者记录过，实在不可思议。于是我便在没有通读原作的情况下对泪香的翻译版进行了改编，不过最后的"脱胎换骨术"部分在泪香版中被描写成了某种神秘的灵术，我则将其改成了更为科学的整形外科手术（第七卷《猎奇之果》中也有提及）。直到很久以后，我读到了美国的《总统侦探小说》，发现作者的创意与我异曲同工，而且写得又比我详细许多，不禁大为惊讶，便在《类别诡计集成》（收录于早川书房版《续·幻影城》）中的"异样动机"章节做了具体介绍。这种"脱胎换骨术"是用科学方法实现伪装或变身的手段，我儿时的梦想就这样实现了，当然带来了无上的快感，而我的伪装欲向来强过他人，所以一有机会便将这一元素写进作品中，即便重复也不觉得腻烦。

图书在版编目（CIP）数据

幽灵塔 /（日）江户川乱步著；（日）宫崎骏绘；
曹逸冰译. -- 海口：南海出版公司，2024.7
ISBN 978-7-5735-0614-6

Ⅰ.①幽… Ⅱ.①江… ②宫… ③曹… Ⅲ.①推理小
说-日本-现代 Ⅳ.①I313.45

中国国家版本馆CIP数据核字(2023)第208796号

著作权合同登记号　图字：30-2023-082

YUREITO
by Ranpo Edogawa, with illustrations by Hayao Miyazaki
Illustration copyright © 2015 by Studio Ghibli Inc.
Originally published in 2015 by Iwanami Shoten, Publishers, Tokyo.
This simplified Chinese edition published 2024
by ThinKingdom Media Group Ltd., Bejing
by arrangement with Iwanami Shoten, Publishers, Tokyo

幽灵塔
〔日〕江户川乱步 著〔日〕宫崎骏 绘
曹逸冰 译

出　　版	南海出版公司　(0898)66568511	
	海口市海秀中路51号星华大厦五楼　邮编570206	
发　　行	新经典发行有限公司	
	电话(010)68423599　邮箱 editor@readinglife.com	
经　　销	新华书店	
责任编辑	孙　腾	
特邀编辑	黄渭然	
营销编辑	游艳青　宋　敏	
装帧设计	陈慕阳	
内文制作	田小波	
印　　刷	北京盛通印刷股份有限公司	
开　　本	850毫米×1092毫米　1/32	
印　　张	8.5	
字　　数	195千	
版　　次	2024年7月第1版	
印　　次	2024年11月第3次印刷	
书　　号	ISBN 978-7-5735-0614-6	
定　　价	68.00元	

版权所有，侵权必究
如有印装质量问题，请发邮件至 zhiliang@readinglife.com